血蚀

XUE SHI

鸿琳 著

中国出版集团

现代出版社

图书在版编目（CIP）数据

血师 / 鸿琳著. -- 北京 ：现代出版社，2017.4

ISBN 978-7-5143-6012-7

Ⅰ．①血… Ⅱ．①鸿… Ⅲ．①长篇小说－中国－当代

Ⅳ．①I247.5

中国版本图书馆CIP数据核字 (2017) 第063379号

血 师

作　者	鸿　琳
责任编辑	李　鹏
出版发行	现代出版社
地　址	北京市安定门外安华里504号
邮政编码	100011
电　话	010-64267325　010-64245264（兼传真）
网　址	www.1980xd.com
电子邮箱	xiandai@vip.sina.com
印　刷	北京一鑫印务有限责任公司
开　本	710×1000　1/16
印　张	16
版　次	2017年7月第1版　2022年7月第2次印刷
书　号	ISBN 978-7-5143-6012-7
定　价	45.00元

第一章

一

　　檀河从莲花顶一泻而下后，穿涧跳峡，一路汇集十数条山涧小溪，到了闽西北这个叫泉上的小镇时仿佛就像一个跑累了的汉子，猛地收住了急促的脚步，缓悠悠从小镇中心穿过，将小镇分为南北两半。河南是镇上的集市，每逢农历一、六圩日，粜米的、卖布匹的、贩土纸的、推销食杂蔬果的乡民和商贩摩肩接踵，将一条窄窄的粉行街挤得满满当当，叫卖声此起彼伏。河北的麻布岗建有一座四方土堡，四周筑有三丈余高的围墙，墙厚得可在上面跑马。土堡内横街两条，竖街七条，条条街道一模一样，外人进去如入迷宫，转悠半天找不到出口，高大的封火墙上屋脊高翘，黛色丛林连成一片。土堡是清康熙年间当地名士李世熊为防匪患率乡民所建，里面住着一百余户人家，多为镇上大户，当然也有一些先前世居于此的佃户和手工业者。

　　连接小镇南北靠的是那条明万历年间修建的石拱桥，因年代久远了，长长的藤蔓从桥上垂到河面上，像给桥洞安了一道墨绿色得帘。沿河杨柳依依，每到春和景明，满河柳絮纷飞如飘雪，让这个在宋朝就繁华的小镇平添多少诗意。河两岸临水铺着长长的麻石条，清晨和黄昏，镇上的女人都爱在这淘米洗菜洗衣裳，唠嗑声、嬉闹声和"噼噼啪啪"的捣衣声在河面上此起彼伏，成为小镇的一大景致。

正是农历9月天气，阴沉沉的天空飘着迷蒙细雨，粉行街上，赶早市的乡民已在街旁摆下绿油油的菜蔬，坐在横着的扁担上招徕生意；店铺的伙计开始噼噼啪啪卸下临街的门板，架在屋檐下的五尺凳上摆设货物；煎灯盏糕的老妪也将炉火生起来了，浓浓的油烟在街面上弥漫；几个头戴竹笠身穿蓑衣的汉子推着独轮车吱吱呀呀从街面上的麻石条上碾过，那是往长汀贩米的脚夫。

"坨子，游浆豆腐坨子——"和往常一样，一大早，挑着豆腐担的李大脚沿街高声吆喝。

粉行街最西头火烧坪古戏台旁的区公所大门此时"哗"地打开，旋即响起"嘀——嘀嘀，嘀——嘀嘀"的哨声。不一会三三两两穿着黑色衣裤的团丁斜跨着汉阳造，睡眼惺忪从营房走出，哈欠连天在火烧坪上整队出操。

13岁的刘虎走出土堡踏上石拱桥时，天才放亮。此时的河面上水汽氤氲，一只打鱼的竹筏从石拱桥下穿出，无数黑色的雨燕掠着水面如箭般飞行。几个起早担水的汉子揉着惺忪睡眼，那水桶也不下肩，站在河边的麻石条上拎着水桶在水面上一荡，左一弯腰从河里汲上一桶水，右一弯腰再提上一桶水，然后一挺腰便晃晃悠悠上了石阶，沿着石板路吱吱呀呀而去，洒下一路滴滴答答的水滴声。

"虎娃，你这一大早要去哪儿？"李金根赶着一群水牛走上石拱桥，见了刘虎，驻了脚问。李金根是土堡里大财主邱光兴家的长工，给邱家放了半辈子的牛。

"金根伯，家里没米下锅了，王麻子正在我家逼债呢。我婶让我进山找我爹要钱去。"

"你那婶啊，没得说。"李金根摇了摇头，蹲下身，帮刘虎系了系腰间的草绳，"去将军坑纸坊好几十里地呢，你识路吗？"

刘虎摇了摇头。

李金根站在桥上，朝镇西指了指："出了镇，顺河往西，进了山走去延祥的路，上了莲花顶再下坳。见人就问，路在嘴上，记得啵？"李金根给刘虎指了路，叹口气赶着牛下桥去了。

刘虎扶了扶头上的竹笠，穿过熙熙攘攘的粉行街出了镇，很快他那瘦小的身影就消失在烟雨迷蒙的田塍上。

刘虎从没去过他爹刘大福做活的将军坑纸坊，三四十里大林子山高路陡，平时凶狼野豹时常出没，间或还有剪径强人杀人越货，刘虎没想到嗜赌成性的后娘竟如此心狠，逼他独自进山去找爹要钱。刘虎嘴里嘟嘟囔囔不断咒骂着他的后娘，待爬上莲花顶，全身都被雨淋得透湿，加上没吃早饭，又冷又饿让他像棵狗尾巴草般在绵绵细雨中瑟瑟发抖。

下了莲花顶，刘虎一头扎进黑压压的大林子里。大林子里古树参天，潮潮湿湿，雾气弥漫，十步开外难辨物影。刘虎赤脚踩在厚厚的腐叶上发出窸窸窣窣的声响，让他总觉得有什么鬼灵精怪的东西跟在身后，吓得不敢转头去看。可越怕心里就越急，越急脚步就越快，越快身后的声响越大，刘虎只觉得脊梁骨有一股冷气"嗖嗖"往上蹿，头皮发麻，起了一身鸡皮疙瘩。心惊胆战的刘虎曾听他爹说过，要是一人走路心惊了，就张嘴大声喊，大声叫，实在不行就拉起声来唱山歌，只要声音雄了，胆子自然就壮，跟着你的孤魂野鬼就会被吓跑。

"喔喂——喔喂——"刘虎扯起嗓门喊了两声，一是为了给自己壮胆，二来看看林子里有没有人接声。小镇上的人独自在山里行走都会时不时扯上嗓门隔空喊几声，以招呼别的行人搭伙作伴。

"喔喂，喔喂，喔喂——"大林子里传来刘虎喊叫由强到弱的回声，让刘虎听了更觉得心忧。

刘虎想起儿时娘教他的客家山歌，便扯起嗓门高声唱起来："枸干樵子枸干花，没到天光来找爹。爹爹见了心肝女，姆姆见了一枝花。哥哥见了亲姐妹，嫂嫂见了结怨家。"刘虎一边跑一边唱，上气不接下气，山歌唱得跟断气唢呐似的。也不知把那山歌唱了多少遍，渐渐心不那么慌了，但肚里却饿得咕咕乱响。

出了大林子，刘虎停在一棵缠绕着蟒状藤蔓的栲树下。栲树下是个岔路口，一条小道溯河而下，另一条山路从右边弯弯曲曲爬上山岭去。刘虎不知该往哪条道上去，他眯着小眼抬头从密林深处望到密匝匝的树梢。斑驳的叶隙间漏下淅淅沥沥的雨滴打在刘虎茫然失措的脸上，冷丝丝的，让他连打了两个激灵。

刘虎一双冻得发紫的赤脚丫在泥泞中不停地相互搓着，那黏稠的黄泥浆从他趾缝间挤出来成为极为光滑的长条，这让刘虎想到粉行街上雷半仙家卖的蛇糖。刘虎伸出舌头把两挂青鼻涕舔入嘴里，就在他细细品味那咸咸滑滑的滋味时，突然看到泥地上有两个脚印很是眼熟，那双脚印左脚陷得很深，右脚前半掌深陷，后半掌却浅浅地模糊不清，而且十个脚趾印分得很开，如同两把蒲扇。刘虎蹲在地上瞪大眼睛仔细琢磨起那双脚印来。

"这是我爹的脚印！"过了一会儿，刘虎狂喜地跳将起来，很肯定地把一挂鼻涕甩在烂泥上。刘虎的爹刘大福是个瘸脚。

刘虎紧了紧捆在腰间的草绳，晃起两条细臂，一路寻着他爹刘大福的足迹顺着溪流方向而去。果然，走了约莫半个时辰，山坳竹林中一座孤零零的泥瓦房便出现在他眼前。

当刘虎走进纸坊暖融融的焙房时，刘大福正在焙纸。此时的刘大福左臂挽着一沓湿漉漉的毛边纸，右手握一把硕大的鬃毛刷，膀子轻轻一晃，便从左臂那沓纸中挑起一张，然后右手一扬，鬃毛刷上下翻卷，恰似游龙飞凤，顷刻间那薄如蝉羽的毛边纸便舒舒展展贴上光滑的焙壁，冒起一股白白的热气，散发出翠竹特有的清香。炉火熊熊，映照着刘大福高大而又略显驼背的身影，他那左右开弓的焙纸技艺炉火纯青，把刘虎的眼睛都看呆了。

"爹。"刘虎走到刘大福身后，轻轻唤了一句。

刘大福回头一看，顿时张大嘴巴半天也合不拢，他怎么也没想到儿子竟会独自翻山越岭走几十里山路来纸坊寻他。

"虎娃，你，你怎么来啦？"半晌，刘大福才问出一句话。

"爹，家里没有米下锅了，婶让我来找你。"刘虎抹了一把脸上的雨水说。

"我前世砍了她家的坟头樵！"刘大福骂了句，扔了手中的鬃毛刷，一把搂过刘虎那湿漉漉的身子，像个孩子般抽搐着鼻子。

那晚，暴雨倾盆，将军坑漫山遍野的毛竹被狂风吹得东倒西歪，像魔鬼的披头散发，发出"呜呜"怪响。雨点打在杉树皮盖成的屋顶上，发出"乓乓"巨响，如千万只鼓槌在擂。刘大福坐在纸坊里喝了一个晚上的酒，他一边喝一边骂，把他老婆欢娘祖宗十八代都骂了个遍，谁都劝不住。刘虎也跟着骂，可刘大福不让他骂，只让刘虎替他斟酒，一坛子的谷烧酒让刘大福喝了个底朝天。

二

第二天天麻麻亮，雨停了，风却刮得紧。刘大福和纸坊的大师傅打了个招呼，挑了十刀毛边纸（当地计量方式，每担纸十刀，每刀二百张，重七八斤），气呼呼领着刘虎下山，他要回镇上找他老婆欢娘算账。

刘大福16岁开始在土堡邱家大院的纸坊跟一个长汀来的师傅学做纸，由于机灵好学，不几年就学得一手做纸的好技艺。23岁那年，师傅去世，在邱家大老爷的撮合下，刘大福和师傅的女儿小月成了亲，第二年就有了刘虎。刘虎8岁时，小月得了恶病，一天到晚咳个不停，还吐血，大年三十晚上叫着刘虎的名字去了。刘大福自从小月去世后，脾气就变得十分乖戾，常常喝得酩酊大醉。刘虎又顽皮，一不听话就被刘大福揪住一顿好揍。刘大福长年在纸坊做活，十天半月才下山回镇上一次，刘虎就跟着奶奶相依为命。奶奶年纪大了，又患青光眼，看什么都是迷迷糊糊的，哪管得住常在外面惹是生非的刘虎？此时邱家大老爷过世了，邱家大院交到了大少爷邱光兴的手里。邱光兴有一儿一女，儿子叫邱怀远，和刘虎同庚，女儿叫娇子，是邱光兴从襁褓中抱来的养女，比刘虎小一岁。虽然邱刘两家一是东家，一是长工，但小孩子却没那么多忌讳，打小总在一起玩耍。刘虎长得憨实，下河摸鱼上树掏鸟是把好手。而邱怀远长得瘦小，白白净净，一副弱不禁风的样。有一回，刘虎带着邱怀远到檀河里洗冷水澡，邱怀远只会几下狗刨，一不留神就被冲到河中央深水里，咕噜噜连灌了几口水，喊了声"救命"就沉下水去了。幸好刘虎发现得早，一个猛子扎过去，把喝了一肚子水的邱怀远拖上岸。邱怀远怕了，从此再不敢到檀河里洗冷水澡。但邱怀远脑瓜子比刘虎机灵，常以东家少爷的身份指使刘虎为他干这干那，刘虎没少吃他的亏。有天晚上，邱怀远带着刘虎和娇子去偷土堡南端保长家菜园子里的杏，被保长隔墙听到，打着灯笼出来追。邱怀远见逃不脱，就边跑边喊："刘虎，快跑！刘虎，快跑！"这一喊就把刘虎供出来了。保长心里有了底也就不追了，第二天一早就上门来找刘大福告状，害得刘虎头上挨了刘大福一顿凿栗。

邱光兴在长汀水东街开有纸行，每隔三两个月，邱光兴都要让刘大福押运毛边纸去长汀，刘大福一走就是半把个月。十岁那年，刘虎奶奶去世，刘大福就想把刘虎带到纸坊，可刘虎死活不去，他在镇上野惯了，怕到了纸坊无处耍，会憋闷死。刘大福拿刘虎没办法，只好把刘虎托付给邻居李金根夫妇帮忙照看，东家邱光兴也答应帮着关顾。刘虎对父亲多在出门少在家早已习以为常，大多数时间都是和土堡里的孩子厮混着长大，有时也会到邱家大院蹭饭吃，又幸好还有李金根一家照看，倒也不至于饿肚子。

刘大福身强力壮，年纪轻轻又死了老婆，到了长汀城里自然就会去逛窑子，后来就认识了一个叫欢娘的窑姐。

欢娘是长汀河田人，16岁时卖身葬父到了城里的大户人家彭家大院做使唤丫头。因人长得标致，开典当行的彭老爷就三天两头在她身上打主意，时间一长，便让彭老爷弄上了手。欢娘原本就是穷人家出身，见彭家家财万贯，便一心想当彭家的二姨太。这可惹恼了明媒正娶的大太太，一怒之下，指使下人将欢娘暴打一顿后卖到城里有名的妓院"醉花楼"做窑姐。大太太对欢娘说："你不是喜欢男人肏吗，现在就让你去肏个够！"彭老爷虽然心痛得半死，但又是出了名地怕老婆，只好眼睁睁看着欢娘被送进窑子，只是时不时偷偷溜去"醉花楼"找欢娘重温旧梦一番。欢娘早就让彭老爷破了身，到了灯红酒绿的"醉花楼"耳濡目染，也索性破罐破摔，整日同嫖客打情骂俏，时间长了，在淫声浪语中便练就了一身逢场作戏拿捏男人的好本事。

刘大福在长汀城里第一次逛窑子上的就是欢娘的床，当他忐忑不安走进欢娘的房里时，窗外那轮中秋明月正如水般泻进屋来，院子里丹桂飘香。房里红萝帷帐，烛光摇曳，欢娘刚送走一位嫖客，此时正云鬓纷乱，酥胸半裸，慵懒地斜卧在床上，一双迷离的大眼毫无内容地打量着眼前这个长着络腮胡，走路一瘸一拐的高大嫖客。

刘大福在看到欢娘第一眼起，就像傻子一样站在那里不会动了。面对眼前这个漂亮得要人命的女人，他觉得以往的几十年都白活了，先前见过的女人在她面前全都黯然失色。刘大福连连咽着口水，喉结很响地上下滚动。

欢娘当时 20 岁不到，长得唇红齿白、丰乳肥臀、妖冶迷人，特别是那一双丹凤眼风情万种、摄人心魄。她的妖媚是天生的，是从骨髓里往外渗出来的，有着让人不可抗拒的魔力。

"傻站着干啥？快来呀。"欢娘一眼就看出刘大福还是生客，她要赶时间，想三下两下就将刘大福打发走。

"哦，好好。"刘大福似乎才回过神来，涨红脸走到欢娘床边。

猛然间刘大福闻到一股诱人的体香，这体香是从欢娘身上散发出来的，和欢娘的美丽一样让刘大虎不能自持。顿时刘大福欲望勃发，他"嗷"地一声吼叫，像条饿狼朝欢娘扑了上去。

那晚上刘大福愈战愈勇，不知疲倦，要了又要。他像狗般嗅着欢娘的每一寸肌肤，他恨不得一口就将欢娘整个吞进肚子里。原本早已麻木不仁阅人无数的欢娘也高潮迭起，浪叫盈天。到了天亮刘大福才像一条断了脊梁的狗，大汗淋漓昏睡过去。为此刘大福多付了三倍的嫖资。

自那个晚上起刘大福再也忘不了欢娘，他迷恋欢娘诱人的胴体、迷人的体香以及高超的床上功夫，每到长汀城便一头扎进欢娘的温柔乡里，乐不思蜀，意乱情迷。

后来有一次，隔了两个月的刘大福再去长汀，待办完事后找到欢娘，火急火燎剥光她的衣服时，才发现欢娘下身溃烂，臭不可闻，气得刘大福一掌掴肿她半边脸。欢娘因染上梅毒，无法接客，老鸨整天非打即骂，欢娘恰似残花败柳，终日以泪洗面。刘大福气不过，花了五十块大洋把欢娘赎了出来，那可是能买五亩良田的价钱。老鸨求之不得，正中下怀。刘大福领着欢娘走街串巷，遍访名医，花尽了盘缠，还第一次动用了东家的贩纸钱款，在长汀城里住了一个多月，总算把欢娘的病治好了，但落了一屁股债。

当刘大福领着如花似玉的欢娘回到家时，小镇已是掌灯时分，刘虎正坐在门槛上捧着一个破碗啃着烤番薯。

"虎娃，叫娘。"刘大福兴冲冲指着身边的女人对刘虎说。

个把月没见到爹的刘虎抬头见刘大福身后跟着个涂脂抹粉嘴唇红得像鸡屁股的女人，活生生把那声"爹"咽进肚子里。他朝欢娘翻了翻白眼，很响亮地把一挂鼻涕"啪"地甩在大门上，低下头仍啃他的烤番薯。

刘大福在欢娘面前失了颜面，一把夺过刘虎手中的碗"咣当"扔进院子里，抄起篾条在刘虎屁股上猛抽，边抽边嚷："你叫不叫，叫不叫？"

"不叫，不叫，我娘早死了。"刘虎虽然被刘大福按在五尺凳上不能动弹，但他梗着脖子嘴却硬得很。

刘大福恼羞成怒，挥舞着篾条把刘虎的屁股抽得皮开肉绽，可刘虎就是不松口。

正好邻居李金根放牛回来见了，冲过来夺下刘大福手里的藤条，把刘大福推开："你咋一回来就发癫！"

刘大福呼哧呼哧喘粗气，刘虎趁机跳起来冲欢娘恨恨地"呸"了一口，撒腿就跑。

刘大福让刘虎气得火冒三丈，连去跟东家邱光兴回话的心情都没有了，灌了两大碗隔冬老酒，醉醺醺倒头就睡。到了半夜醒来才发现不见了刘虎，顿时慌了神，推开搂着他的女人，和李金根两个打起松明火到处找，最后在镇北灯盏坳乱葬岗小月的坟前找到刘虎。此时的刘虎蜷缩在他娘的坟前睡得像头可怜的小狗。

"虎娃，我的儿。"刘大福扔了火把，搂住刘虎像头挨宰的老牛嗷嗷哭嚎。最后刘大福跪在小月坟前磕了三个响头。自那晚起，刘虎管欢娘叫"婶"。

欢娘起先跟刘大福过了两年恩恩爱爱的日子，很让小镇上许多人眼馋，就连东家邱光兴也说刘大福是老鼠掉进白米瓮里，不知哪修来的福气。欢娘人长得漂亮，又会打扮自己，只要她在街上走上一遭，就会招来无数汉子色迷迷的眼光，有事没事总爱凑上去搭讪几句，吃不到鱼沾点腥也好。这让镇上的女人们既忌妒又气愤，总担心自己男人哪天被这狐狸精勾引去了，常常对着欢娘的背影啐口水，骂她是骚货臭不要脸。刘虎这时也上了镇上的私塾，一年五斗米学费，每天提着盛着书本纸砚的柳条篮子伙同邱家兄妹结伴到檀河边的李家私塾读书。私塾的李老先生常年长袍马褂，戴着金丝镜，留撮山羊胡子，满口之乎者也，自称是李世熊的后裔。李老先生讲课时，手里总拿着一片二指宽的夹肉竹板，专门用来打不听话学生的手掌。

李家私塾设在原来李世熊遗留下的檀河精舍里，有20几个学生，多是镇上大户人家的子女，像刘虎这样长工的儿子在私塾读书就他一个。当时有人笑话刘大福一个长工命，还想指望到了刘虎这代咸鱼翻身？可刘大福并不在乎别人怎么说，第一天送刘虎去学堂时就一路嘱咐刘虎："咱们客家人有句老话叫生子不读书，不如养条猪，我是睁眼瞎该当长工的命，你可千万别像你爹目不识丁，枉费一生。"但刘虎本性顽劣，一拿起书本就头痛，读书就像要他的命，常常被李老先生用竹板将两只巴掌打得又红又肿。

檀河精舍是康熙二年李世熊 62 岁时在此辟沼结茅，临河修建的，原有书院、藏书楼、家舍、宗祠、文人戏台等。屋后古木参天，屋前数亩荷塘，檀河蜿蜒北去，一派盎然诗意。曾有诗人这么描绘檀河景色："碧天清冷浸寒塘，几点横鸦照夕阳。薄暮柴门秋色远，隔溪儿女下牛羊。"身为明遗民的李世熊隐居于此，甲申以后足绝州府，清政府屡征不仕，誓不事清，气节如虹，唯著述自娱。他的文风峭刻，以其渊博知识和高尚气节深得后人称颂。著有《奉行录》《史感》《物感》《狗马史记》《寒支集》《钱神志》《本行录》《经正录》等。尤其是他在康熙甲子年 83 岁时纂写的《宁化县志》，更获有"天下名志"称号。

檀河精舍历经数百年，到了李老先生这辈，就剩下主厅和左右供居住的厢房。私塾门前竖着一尊一米多高的石笔，是当年李世熊从苏州辗转运回的太湖石，嶙峋瘦峭，百洞中空。每当初一十五，李老先生都要沐浴焚香，立于石笔前拜祭祖先。那檀香插在石笔上一孔内，不多时，袅袅青烟就顺着石笔上的大小孔洞缥缈而出，宛若仙氲。李老先生十分看重这尊石笔，平时决不允许学生攀爬亵玩。

一日，邱怀远发现一只黄鼠狼钻进石笔洞内，趁李老先生午睡，便怂恿刘虎去逮黄鼠狼。刘虎趴在石笔上伸手在洞里掏了半天，那黄鼠狼钻进石笔腹中就是不出来，鬼马精灵的邱怀远就叫刘虎抱来一捆稻草点起火来熏。黄鼠狼被烟一熏，放了个臭屁，"嗖"地窜出洞溜了。刘虎没逮着黄鼠狼，却将一尊石笔烟熏火燎得黑不溜秋。李老先生醒来一看，痛心疾首，气得差点吐血。邱怀远却将自己推得一干二净，说都是刘虎干的好事。李老先生暴跳如雷，揪住刘虎，一顿夹肉竹板将刘虎两个巴掌打得稀烂。打完还不解恨，拎着刘虎的耳朵去找他家中大人告状。

欢娘当初在窑子里花天酒地惯了，时间一长，她那好吃懒做的本性就表露出来，整日涂脂抹粉打扮得花枝招展，又会抽纸烟，"老刀牌"香烟一天没一盒不够。又好赌，可手气非常背，经常把刘大福给她过生活的柴米油盐钱输得一文不剩，日子便开始拮据起来。欢娘在赌场没日没夜地赌，人家合伙坑她她也不知道。她除了打情骂俏挑逗男人有一套外，别的蠢得像头猪，好几回刘大福从纸坊下山，都是从赌场上把她揪着头发拽回家的。欢娘有个优点，就是任刘大福打也好骂也好，从不反抗。你越打她骂她，她越朝你发嗲，真是贱到了家。

这天欢娘刚从赌场输得精光回来，有气正好没地方出，听李老先生一告状，一把火烧了刘虎的书，每天叫刘虎端个篾盘，到赌场上卖转手来的灯盏糕，一个铜板一个，没卖完就不准回家吃饭。邱怀远每次放学见刘虎在那里卖灯盏糕，就会刮着脸皮取笑刘虎，倒是娇子心肠好，见刘虎天黑还卖不完灯盏糕，就常常把大人给她买零嘴的铜板拿来买。

刘虎不愿意收娇子的钱，娇子就说："刘虎哥，收着吧，不卖完你婶不让你回家呢。"硬把铜板塞进刘虎手里。常常，娇子就成了刘虎最后的顾客，总是将他没卖完的灯盏糕买走，让刘虎感动得不知说什么才好。

娇子向刘虎买灯盏糕次数多了，邱怀远看了就不顺眼起来，一天傍晚放学，见娇子又去买刘虎的灯盏糕，就跑过来把刘虎盛糕的篾盘打翻在地，拖起娇子就走。娇子不走，邱怀远就骂道："你是我妹妹，竟敢不听我的话，看我不打死你！"边骂边甩了娇子一巴掌。娇子一屁股跌坐在地上，抹着眼睛"哇"的一声哭了起来。刘虎也顾不得撒了一地的灯盏糕了，冲上去把邱怀远掀翻在地，翻身骑在邱怀远身上，捏着拳头将邱怀远揎得"哇哇"大叫。

赌场上那些赌徒们看两个小孩子在地上打成一团，哈哈大笑起哄："争老婆啰，争老婆啰——"

刘虎不管赌徒瞎嚷嚷，按着邱怀远边擂边骂："邱怀远，你个鬼佬，害我没有书读，看我不打死你！"

邱怀远打不过刘虎，嘴巴却很硬，挣扎着爬起来，边跑边叫："鹧鸪婆飞上天，蟾蜍蹲缸脚。你个穷鬼，读屁的书，再读也是我家的长工！"

刘虎气得攥紧拳头就追，追到邱家大门口，看邱怀远跑进家里，方才住了脚。

过了半个月刘大福从长汀贩纸回家，听欢娘添油加醋那么一说，也觉得刘虎不是读书的料，跑到李金根家边喝酒边长吁短叹。李金根就劝他说："后来娘，铁打心肝也会斜。你多在出门少在家，欢娘又成天没早没夜地赌，靠你一个人哪撑得住？虎娃不是读书的料，你就随他，我家大旺不也是没读书嘛，咱们穷人该认命就认命吧。"刘大福听了叹道："命中有时终须有，命中无时莫强求，看来这小子也是做长工的命，随他去了。"

上了坳，前面就是莲花顶，纸担在刘大福肩上吱吱呀呀地叫着，那近百斤重的纸担在他肩上轻飘飘的，刘虎跟在后面得一溜小跑才撵得上。

在经过一个叫黑风口的地方，刘大福放下纸担对刘虎说："虎娃，我俩歇会儿。"说着横过扁担架在纸担上坐下来，摸出烟袋装烟。

刘虎看了看，眼前是一片黑压压的松树林，奇怪的是那些松树不是直直地生长，而一律七歪八斜，躯干如虬，盘根错节，旁逸斜出。刘虎从刘大福的腰袋里掏出火折子打着，凑前替刘大福点着烟。刘大福惬意地吸了一口，一股浓浓的烟草味便弥漫在湿漉漉的松树林里。

"爹，这林子里有老虎啵？"刘虎缩着脖子朝松林深处打量，总觉得脑后冷飕飕的。

"你没生胆啊？老虎怕啥，有爹在呢。"刘大福哈哈一笑。

"爹，你见过老虎啵？"刘虎蹲在刘大福面前，手里拿根树枝在地上划着。

"见过啊，有什么好怕的。"刘大福喷了一口烟，"你出生那天，爹挑纸赶回镇上，走一半路就天暗了，在横排上突然看到前面亮着两只灯笼火，贼闪贼闪的。我以为是赶夜路的，正要开口打招呼，突然闻到一股焦骚味，我就知道遇到老虎啦。"

"你没跑啊？"刘虎忙问。

"哪能跑，跑不得，你要一跑，老虎就追上来，你能跑过老虎吗？我就挑着担，大气不出，一动也不动站在那儿，盯着那两盏蓝幽幽的灯笼火看。过了好久，那老虎嗷呜一声，转过身慢慢上山去了。我赶到家都下半夜啦，你娘都把你生下来啦，钟嫂正帮你剪肚脐带呢。你娘让我给你取个名，我想都没想就给你取了这个名字叫刘虎。哈哈。"

刘虎听了也嘿嘿笑了起来。

"哈哈，好故事！"松林深处突然传出一声喝彩。一眨眼功夫，五六个黑衣黑裤的蒙面人如鬼魅般从松树上飘下来，手中的钢刀闪着阴森森的凶光。

遇上强人了！刘大福心一紧，跳将起来，操起茶木扁担，一把将刘虎拉到身后。

那几个强人也不打话，挥舞着钢刀就抢上来。刘大福毫无惧色，把条扁担抢得呼呼生风。刘虎还没看清怎么回事，就见一个蒙面贼惨叫一声捂着脑袋栽倒在地。这时一个强人撇开刘大福，一刀劈开地上的纸担，只听"哗啦"一声，从纸担夹层里"叮叮当当"滚出许多白花花的大洋，晃得刘虎睁不开眼。

刘大福急了，一声怒喝，操着扁担冲过去，那是纸坊大师傅按照东家邱光兴的吩咐悄悄让他捎回邱家大院的，岂能落入强人手中。无奈刘大福手中的茶木扁担哪抵挡得住强人手上那几把茹血唼肉的钢刀，不一会儿便被削得只剩下烧火棍般长。冷不防刘大福大腿被削了一刀，他朝前打了几个趔趄，腿一软跪在地上。一个强人提刀跳将上来，只见寒光一闪，刘大福的头颅便在空中划了道凌厉的弧线，"咚"地撞到一棵松树上，骨碌碌滚到地上，脖子上的血"噗"地喷起丈把高，像降了阵血雨，纷纷扬扬洒落到刘虎头上。

"爹——"，刘虎吓呆了，半晌才"哇"地大哭起来，扑上去抱住那强人的大腿狠咬一口。那强人"哎哟"一声大叫，老鹰提小鸡般拎起刘虎顺手一抛，飞起一脚将刘虎那轻飘飘的身子踹到路坎下的河里。

晕头转向的刘虎被湍急的河水冲出一段，连呛了几口水，也是他命不该绝，因为打小就在檀河里捉鱼摸虾，练就一身好水性，见岸边有挂树枝垂下来，便伸手拽住，整个人就泡在了冰凉的水里。

刘虎在水里也不知待了多久，听听岸上没了动静，才水淋淋爬上岸。那伙强人早不知去向，但见刘大福的无头尸体仍直挺挺地跪在那。不远处，刘大福的脑袋滚落在泥浆里，那圆睁的双眼紧紧地盯着刘虎，似乎要对刘虎说什么。刘虎抱起刘大福的脑袋一屁股坐在地上号啕大哭。

没有月亮也没有星光，"黑风口"阴风四起，鬼火点点，密林深处猫头鹰的叫声像人的狞笑不时传来。

三

那一夜，黑沉沉的小镇下起倾盆大雨，土堡外的檀河一改往日的温驯，变得如一条恶狗般咆哮不止。一道闪电耀如白日，随着一声天摇地动的霹雳，火烧坪上那棵数百年的老枫树窜起一股火苗，轰然倒下，将旁边的古戏台砸去一角。秋冬响雷，这在小镇从没有过，许多人在黑暗中都睁大了眼睛，感到十分心悸。

暴雨如鞭疯狂地抽打在破旧的窗棂上，房门被狂风吹得"咿呀"怪响，屋内四处都是滴滴答答的漏雨声。欢娘躺在床上心神不定，总觉得好像有什么事要发生。

"死鬼，怎么还不转来。"欢娘心里升起怨来，恨恨骂了句。

昨天欢娘在赌场上把钱输了个精光，向放高利贷的王麻子借了两块大洋，半天不到又输得一文不剩。今早起床一看米缸见了底，连灶火都懒得烧，一屁股坐在门槛上唉声叹气。不料王麻子此时上门来要债，欢娘哪有钱还，没办法只好打发刘虎去纸坊找他爹要钱。其实王麻子逼债是假，打欢娘主意是真。刘虎走后，王麻子就对欢娘动手动脚，龇着一口黄牙淫笑说："没钱还也行，一块大洋一回，你让我睡两回就成。"欢娘想了想，好像也没什么别的办法，只好任由王麻子拖到床上去。王麻子一嘴口臭熏得欢娘只想打喷嚏，一点心情都没有，闭着眼睛任王麻子在自己身上折腾。王麻子临走时还骂道，"妈的，让老子像奸尸一般，你装什么装，谁不知道你以前是吃这门饭的。"出了门，又回头说，"还有一回，老子想啥时来就啥时来。"气得欢娘舀起一瓢水隔着围墙泼过去。

"轰"的又一声炸雷，天摇地动，似乎要将屋顶掀翻去。一只野猫"呀"的一声怪叫窜上房梁，在黑夜中闪着绿幽幽的光，惊得欢娘一下从床上坐起。就在这时，大门被拍得山响，欢娘一惊继而一喜："死鬼，你总算归来了。"她跳下床，点上油灯去开门。

门一开，黑暗中一个泥猴似的人影滚了进来。

"婶，我爹被土匪杀了。"刘虎只说了一句，便栽倒在地。

"哐当"一声，欢娘手里的灯盏掉落在地。过了半晌，欢娘喉咙里才冲出一声公鸡打鸣般的尖叫声，紧接着土堡上空响起连绵不绝的哀嗥，那尖厉的号哭声划破漆黑的夜幕，盖过了风声雨声，久久不息。

天麻麻亮，雨还在淅淅沥沥地下，李金根扛着锄头夹了张草席陪着欢娘和刘虎去给刘大福收尸。到了黑风口，欢娘看见身首异处的刘大福顿时吓得花容失色，坐在地上只知道哭。李金根边哭边在松林里挖了一个穴，和刘虎将刘大福的尸身揩拭干净，用一条红布将刘大福的脑袋缠在尸身上，然后用草席裹住埋了。几个人给刘大福上了香烧了纸钱，刘虎就跪在坟堆前哀哀地哭，一边哭一边不住地磕头，直磕得额头稀烂，才被李金根拉起来一步一回头地往回走。

刘大福被土匪砍死在黑风口的事很快就在小镇上传了开来，平时看不惯欢娘的女人现在更有了说辞，都说欢娘是蟒蛇精，克死了老公。

黑风口自那时起，被镇上的人叫作"杀人坳"。

欢娘天天只懂得哭。刘大福在，不管日子好和坏，她也不要担心养家糊口的事，虽然刘大福脾气暴躁，但对她可是一片真情。刘大福这么一走，一个家就散了，往后日子真不知该怎么过了。

到了刘大福的头七，欢娘头裹白布撑了把油纸伞，手里挽着个装了香烛纸钱的竹篮去给刘大福上坟。当欢娘踏上风雨迷离的石拱桥时，身后不少女人指指点点，交头接耳，让欢娘更是感到无助和伤悲。

欢娘走了半天，来到黑风口，几十里的山路，也真亏了她，不枉和刘大福夫妻一场。欢娘在刘大福的坟头上了香，烧完纸钱，便一屁股坐在黑松林里长声吃吃地哭起来。那哭声时高时低，绵延不绝，如客家人唱山歌般抑扬顿挫，极富韵律。

正当欢娘在刘大福坟前哭得天昏地暗时，猛听一声呼哨，几个披着斗篷的黑衣人从雾气弥漫的松林深处钻了出来。欢娘还没明白怎么回事，就被一只麻袋兜头套下，只听"嘿"地一声叫劲，便被人扛上肩，吓得面如土色的欢娘在黑乎乎的麻袋里只听到健步如飞的奔跑声。

欢娘一开始还又哭又闹，死命挣扎，后来她只觉得自己全身的骨头都被颠散了架，连哭的力气都没有了，只好听天由命，随他去了。

欢娘也不知自己被人扛在肩上奔跑了多久，突然被"咚"地一声扔到地上，痛得"哇哇"哭叫。

只听得有人说："大当家的，事办妥了。"

随着一阵哈哈大笑，只听一个粗大的嗓门叫道："解开看看。"

麻袋被解开了，披头散发的欢娘战战兢兢爬出来，见眼前一个满脸络腮胡，左眼蒙着一只黑眼罩，手里捏着两个钢球高大威猛的汉子正目不转睛地盯着自己。此人外号"独眼龙"，真名龙得魁，惯使飞镖，百发百中，在距小镇四十多里地的九龙寨占山为王。

九龙寨山高林密，地势陡峭，四周如堑，因山巅呈九龙潜形而伏得名。山寨方圆近千米，寨墙厚达一米，高近两米，全用顽石垒就，自山脚进寨只有一线石级通道，素有"一夫当关，万夫莫开"之险。立于山巅，几里外的延祥古村一览无遗。九龙寨因南明总兵彭垣之之女彭妃率部在此起义反清复明而闻名。

史载彭妃不仅生得花容月貌、光彩照人，而且娴熟弓马，尤善双剑，被选入宫后深得南明永宁王厚爱，册封为妃。崇祯十七年4月，李自成攻破北京城后，明思宗朱由检在煤山自缢身亡，明朝灭亡。翌年南明王朝仓皇南逃，明将郑芝龙变节投清，清军长驱入闽，隆武帝朱聿键在汀州被擒杀，永宁王兵败战死，彭妃隐姓埋名，藏身永安贡川的普渡寺，束发修行。大明参将范从宸、廖必明兵败后所率将士散落归化、连城等地。当得悉彭妃隐匿普渡寺，范、廖二将便前往劝她率众起事，以孚众望。集国仇家恨于一身的彭妃便令范、廖二将联络旧部，在延祥揭竿起义，闽西各地反清义士纷纷响应投奔彭妃，很快就聚集了两千多人。义军转战石城、连城、清流等地，连战连捷，清廷大为震惊，急调重兵围剿。彭妃寡不敌众，率义军退守九龙寨，据险死守。清兵久攻不克，遂将九龙寨重重围困，切断水源。彭妃率义军坚守半月，弹尽粮绝，部队伤亡上千人。情况万分危急之际，彭妃下令将士将衣服、被单搓成长绳，于一个月黑风高之夜，沿着后山绝壁攀岩而下，顺利突出重围，转战归化、连城等地。在连城守卫战中，由于敌众我寡，义军被叛将王梦煜率清兵击败，重返归化又被清兵包围，范从宸、廖必明二将战死。彭妃身负重伤被捕，后被关押在汀州灵龟庙，清军头目贝勒三番两次劝降，彭妃坚贞不屈，拖延数月，被处以绞刑。

彭妃在九龙寨反清复明的义举在小镇代代相传，妇孺皆知。后来不少山匪看中九龙寨易守难攻的地理位置，将山寨作为打家劫舍的老巢。"独眼龙"龙得魁原是镇上的一个泼皮，一次在赌场上因输钱赖账失手将人打死，便逃到九龙寨。这家伙心狠手辣，上山没多久就将收留他的寨主打死，自己当上了大当家，纠集了20多个亡命之徒常在泉上通往清流、归化的山道上打劫行人，谋财害命。这家伙虽为人凶狠，但从不与官府作对，暗地里还常与镇上一些大户人家勾勾搭搭，所以这些年来双方相安无事。

此时的九龙寨山风呼啸，松涛澎湃，山门上那杆青龙旗被风刮得猎猎作响。

欢娘抹了把眼泪，静静地站立一会儿，终于缓过神来。她抬手撩了撩腮边的散发，定定地看着"独眼龙"，见"独眼龙"两只牛卵般的眼睛死死盯着自己，突然就朝"独眼龙"咧嘴笑了一下。

那一笑百媚顿生，像一枚鹅毛从"独眼龙"心上划过，痒得"独眼龙"心尖一阵阵打颤，两腿发软，全身被抽了筋似的没了力气。"独眼龙"阅人无数，再没想到世上还有这等尤物。等他回过神来，只觉得全身着了火似的，两眼直勾勾地从欢娘的头上看到脚下，又从脚下看到头上。他绕着欢娘转了两圈，像条狗般凑上前死命吸着鼻翼，欢娘身上那与生俱来散发出来的特有香味让"独眼龙"情欲勃发。他将手上的钢球一抛，哈哈大笑，一矬腰扛起欢娘撒腿就往后堂的卧室跑。进了房，反脚踢上门，将欢娘抛在床上，三下五除二将欢娘的衣裳扯得一丝不剩，还没等欢娘回过神来就被他做成了好事。

"独眼龙"见欢娘长得如花似玉，将和结拜兄弟邱光兴的约定抛到了九霄云外，一心要收欢娘做压寨夫人。欢娘本是水性杨花之人，在山寨里吃香喝辣，穿金戴银，过起了神仙般的日子，哪还顾得了刘虎。

欢娘在九龙寨当了压寨夫人的消息很快就传到了镇上，许多人都说欢娘的良心被狗吃了，刘大福尸骨未寒，就撇下刘虎跟了土匪，真是戏子无义婊子无情！钟嫂更是气得骂欢娘："老话说人惜名誉虎惜皮，不惜名誉狗膣皮，欢娘这么做会遭报应的。"

刘虎自从他爹死后，像变了个人似的，整天闷着头不说话，幸好李金根和钟婶两夫妻照料，在邱家大院当厨娘的钟婶隔三岔五盛些汤汤水水回来给他，娇子也会偷偷藏点瓜果点心出来送给刘虎，刘虎就这样饱一顿饥一顿过日。偶而赌场上的庄家也会让刘虎去帮忙摇骰子，赌徒们担心庄家出老千，有时会让一些童男去替庄家摇骰子，以示公允。刘虎手脚灵活，摇起骰子来像模像样，赢了钱的赌徒高兴了也会打发几个铜板，庄家还管吃喝，这样刘虎有时也能混个肚儿圆。但对欢娘出走刘虎倒不当一回事，在他心目中，自己的娘早死了，欢娘跟自己啥关系也没有。

这天傍晚，刘虎爬上土堡大门外的那棵枫树上掏老鸦窝，邱怀远放学打树下经过见了，就站在树下朝刘虎喊："刘虎，你娘是个土匪婆。"

刘虎听了，气不打一出来，骂道："那是你娘，你娘才是土匪婆！"

邱怀远嚷嚷："你爹被土匪杀了，你娘被土匪抢去当老婆了，哈哈。"

刘虎最听不得别人提到死去的爹，现在被邱怀远拿来当耻笑自己的话题，顿时怒火中烧，一甩手把一窝鸟蛋兜头朝邱怀远砸去。"啪啦"一声，鸟蛋不偏不倚在邱怀远脑门顶炸开了花，邱怀远一头一脸像抹了黄鸡屎一般。

邱怀远大怒，抹了把脸，从地上捡起一块鹅卵石朝树上的刘虎甩去，不偏不倚正好砸在刘虎脑门上。刘虎伸手一摸，满手是血，他"啊"的一声大叫，抱着树干溜下来，两个同庚就在土堡门口打了起来。刘虎扯下邱怀远一撮头发，邱怀远咬住刘虎的手臂不松口。

正当两人打得不可开交时，娇子赶了来，一见这架势，急得直跺脚："别打了，你们别打了。"

可邱怀远和刘虎两人撕扯在一起，谁也不松手，双双滚在泥地上。

娇子见劝不动，撒腿就往家中奔去搬救兵了。

不一会，娇子领着他爹邱光兴来了，两个同庚才松开手。

邱光兴看着刘虎叹了口气，想了想说："虎娃，你也13岁了，该懂事了，到我纸坊去当学徒吧，也算我对你死去的爹有个交代。"

看刘虎不吭声，邱光兴上前摸了摸刘虎的脑袋又说："你爹死了，娘又走了，总得自己寻碗饭吃啊。"

刘虎甩开邱光兴的手，抹了一把头上的血，扭头就走。

"刘虎哥，你就去吧。"娇子赶上来，掏出一条手帕给刘虎擦额头的血。

刘虎眼一热，眼泪就流了出来。他抹着眼泪看了看娇子，见娇子正满眼关切地看着自己，终于点了点头。

刘虎就这样去了邱光兴的将军坑纸坊做了学徒。

四

邱光兴在小镇是有名的大户，邱家大院就坐落在土堡的西北角，高大的封火墙屋脊高翘，雕梁画栋，朱红大门口一左一右卧着两只高大的石狮子，门楣上那块楠木大匾上"邱家大院"四个镏金大字据说是宁化县长亲笔给他题写的。邱光兴在镇上不仅有地有房，还有上千亩的竹山，十多处纸坊，将军坑纸坊是最大的一个，就连宁化西南的竹乡治平鸡公崇山场上也有他开办的纸坊。邱光兴在长汀城里设了好几家纸庄，当初长汀水东街南来北往的土纸交易十股中有一股是邱光兴家经营的。邱光兴的胞弟邱光林是镇上的民团队长，手下有两百多杆枪，是跺下脚小镇也要抖几抖的角色。而邱光兴却和他胞弟不一样，常做些接济穷人的善事。民国十三年小镇发大水，邱大善人在火烧坪施粥半月接济灾民。他还捐资兴修河堤，为清源寺重塑了观音金身，镇上百姓都称其为"邱大善人"。

邱光兴平时对下人也很客气，自从刘大福从长汀城里领回如花似玉的欢娘后，邱光兴对刘大福一家越发关照起来，让刘大福押运毛边纸去长汀就更勤了。刘大福有时挂念家里，他就对刘大福说："没事，放心吧，你家里的事我会照料着。纸坊里这么多伙计，我最信得过你，你办事我放心啊。"这话倒没错，这么些年来，刘大福帮他押运毛边纸南来北往，所经手的大洋成千上万，从没出过差错。

每次驮纸的马帮出发时，邱光兴都会在土堡门外给马帮送行，那场面甚是壮观。几十匹骡马一溜排开，邱光兴捧着米酒逐一给远行的马夫敬酒。刘大福头戴黑礼帽，身着长袍马褂，郑重地接过邱光兴敬上的米酒，高举过头，然后一饮而尽，一转身跨上那匹高大的枣红马，扯开嗓门高叫一声"走咧——"，那叫声高亢嘹亮，响彻天际。叫声一落，刘大福一甩马鞭，"啪"的一声在空中炸出一声脆响，顿时马帮铃声叮当，蹄声嗒嗒，鱼贯离了土堡，上了石拱桥，走过粉行街，在清晨迷离的浓雾中渐行渐远。那个时候，刘虎觉得他爹十分威武，无人可比。

刘大福不在家的时候，刘虎发现邱光兴常到家里串门，还经常送些花布胭脂给欢娘，有时也给刘虎拎点糯米糖、桂花糕什么的。欢娘只要邱光兴一来，总是喜笑颜开，掏出几个铜板打发刘虎出门去玩。

有一回，刘虎玩累了回家，见大门紧闭，觉得奇怪，大白天关什么门？走近一听，屋里传出来"吃吃"的笑声，只听欢娘在说："不要，人家不要嘛。"又听到邱光兴说："来啊亲亲，这样比那样舒服。"接着刘虎就听到一片喘气声。刘虎当时还不知什么是男女之事，但他觉得和欢娘关上门做什么事的只该是爹。于是刘虎冲到门口，"咚咚"地擂起门来。

屋里没了动静，过了好一会儿，门开了，欢娘头发零乱地出了来。刘虎看到从后面出来的邱光兴嘴皮上有红红的胭脂印。

刘虎站在门口，瞪着邱光兴呼哧呼哧喘粗气。

邱光兴走过来摸摸刘虎的头，不说话，挺着大肚皮一摇一摆地走了。

刘虎冲着邱光兴的背影重重地"呸"了一口。

这时欢娘杏眼一瞪，冲着刘虎吼："你发癫啊，小孩子敢乱嚼舌头，当心我饿你的饭。"

刘虎最怕饿饭，被欢娘这么一吼，就像蔫了的茄子不敢再吭声了。

欢娘被"独眼龙"掳上山后，邱光兴就对邻里乡亲说，他要上山交涉，把欢娘要回来，要不刘虎可怜。李金根和钟嫂两夫妻逢人就说："老爷真是大善人。"

重阳节那天，邱光兴真的雇了抬轿"吱吱呀呀"上山去找"独眼龙"要人，待进了九龙寨大门，见寨子里张灯结彩，一问守山门的喽罗，得知是"独眼龙"今日成亲。

邱光兴觉得奇怪，自己和"独眼龙"是偷偷拜过把子的兄弟，成亲这么大的喜事怎么也没听他吱一声，心里就有点不痛快。待进了青龙堂，见"独眼龙"正和穿得桃红柳绿的欢娘坐在大堂上接受喽罗们敬酒，顿时脸就青了。

"独眼龙"见了邱光兴怔了一下，继而拱了拱手："大哥，小弟今日成婚，你也来喝几杯？"

邱光兴一把掀翻酒桌，骂道："老二，邱某平日待你不薄，你竟敢干出这等下作之事，岂是道中之人！"

"独眼龙"皮笑肉不笑，说："大哥，这回，小弟就得罪你了。"

邱光兴骂道："放屁，你怎能言而无信，得了钱财又占人？"

"独眼龙"翻了脸："大不了五百块大洋还你，人我是要定了，你别扫了老子的兴致。"说完当着众人的面在欢娘肉墩墩的屁股上捏了一把，惹得欢娘"咯咯"直笑。

邱光兴气得全身发抖，指着"独眼龙"说："那钱留着给你收尸吧，我跟你没有完。"说完拂袖出了寨门，上了候在半山腰的抬轿，气呼呼下山去了。

原来，邱光兴垂涎欢娘的姿色，两人早已勾搭成奸，日子一久，刘大福已经有所察觉，欢娘虽然矢口否认，但也心里发虚，知道刘大福脾气暴烈，真要给他拿住把柄，肯定没有自己好果子吃，说不定会闹出人命来。有一回欢娘和邱光兴偷情时无意中说到自己的顾虑，其实欢娘也就是那么随便一说，但说者无意听者有心，邱光兴便心生一计，借刀杀人，让"独眼龙"把刘大福做了，刘大福纸担里五百大洋就是他给"独眼龙"的酬金。除掉刘大福，就可打消欢娘的顾虑，达到他长期和欢娘寻欢作乐的目的。现在让"独眼龙"横插一杆，如意算盘全落了空，真是偷鸡不成反蚀了一把米，气得邱光兴七窍生烟。他原想让胞弟邱光林帮自己出这口恶气，但这事又摆不到桌面上，若让胞弟出兵攻打"独眼龙"，"独眼龙"这泼皮保不准会将此事四处渲染，闹得沸沸扬扬，给人落下话柄，自己毕竟一直以"邱大善人"自居，在邻里乡亲面前过不了人的眼。他想来想去，便想到驻扎在镇上的国民党军营长王鹤亭。

当晚，邱大善人备了十根金条，溜进了设在区公所里的国军营部。

王鹤亭是国民党军卢兴邦部三〇七团二营营长，由于地处宁化县东北的泉上镇东邻归化，南接清流，距宁化县城八十里地，位于三县结合部，地理位置十分重要，自古就是兵家必争之地，所以卢兴邦特别在泉上派了一个营的兵力驻守。王鹤亭长得白白净净，三十来岁，虽未结婚却也是个吃喝嫖赌的主儿，一看黄灿灿的金条，眼睛都直了，毫不客气就收了礼。第二天一早带着一连人马经延祥村包围了九龙寨，美其名曰"剿匪"。其实兵匪一家，这么多年他们都相安无事，互不侵扰。到了山脚，王鹤亭派了个通信兵给"独眼龙"送信，要他放人，否则杀他个片甲不留。

在欢娘身上折腾了一夜的"独眼龙"此时正搂着欢娘呼呼大睡。接到信暴跳如雷，把信扯得粉碎，将送信兵暴打一顿，赶出寨门。下令关牢寨门，让人扛来两尊土炮居高临下摆在寨墙上，他提了一把盒子炮朝手下的喽啰叫道："我九龙寨一夫当关万夫莫开，他们又没长翅膀，有天大的本事也攻不上来，怕他个鸟！"

原本王鹤亭也不想大动干戈，拿人钱财与人消灾，只要"独眼龙"放人他就撤兵。当看到通信兵被打得鼻青眼肿，连滚带爬跑下山来时，顿时勃然大怒，真他妈的恶狗要揍，恶人要斗，这土匪一点面子都不给，不给你点厉害瞧瞧你还以为老子是吃素的！王鹤亭即马下令架起两门迫击炮，朝山顶开炮。

一开始"独眼龙"觉得自己凭借天险，王鹤亭奈何不了他，正在朝手下的喽啰交代："看到他们冲上来就开火，轰他娘的！"话音未落，突然半空中响起尖利的呼啸声，"独眼龙"抬起头一看，我的娘，这是什么鬼东西，一个黑乎乎的大黑坨尾巴冒着烟正朝着自己头顶砸下来。"独眼龙"吓得一缩脑袋趴在地上。

"轰——"的一声巨响，寨墙上那两尊土炮飞上了天，两个喽啰血肉横飞栽下寨墙，那杆青龙旗也拦腰被削断，呼地着了火。一只断臂从天而降，"啪"地甩在"独眼龙"头上。到这时"独眼龙"才吓得脸都青了，我的妈啊，国民党军还带了炮来，再发几炮我九龙寨就得一锅端了。思来想去，毕竟自己20来个手下都是些乌合之众，怎敢同国民党军抗衡，连忙让人在寨墙上扯起了白旗。虽百般不愿意，但还是备了抬轿子，让两个喽啰把欢娘送下山去。看着欢娘坐着轿"咿咿呀呀"出了门，独眼龙一屁股跌坐在太师椅上，心痛得捶胸顿足。

欢娘坐在轿子里被晃晃悠悠抬下山，从轿帘里偷偷往外瞄了一眼，猛地看到山路上满是荷枪实弹，杀气腾腾的国民党军，顿时吓得花容失色，缩在轿子里半天不敢出来。

王鹤亭用马鞭挑起轿帘一看，顿时张大了嘴巴，半天也没合拢，只觉两眼冒火。他连咽了几口口水，眼睛一转，一声令下，那轿子就被直接抬回了营部。

欢娘本是风月场上之人，原想在九龙寨做个吃香喝辣的压寨夫人也不赖，可一见到一身戎装、风流倜傥的王鹤亭，那想法就抛到九霄云外去了，才发现"独眼龙"只不过是个土老鳖，王鹤亭才是金凤凰，便一头扎进了王鹤亭的怀抱。

邱光兴得知消息，急火攻心，虽然恨得咬牙切齿，可又不敢发作。毕竟人家有枪有人，是正规军，奈何不得他，只好打掉牙齿往肚子里吞，哑巴吃黄连有苦难言。

欢娘自从跟了王鹤亭后，便过起了神仙般的日子，成天打扮得花枝招展。每天吃了早饭后，便去赌场搓麻将，后面还跟着一个勤务兵，手里提着食盒，里面装着欢娘吃的点心。欢娘是小镇上第一个穿高跟皮鞋的女人，走在麻石铺就的粉行街上"嘎嘎"作响。

赌场上的人见了欢娘都毕恭毕敬，"欢娘欢娘"叫得很热情。欢娘一坐下，茶水就端上来了，还有人给她敬纸烟，欢娘手气也异乎寻常地好，每日都大把大把赢钱。放高利贷的王麻子见了欢娘更是点头哈腰，一副哈巴狗样。欢娘经常会将一口浓烟喷在他脸上，伸手拍拍他连蚊子都站不住的脸，问他："还敢向我要高利贷不？"

王麻子就吓得脑袋差点缩进裤裆里，一叠声说："不敢，不敢，欢娘你大人不计小人过，别跟小的一般见识。"

这个时候，欢娘就得意得哈哈大笑。

偶尔，刘虎也会在街上看到涂脂抹粉、招摇过市的欢娘，远远地刘虎就会避开，他不想和欢娘打照面，免得自己恶心。有一次，欢娘一摇三摆回到土堡她原先和刘大福住过几年的破屋，那天正好刘虎在家，她就隔着院墙对刘虎说："虎娃，要不我和王营长说说，让他给你谋个差事，就是在他军营里打杂也比你在纸坊当伙计强不是？"

刘虎原不想搭理她，听欢娘这么一说，一股火气腾腾往脑门顶涌，他操起一把笤帚，劈头就朝欢娘打去："你给我滚，死不要脸的臭婊子，滚！"

欢娘吓得撒腿就跑，边跑边嚷："你这不识抬举的东西，活该一辈子帮人做长工，要不是看在你爹份上，看我不叫人一枪崩了你！"

"滚，滚，今后你要再敢踏进我家门，定打断你的狗腿！"刘虎挥着笤帚冲着欢娘背影吼。他怎么也想不明白自己的爹当初怎么会看上这么一个毫无羞耻的女人，有好长一段时间，他索性待在纸坊不下山，眼不见为净，省得看见那个不要脸的女人就想吐。

五

宁化盛产毛竹，自北宋始以嫩竹土法造纸就已形成产业，李世熊在清康熙年间编纂的《宁化县志》就说"南区之寺背岭、安乐各村，东区之泉上、乌村各村，西区之坑子里各村，颇有修蓄苗竹者，不以制笋，而以造纸"。毛边纸的上品称"玉扣纸"，色泽洁白如玉，纸嫩柔软，韧性好，拉力强，无毒性，不易虫蛀，用毛笔书写吸水不渍，是书写文献及印刷线装书的上品，能保存数百年不霉烂。从宋代起，大臣给皇帝写奏本都爱用此纸。玉扣纸也因其"玉洁冰清"的品质，获得"日鉴天颜"的美誉。

邱光兴祖上在南宋隆兴年间自汀州迁到泉上居住，凭祖传造纸技艺在泉上开办纸坊，历经数朝，到了明清时邱家就成为泉上首屈一指的富户。

手工作坊制作毛边纸是一个极其复杂的过程，要经过砍笋、断筒、剥青、削片、挑竹麻、踏料、洗漂、耘槽、烘焙等十几道工序。刘虎自从那天答应了娇子就上了山，将军坑纸坊的伙计都知道刘虎是刘大福的儿子，也对他格外关照。一开始刘虎因年纪小，只能在纸坊做些砍笋、剥青、挑竹麻的杂活，后来又干了两年的踏料工。踏料是个粗活，近乎蛮荒，那被石灰沤烂的竹麻堆在作坊的木地板上，踏料工赤脚站在竹麻上死劲踩踏，重如锤击，必须将竹麻踩踏至稀烂如浆为止。刘虎双腿常年泡在石灰水浸过的竹麻里，裂得鲜血淋漓。到了十八岁，邱光兴见刘虎做活勤快实在，便让他跟大师傅学焙纸。焙纸是造纸最高的技艺，稍不留神就会将纸刷烂，不少伙计学上几年都不能出师。刘虎似乎继承了他爹刘大福的天赋，不出两年，就能独自操作，和他爹比起来有过之无不及，很得大师傅的喜欢。

此时娇子也已长成一个亭亭玉立的大姑娘了，梳着两条齐腰长的粗辫子，弯弯的柳叶眉下是一双细细的丹凤眼，一笑腮帮上就现出两个浅浅的酒窝。每次刘虎从纸坊挑纸回邱家大院，他都希望娇子会出现，虽然说不上话，但是能看上一眼也心满意足。如果要是没见着娇子，刘虎的心里就像猫抓似的难受。有时刘虎也会偷偷骂自己，自己一个长工竟会想着东家的大小姐，真是癞蛤蟆想吃天鹅肉。可人就是这么奇怪，越不敢想越是想，有时刘虎真想杀了自己。多少个晚上，刘虎悄悄拿出当年娇子给他擦血的手帕蒙在脸上，在心里一遍又一遍叫着娇子的名字，双眼溜溜转直到天明。

这天，刘虎又挑了一担纸下山。走到了"黑风口"，和往常一样，刘虎都要在他爹的坟前默默地坐一会儿，每回，当刘虎的眼光落到黑松林里时，他就能看到爹那直挺挺跪着的无头尸体。前些年自己还小，也没有多去想爹被土匪劫杀的前因后果，这些年来，刘虎总感到当年发生的事很蹊跷，那些土匪怎么就知道爹的纸担里藏了银元呢？爹当时连他也没告诉啊。他怀疑是纸坊有人给土匪通风报信，可相处几年下来纸坊十多个伙计个个都是穷苦人家，老实厚道，怎么看也不像那种下作之人。特别是纸坊大师傅更是对刘虎关爱有加，将一身精湛的焙纸技艺悉数传授给刘虎，让刘虎心里十分感激。大师傅年过花甲，无儿无女，在纸坊待了几十年，常年吃素，滴酒不沾。平日里时常将自己的工钱接济纸坊里生活拮据的伙计，总说自己孤身一人无儿无女，有个落脚的地方就行，钱财对他来说是身外之物，派不上多大用场。大师傅的厚道和慈善深得众伙计的厚敬。刘大福被土匪杀害后，大师傅把自己关在屋里哭了三天，口口声声说是自己害了刘大福，如果不是他让刘大福带那500块大洋下山，就不会招来杀身之祸，土匪抢上抢下也不至于去抢一担毛边纸。但大师傅一直搞不明白当年是怎么走漏的风声，当时他是按照东家邱光兴的吩咐，把向延祥村民买青山剩下的五百大洋悄悄托刘大福带回镇上给东家的，这事没有别人知道啊。这些年来大师傅一直想弄清楚究竟是怎么出的问题，是哪方强人下的手，可他又理不出头绪。他也曾怀疑是九龙寨的土匪所为，可东家邱光兴一口否认，说九龙寨的大当家和他相识多年，平日里大家相安无事，这纸坊还是他罩着，绝不可能会劫他邱光兴的财。所以这事也就不了了之。有一回刘虎听伙计说，是大师傅让刘大福带银元下山的，就怀疑是大师傅做的局，年轻气盛的刘虎就去找大师傅质问。那天晚上，在大师傅房间，大师傅悄悄告诉刘虎一个隐藏多年的秘密：原来大师傅过去的确当过土匪，年轻时在宁化西南石壁通往江西石城的站岭古道上打劫落单的行人。后来有一日，从石城方向上来一个身背油布伞的行人，快到站岭隘时，突然下起雨来，行人便把雨伞从布袋中抽出，把还未吃完的半条黄瓜塞进布袋中。隐伏在灌木丛中的大师傅误以为行人背袋里藏着银元，跳将出来，手起刀落将行人砍死。当大师傅得知自己只是因为半条黄瓜害死一条人命时，追悔莫及，自知罪孽深重，便在站岭立下悔过碑。从此，站岭古道上，再也没有出现过剪径的强人。大师傅放下屠刀后，一口气跑到宁化东部的泉上，隐姓埋名在将军坑纸坊学做纸，隐居山中几十年，从没出过纸坊半步。

听完大师傅的话，刘虎打消了怀疑，像大师傅这样悔过自新的人，不可能再做图财害命的事。当年宁化境内杀人越货的强人如麻，小镇时不时都能听说土匪谋财害命的事，乡民对此都习以为常，所以刘虎心中虽然对此事耿耿于怀，但也弄不清究竟是哪帮强人害了他爹的命，加上自己形单影只，寻仇之事更是无从说起。

大师傅除了有一身焙纸技艺外，还有一身好武艺，不仅拳术精湛，而且一套"破锋刀法"更是练得炉火纯青。没事的时候，大师傅就会教纸坊的伙计练些功夫做护厂防身用。刘虎年轻，又怀有杀父之仇，总想有朝一日能替爹报仇雪恨，所以练起武来也就格外用心。几年下来，刘虎功夫大有长进，舞起大刀来也虎虎生风，水泼不进，竟能和师傅过招二三十回合不败下阵来。

刘虎在坟前陪死去的爹坐了一会儿，便挑起纸担下山，一想到很快就可以见着朝思暮想的娇子，肩上的担子似乎也轻了许多，几十里山路如履平地，健步如飞。只是天公不作美，还没下莲花顶，一场山雨劈头盖脸砸下来，纸担有油布遮着无妨，刘虎倒是被淋成了落汤鸡。那雨来得快走得也快，不一会又骄阳似火，让刘虎一身雨水一身汗。回到镇上，刘虎觉得，自己这样进邱家大院，被娇子看到肯定要笑话的，便把纸担先挑回家，放下担子就直奔土堡外的檀河。刘虎心想得好好洗个澡，千万别让娇子闻到自己一身的汗馊味。

夏日的傍晚，镇上的男人、小孩儿都喜欢到石拱桥下洗澡泗水，满河都是白花花的人影。有胆大的还敢从桥上往水中扎猛子，溅起来的水花常惹来岸边洗衣裳女人们的笑骂。那些顽童不敢到深水里去，只能在河边的浅滩中嬉闹，常将头埋进水中，露出光溜溜的屁股，像群在水中觅食的小鸭。

刘虎自幼在檀河摸爬滚打，练就一身好水性，他能肚皮朝天，一动不动浮在水面，还能在水底换气，镇上无人可比。特别是他从桥上往水里扎猛子的技艺高超，身轻如燕，常引来满河的喝彩。

此时刘虎高高地站在石拱桥上，斜眼看着那些"扑通、扑通"往水里跳的人们，脸上露出极为不屑的神情。落日的余晖在他疙疙瘩瘩的腱子肉上抹上一层金黄色的光芒。

"刘虎哥，跳一个！跳一个！"河里有人高声喊叫。刘虎低头一看，那个朝他喊的后生是李金根的儿子大旺。大旺比刘虎小两岁，平时都跟着他爹给邱光兴家放牛。小时候，刘虎经常背着大旺到处跑，大旺浮水的技艺就是刘虎当年教会的。

刘虎晃动着手臂，劈开两腿挺立在桥上，正准备扎入水中时突然他眼睛一亮，只见穿着一身翠蓝色旗袍的娇子跟着挑菜的钟婶款款地从土堡大门走出来，娇子鼓突突的胸部微微上下起伏，那裸露的手臂如藕般洁白耀眼，晃得刘虎心旌摇荡，只觉得心口像揣了只兔子"别别"急跳，喘气都粗了起来，他突然有要做些什么的冲动。他准备在娇子走到桥下时，来一个鹞子翻身掠入水中，好好在娇子面前展示一下自己高超的跳水技艺。

突然，河里一个光屁股的小儿指着刘虎大呼小叫起来，一河的人将眼光都投向站在石拱桥上的刘虎，紧接着河面上爆发出一片哄堂大笑。那些洗衣的女人更是笑得前仰后合，捣衣的棒槌被河水冲出老远也忘记捞。有几个小媳妇红着脸，不好意思低下头，嘴角却流露出暧昧的笑容。已经走到桥下的娇子早已羞得用手蒙住了双眼，转过身去了。

刘虎丈二和尚摸不着头脑，不明所以，左顾右盼，待低下头一看，发现胯下那条红通通的玩意竟不知什么时候昂昂然从裤衩里探出头来。

刘虎脑袋"嗡"的一声，羞愧难当，身子一歪，"轰"地一头栽下桥，半天没敢露出头来。

刘虎在水底把自己那不争气的东西塞回裤衩里，恨不得就变成一条鱼再也不浮出水面。他在水里憋足气东摸西摸，竟摸到一个铁疙瘩。那铁疙瘩沉甸甸的，有手杆儿粗细，像女人捣衣用的棒槌。刘虎毕竟不是鱼，在水底待不了一辈子，在人们放肆的哄笑声中爬上岸来，哪还敢瞄娇子一眼，抱起那个锈迹斑斑的铁疙瘩，脸红脖子粗逃回了家。

刘虎没脸再去檀河里游泳，连去邱家大院看娇子的念头也不敢有了，在纸坊一待就是一个多月不敢下山。没事时就拿着那个从河里捡来的铁疙瘩琢磨，琢磨来琢磨去，确定是个手榴弹，镇上国民党军们常在腰上吊着这样的玩意儿。刘虎曾经看到国民党军用这东西在檀河里炸过鱼，"轰"的一声，能将河水掀起丈把高，白花花浮起一片鱼来。刘虎就想弄清这铁疙瘩怎么会有这么大威力，想知道要怎么使用。刘虎找来一张斧头，想方设法要砸开它，可这铁疙瘩实在太硬了，斧头砸上去也只能现出个白白的牙印儿。时间长了，那手榴弹就让刘虎抚弄得油光发亮。刘虎将手榴弹形影不离带在身边，他想，哪朝一日找到杀父仇人，一手榴弹就能送他们上西天！

又过了些时日，大师傅让刘虎下山挑米挑菜，刘虎推辞不过，只好挑了一担纸下山来。进了镇，他将斗笠盖住半个脸，急匆匆地从粉行街上蹿过。他原想到邱家大院交了纸就回家去，可不曾想，刚跨进大门，就见娇子立在院子里，好像就一直在那等着他似的。刘虎进又不是退又不是，脸"唰"地就涨成了猪肝色。

倒是娇子红着脸先开了口："刘虎哥，你怎么这么久才回来啊？"

"我，我来交纸呢。"刘虎勾着头，慌慌张张从娇子面前走过，把纸担挑到账房那，逃也似的就溜出门，不料在门槛上踢着了脚指头，趄趔几步差点没摔个大跟头。身后传来娇子"扑哧"的笑声，更是羞得刘虎连头也不敢回，恨不得寻个窟窿钻进去。

刘虎一口气奔回家，又羞又恼，又不知如何发泄，一头倒在床上，背上压到一个硬梆梆的东西，刘虎一摸，是那个藏在褡裢里的手榴弹。刘虎有气无处出，把一肚子怨气撒在它身上，鼓捣来鼓捣去，不知怎么的，竟把手榴弹屁股帽儿拧开了，见里面有根白线，也没想那么多伸手就扯。手榴弹"哎哎"冒出白烟，吓得刘虎像被火烫了似的一把甩了出去。手榴弹被扔进灶膛上的锅里，咻溜溜直打转。刘虎脸都青了，撒腿就跑，可还没跑出家门，"轰"的一声巨响，手榴弹爆炸了，把个灶台炸得支离破碎，还把一个黑乎乎的锅底掀上了屋顶。

刘虎只觉得背上被人劈了一掌，摔了个嘴啃地，满嘴是血。待爬起时，感到左腿不听使唤，低头一看，见一股鲜血从裤管上汩汩流出，一块黑乎乎的弹片扎在腿骨上。刘虎想站起，却站不稳，脚一歪，"扑通"就倒在地上。

手榴弹的爆炸声惊天动地，不一会儿，就引来一队国民党军，领头的是个连长，他看着躺在地上"哎呦哎呦"直叫唤的刘虎，踹了他一脚，待问清是怎么回事，悬在心口的一块石头落了地，幸灾乐祸骂："狗日的，老子还以为赤匪来了，怎么不炸死你！"手一扬，撇下刘虎，带着手下屁颠屁颠回营部向营长王鹤亭汇报去了。

围拢来的邻里乡亲，看到刘虎躺在地上，一时不知如何是好，等李金根得讯从邱家大院赶回来，大伙才在李金根的招呼下，七手八脚将刘虎抬到粉行街上的石记骨伤诊所。

石记骨伤诊所的石老夫子祖孙三代都以驳骨治跌打损伤为业，医技在闽西北周边的几个县很有名气，为人又和气，深得邻里乡亲的爱戴。石老夫子花了九牛二虎之力，才把刘虎小腿上那块拇指大的弹片取出来，那弹片深入腿骨，把刘虎的小腿骨扎出一道裂痕。石老夫子用杉木片将刘虎的小腿固定，然后敷上祖传草药，让刘虎回家静养。

李金根把刘虎背回家安顿好，吩咐老伴钟婶每餐都送饭过来。抽空领着儿子大旺上山伐了两棵水桶粗的杉树，剥了几捆杉树皮回来，帮刘虎盖好被手榴弹掀翻的屋顶，又和了一担黄泥重新垒了灶台。大旺比刘虎小两岁，从小就把刘虎当哥哥看，时不时过来端屎端尿陪刘虎说话解闷。到了晚上，李金根放完牛回来，也要过来看看，帮刘虎换药。

李金根和刘大福都是长汀四都人，三岁那年，两个同庚被父母挑在箩筐里逃荒到了小镇，屈指算来两家人祖孙三代都在邱家大院做长工。李金根人老实，和刘大福又是邻居，两家平时相互帮衬。那年，李金根在镇西罗坊坝帮东家放牛，一条水牛牯跑去吃了人家地里的禾苗，被李金根抽了几鞭子。不料那水牛牯红了眼，一头就将李金根顶翻在地，眼看那尺把长的牛角就要将瘦小的李金根挑起来，恰好在将军坑纸坊当学徒的刘大福挑纸下山遇见。刘大福一把扔了纸担，撒腿冲向水牛牯，揪住水牛牯的两只角，硬是将李金根从尖利的牛角下救了下来。而刘大福自己却被暴怒的水牛牯顶了个四仰八叉，一只牛角扎进大腿，顿时鲜血如注，从此落下瘸脚的毛病。李金根这么多年来都把刘大福当救命恩人看待，刘大福常年在纸坊，总是将儿子刘虎托付给李金根一家照料。刘大福死后，李金根两夫妻更是把刘虎当成自己的儿子来对待。

俗话说伤筋动骨一百天，刘虎动弹不得，幸好有李金根一家照料。东家邱光兴来了两次，垫付了药费。倒是娇子隔三岔五会来看望刘虎，给刘虎带些好吃的，让刘虎既感动又羞愧。

这天傍晚，刘虎躺在床上，手里捧着娇子给他的那块手帕发怔，那手帕让刘虎保存了好几年，依旧洁白如新。娇子进来时，刘虎因想着心事都没发觉。

"在看什么？那么专心。"娇子把手中的糯米糖放在桌上，笑吟吟地问。

刘虎这才发现娇子来了，手忙脚乱把手帕往枕头下藏。

娇子又问："什么东西，拿我看看。"

刘虎不肯，双手捂着不松手。

"你不给我看，我生气了。"娇子瞪着一双丹凤眼，鼓起红嘟嘟的小嘴。那娇嗔的模样让刘虎没办法拒绝。

刘虎面红耳赤，乖乖把手帕拿出来递给娇子，勾下头不敢再看娇子。

娇子接过手帕，见手帕上有一簇血迹，恰似一朵盛开的梅花。娇子心里明白了什么，顿时羞红了脸："你还留着啊，这么些年了。"

"我，我，我现在还给你吧。"刘虎低声说。

"你要喜欢，就留着呗。"娇子把手帕塞到刘虎手上，勾下头红着脸急急地走了。

刘虎捧着那块手帕，看着娇子匆匆离去的背影，一时没有回过神来。过了许久，他似乎明白到什么，顿时高兴得手舞足蹈，不料扯动了腿上的伤，痛得他"哎哟"一声大叫。

六

刘虎在家里养了快三个月的伤，总算可以下地了。待刘虎再回到将军坑纸坊，天也入了冬，纸坊的活计也煞尾了，伙计们得闲都上山挖冬笋，下套逮野味，用捕鼠筒子逮老鼠，准备过年了。刘虎逮老鼠有绝活，伙计们都说他手煞，每天背着上百个捕鼠筒子出去安放，第二天一早去收筒，总是满满当当背回来好几十只大大小小的老鼠。捕鼠筒子是用茶盅大的竹筒做成的，竹筒一般锯成两三寸长，筒上方有用竹片做成韧性很强的弓，弓上安有坚实的细绳，在离筒口寸把处锯出细槽，将弓弯下，把细绳压入槽，做成一触即发的机关。在筒内放些谷粒，田鼠见了食物便会钻进筒内，触动机关，"啪"的一声，竹弓弹起绷直，槽内的细绳就牢牢套在田鼠的颈上，任它怎么挣扎也无济于事，不多时便气绝而死。安放捕鼠筒子一般在下午，手脚麻利的捕鼠者一次可安放百来个。在收割完的稻田边，田埂上，山野灌木丛中，随处可见老鼠洞和新鲜的鼠路，这时只要将捕鼠筒子安放好，即可等老鼠夜间出来觅食入筒了。老鼠干的制作也很有讲究，先将老鼠开膛刨肚，去内脏，然后排在竹架上放入锅中蒸。蒸熟后取出剥皮，再将其去头去尾剁去四爪，放入锅中用烟熏。熏料一般是细米糠，在锅底烧一把文火，一般半袋烟功夫就成。揭开锅盖，此时的鼠肉金黄喷香，让人垂涎欲滴。宁化老鼠干不仅香味扑鼻，营养丰富，滋阴补肾，还对小儿遗尿有很好的疗效，它和上杭萝卜干、永定菜干、明溪肉脯干、长汀豆腐干、武平猪胆干、连城地瓜干、永安笋干合称"闽西八大干"，而且居"闽西八大干"之首。刘虎把老鼠熏好后，自己不舍得吃，回镇里时他就带去给娇子，他知道娇子最爱吃冬笋炒老鼠干了。

转眼到了腊月十八，纸坊歇了工，像往年一样，依旧是大师傅独自在山里守纸坊，其他伙计开始收拾停当，下山回镇上准备过年去了。

一大早，刘虎提着一人串熏好的老鼠干，兴致勃勃下山来。天气阴沉沉的，好像马上就要下雪的样子。前几天下了一场雨，山路上滑得很，挂满冰凌的毛竹沉甸甸地弯下了腰，将山路掩塞得严严实实。凛冽的山风打着呼哨刮在脸上，像刀割般疼痛。但刘虎心里却热乎乎的，一想到很快就可以见到的娇子，刘虎就忍不住咧开嘴偷偷笑了起来，脚步也快了许多。

下了莲花顶的五里岭，就到了青瑶。青瑶是一个小村子，距镇上也就五六里地。相传隋末唐初，宁化县开疆始祖巫罗俊率领一支垦荒队伍在泉上的茅岗坪一带山场垦荒造田，并在山口土坡上建窑烧制陶瓷，因烧制的陶器呈青铜色，又因此地原居民以瑶人为多，此后就把这里称为青瑶，一直延续到今。出了青瑶就到了罗坊坝，还有二三里路就到镇上了。就在这时，刘虎突然看见从罗坊坝水口那条蜿蜒的山路上出现一队身穿灰布衣衫头戴八角帽的队伍。刘虎不知来的是什么兵，想跑又来不及，只好呆站在路边等队伍过去。那队伍老长，看不见尾，从刘虎面前走过时，有些兵还冲刘虎和气地笑笑。刘虎从没有见过这样的队伍，衣衫褴褛，参差不一，天寒地冻的，有的还穿着草鞋。他们有的背着长枪，有的扛着梭镖、大刀。再看打前那杆在寒风中猎猎飘扬的红旗，刘虎毕竟读了两年私塾，他看到军旗上写着"中国工农红军第四军"的字样。刘虎吓了一跳，曾听镇上的大户说红军是四处流窜的土匪，共产共妻，走到哪里就烧杀抢掠到哪里，想不到今天居然遇到了。刘虎撒腿想跑，可脚又不听使唤，提着那串老鼠干像根木桩戳在那。

这时一个身材高大头发老长的中年人停在他面前，用手中拄的木棍朝前方指了指，笑着问："小老弟，前面是啥子地方啊？"中年人带着浓厚的湖南口音，问了两遍刘虎才听清。刘虎抬头看看中年人，只见他皮肤白净，长着一双好看的丹凤眼。

"前、前面叫泉上。"刘虎不知怎么觉得中年人虽然和气，但却威势逼人，说话都结巴了。

"小老弟，你是镇上人吧？"

刘虎点了点头。

"泉上好大丘，十种九不收，一朝雨水足，有米下福州。"中年人哈哈一笑，拍拍刘虎的肩，"小老弟，看得出你也是穷苦人家出生，我们红军是革命的队伍，是来打倒土豪劣绅，带领穷人翻身求解放的，你别怕。"

刘虎似懂非懂地点了点头。

就在这时，从镇上方向传来枪声。一个年轻士兵急匆匆从前面跑来，到了中年人面前敬了个礼："毛委员，我们的先头部队和镇上的民团交火了。"

中年人皱了皱眉头，大手一挥："我们走！"说着又朝刘虎拱了拱手："小老弟，我们后会有期。"

刘虎望着中年人远去的背影，记住了那人的名字叫毛委员。

枪声时紧时密，刘虎心里挂念着娇子，撒开腿就往镇上跑。原本熙熙攘攘的粉行街上已不见人影，两边的店铺都关了门。刘虎跑到土堡，见大门紧闭，城墙上都是荷枪实弹如临大敌的国军和民团。刘虎在大门外等到中午，土堡的大门才打开。

一进土堡，就听人们议论纷纷。原来国民党军和民团在檀河路口想阻击红军，不料被红军一个冲锋就打垮了，镇上的大户和国民党军、民团全都躲进了土堡。幸好红军只是过境，没有攻打土堡，顺着檀河往十里外的泉下去了。

土堡内一下热闹起来，大门口都是站岗的团丁，城墙上整夜都守着人，大户人家灯火彻夜通明，一队队民团和国军在街上来去匆匆，气氛显得十分紧张。

土堡内实行宵禁，谁也不得出门。刘虎没办法去见娇子，心里像猫抓似的难受，一个晚上都没睡着。

第二天土堡里就传开消息，红军昨天驻扎在泉下，在戏台关召开了千人群众大会，号召劳苦大众起来闹革命，并将打土豪没收来的粮食、衣物分给贫民。当时就有曹汝学、邱水旺等几个穷苦人家出身的后生跟红军走了。

曹汝学是宁化一万三千多名红军中走完两万五千里长征最后达到陕北仅剩下的58名红军之一，中华人民共和国后在北京军区装甲兵司令部工作，1993年病逝。

其实这是毛泽东第二次途经宁化。首次是1929年3月11日，毛泽东和朱德率红四军从江西进入宁化，途经宁化西南的隘门、大王、凤凰山等地向长汀进发，建立闽西革命根据地。由于红四军来到闽西，震动了国民党反动派的统治，蒋介石组织了"三省会剿"，江西的金汉鼎、福建的刘和鼎、广东的陈维远等部向闽西进逼。12月底，红四军在上杭古田召开第九次党代表大会，毛泽东总结了两年多来的建军经验，起草了著名的古田会议决议草稿，在大会上通过。由于敌军步步紧逼，先头部队进抵小池，离古田只有30里，红四军前委决定转移到敌人后方去。1930年1月7日，朱德率领红四军主力第一、三、四纵队从古田出发，挺进江西。毛泽东率领第二纵队七百多人掩护主力转移后，向北经连城、清流、归化、宁化等县，西越武夷山，去江西和红四军主力会合。

毛泽东率领红四军二纵队在泉下驻扎一宿后，第二天拔营抵达宁化北部的水茜乡住宿一夜，带领群众斗争当地土豪劣绅。次日红军进驻安远乡，安远桥头村青年黄世春等人报名参加红军。随后红四军二纵队一路向西朝江西的广昌挺进。在宁化行军途中，毛泽东写下热情洋溢的光辉词篇《如梦令·元旦》："宁化、清流、归化，路隘林深苔滑，今日向何方？直指武夷山下。山下，山下，风展红旗如画。"

一晃就到了除夕，有惊无险的镇上大户人家都张灯结彩，各坊间也扎起了龙灯，火烧坪上被大树压坏的古戏台也重新修好，从外乡请来的祁剧和采茶戏也相继开演。粉行街上买年货的人熙熙攘攘，络绎不绝，充满过年的气息。

　　一大早刘虎就起来了，里里外外将自己那两间低矮的老屋打扫一新。吃了早饭，刘虎提了两斤老鼠干去檀河李家私塾，请李老先生给自己写幅对联。刘虎当年在私塾读书时，没少让李老先生头痛，但看在两斤老鼠干的分上，李老先生也没有推辞。李老先生说今年是庚午马年，就写了个和马有关的对联："门畔春色迎年秀，马前路途映眼新。"反正李老先生的字写得跟鸡爪似的，又草得很，刘虎也认不清几个字，他要的就是对联那红彤彤的喜庆味儿。回到家，熬了碗米汤，准备把对联贴在大门上。

　　"刘虎哥，刘虎哥。"院子外传来娇子的叫声。

　　刘虎忙从板凳上跳下来，就见气喘吁吁的娇子急急忙忙闯了进来，忙问："娇子，嘛事这么急？"

　　"刘虎哥，快，我家杀的猪跑了。"刘虎一听，吃了一惊，拉起娇子就往邱家大院跑。

　　原来，邱家大院按惯例，除夕夜都要请长工和佃户们吃年夜饭，邱光兴一早就让管家请了镇上的胡屠夫来杀猪。小镇自古有个风俗，年猪是要摆在正厅上杀的，以图血财兴旺，而且只能一刀毙命，决不可补刀，补刀的猪会给主人带来血光之灾。可今天也真撞了鬼，杀了半辈子猪的胡屠夫，在几个长工的协助下，将那条三百多斤的大肥猪按在了屠凳上，一刀捅进猪脖子，不料那头大肥猪嚎叫一声，一脚将猝不及防的胡屠夫蹬了个四脚朝天，猛地窜起，脖子上插着尖刀，一路喷血，在邱家大院上厅下廊横冲直撞，谁都拦不住。邱光兴大过年一早就触了霉头，气得直跺脚。他那老婆更是急得说不出话，口里只会念"阿弥陀佛"。

　　刘虎赶进邱家大院的时候，一伙人正撺着猪屁股追，那头大肥猪血淋淋地跳下天井要冲出大门。刘虎一见，蹲下马步，挡在门口，待大肥猪冲到身边，一反手揪住猪尾巴，"嘿"的一声大吼，将那头大肥猪掀翻在地。刘虎跨前一步，一手按着猪头，提膝顶在猪腰，顺手将那把尖刀连根顶进猪脖，猪血瞬间喷了刘虎一头一脸。那猪"哼哼"叫着，可却半点动弹不得。就那么僵持几分钟，看血差不多流尽，刘虎拍了拍手站起来，猪蹬了几下脚，就气息全无。

刘虎收拾那头肥猪是顺刀，不是补刀，没犯忌，一场恶煞化了解。邱光兴见了，悬在心口的一块石头落了地，过来对刘虎说："虎娃，好力道，晚上年夜饭你坐上席。"

刘虎全身都是黏糊糊的猪血，也不便在邱家大院久留，便回家去换衣裳。

"刘虎哥，你真行。"娇子从巷子里追上来，一双丹凤眼满是赞赏的亮光。

娇子跟着刘虎进了家门，蹲在刘虎那黑乎乎的灶膛前生火烧水。水烧开了，娇子舀了一桶热水，让刘虎去洗。原先刘虎都是蹲在屋檐下洗澡，可在娇子面前，他哪敢放肆，不好意思站在那没动。

"你去洗啊，一身血淋淋的，龌龊死了。"娇子推了刘虎一把，娇嗔说。

"那，那你别出来。"

"好，好，我不出来，你快点去洗。"娇子低下头，抿着嘴笑了。

刘虎将热水提到门口屋檐下，掩上门，脱了衣裳，穿了一条裤衩，蹲在那稀里哗啦就洗了起来。虽然院子里寒风刺骨，但刘虎只觉得全身都热哄哄的。

正洗着，门"吱呀"一声开了，娇子端了一木盆热水出来，"哗"地添进刘虎的水桶里。光着身子的刘虎一见娇子，脸一下就红到了脖子根，蹲在桶边不敢动了。

"你快洗啊，要不会冻坏的。"娇子催促着，上前来，用蒲勺舀起桶里的热水，浇在刘虎的身上。浇着浇着，娇子就不动了，刘虎那一身古铜色的腱子肉，疙疙瘩瘩的，小老鼠般乱动，让娇子看直了眼。

刘虎回过头，正遇见娇子热辣辣的眼光，顿时觉得全身有火在烤，胸口似乎要炸裂开来。他心一热，不由自主站了起来，一把抓住了娇子的手。有那么一刻，两个人就那么静静地凝望着。

还是娇子先回过神来，脸一下红了起来，从刘虎手中抽出自己的手，低头跑出了院子。

半晌，刘虎才缓过神，他激动得大喊一声，提起桶，将半桶水兜头淋下，恨不得在地上滚上两滚。

夜幕降临时，邱家大院挂起了大红灯笼，大厅里摆着十几张八仙桌，管家马祥吆喝着几个下人抬来几坛隔冬老酒。厨娘钟嫂一大早就开始忙碌，做出的"客家八大碗"也准备停当。

邱家的长工和佃户拖家带口都来了，怕不有百十号人，熙熙攘攘赶集般热闹。小时候，刘虎每年都跟爹在邱家大院过年，那晚邱家大院最是热闹，大人们猜拳行令，小孩子家打打闹闹，在八仙桌下钻来钻去。东家邱光兴还会给各家孩子派红包。年载多了，刘虎也从大人嘴里知道了过年吃"客家八大碗"的含义。

"客家八大碗"是宁化客家人宴席中相对固定的菜肴，普通老百姓一年中能够吃上大鱼大肉的次数屈指可数，为了能体现主人热情好客，让赴宴的亲朋好友能够吃饱并品尝到大鱼大肉的滋味，在安排宴席菜肴时一般不少于八道菜肴，包括白斩鸡、油面、燕、鱼、"顿丢"、糯米饭、兜汤、甜汤。"八大碗"以鸡开头，以甜汤散席，寓意吉祥甜美之意。在宁化客家有"无鸡不成筵"之说，既取"鸡、吉"谐音。面，为伊府面，可炒可煮，佐以肉丝、香菇、葱蒜等配料，色香味俱全。而所谓"燕"，原指燕窝，由于此物名贵，在宁化这偏僻山区多不易得，故客家人采用变通之法，代之以油炸干熟猪皮，佐以笋丝、胡萝卜丝、肉丝、芹菜、香菇丝等合炒而成，其味鲜美脆嫩，其名高雅，成为一道老少皆宜的地方菜。"炖丢"即炖底猪肉，喻意生活富足。糯米饭，蒸熟后晶莹剔透、软糯，让人口舌含香，寓意家庭和睦，情深意长。兜汤，客家话的本意是端在手上的肉汤，"端"在客家语中为"兜"，也就传音曲意地成了"兜汤"。甜汤则用当地薏米熬成，加以红枣白糖，甜糯可口。

而"伊府面"的来历，倒是前些年邱怀远告诉刘虎的。清朝年间，曾任惠州知府及扬州太守的著名书法家宁化人伊秉绶喜欢与文人宴游唱和，他的府上常常宾客盈门，往往是一席又一席，家中厨师深感应接不暇。为此，伊秉绶想了一个办法，他让人将面粉和鸡蛋掺水和匀，擀成面条，卷曲成团，晾干后下油锅炸至金黄存放起来，来客时只需将面团放入碗中，用开水一泡，再加入配料，便成了一碗香味扑鼻、柔滑可口的面条，用来招待零星来客，极为方便。此法一经传出，人们便纷纷仿效，并将这种由伊秉绶发明的方便面称为"伊面"。宁化客家人请客时必吃这种面。

邱光兴家业大，在泉上首屈一指，但人丁却不兴旺，只有邱怀远这棵独苗，娇子还是抱来的养女。邱光兴曾动过几次纳妾的念头，无奈他老婆坚决不同意，一提起来就要寻死觅活，让他也只能心里憋闷得要死。

正厅的一桌是邱光兴和他胞弟邱光林一家，长工和佃户坐在下厅。刘虎因早上杀猪的事，特别被邱光兴安排坐了上席，虽然和上厅隔着天井，但一抬头就可看见娇子。娇子今天穿着大红袄，在烛光的映照下，脸色红扑扑的，越发妩媚，看得刘虎心口扑通扑通直跳。偶尔娇子也会抬头朝刘虎这边飞快地瞄过一眼，当目光和刘虎相遇时，她会莞尔一笑，避开刘虎火辣辣的眼光，低下头去。

当第一碗白斩鸡端上桌时，穿着一身崭新长袍马褂的邱光兴端着酒杯站了起来，笑眯眯对坐在下厅的长工佃户们说："今年是个好年景，风调雨顺，仰仗在座各位的辛劳，我在这敬大家一杯。"

刘虎虽然心里不喜欢邱光兴，但因为娇子的原因，他也渐渐觉得邱光兴不那么讨厌了。

开席酒喝了，劳累了一年的长工佃户们也就放开来，大碗喝酒，大块吃肉，划拳行令，不亦乐乎，邱家大院一派欢天喜地。邱光兴也一桌桌来敬酒，喜滋滋地给孩子们发红包，拿到钱的孩子们欢呼雀跃，在大人的指点下说着"多谢老爷，恭喜发财"的顺耳话，听得邱光兴像弥勒佛般喜笑颜开，来到刘虎身边时，特意单独敬了刘虎一杯酒。

在县城连岗中学读书的邱怀远年前也回来了，在城里待了几年，虽然依旧瘦瘦小小，但穿着一身白西装，还戴了副金丝眼镜，很有点城里人的派头。

邱怀远叼了根烟，端了一碗酒，走下厅堂，来到刘虎身边，搂着刘虎的肩，硬要和刘虎干一碗。刘虎很看不惯邱怀远的做派，不想和他喝。

"刘虎，枉你是个男人，没长腰啊。"邱怀远挖苦道。

"喝就喝，我还怕你不成！"刘虎被邱怀远一激，又看到娇子正偷偷望着他，顿时豪气冲天，端起酒碗一饮而尽。

"算你小子有种，有本事再来。"别看邱怀远文文弱弱，但喝酒却是把好手。

"来就来，谁怕谁！"刘虎抱起酒坛，倒了满满两碗酒，又和邱怀远对干了一碗。

这时娇子走上来，劝道："你们两个别斗酒了，喝醉了不好。"

邱怀远推了娇子一把，喝道："死开来，别在这碍手碍脚。"

邱怀远在宁化县城读书花天酒地，经常出入花街柳巷，但放假回来后，碍着父母的面，又不好到外面去寻花问柳，憋出一脸骚疙瘩。虽然邱光兴私下里和他提起，想让娇子做他媳妇，好亲上加亲。但邱怀远在县城读了几年书后，见的世面多了，接触的女人也多，因此，他原先也没有想娶娇子为妻的打算，总觉得娇子再怎么也是下里巴人，哪比得城里的阳春白雪。回家看娇子越长越漂亮，心里不免有些发痒，便动了邪念，觉得让娇子暂时给自己解解饥渴也无妨。一天晚上，他趁着酒意溜进娇子闺房，对娇子动手动脚。想不到娇子骂他："你是我哥，怎么这么下作！"邱怀远欲火中烧，涎着脸皮说："爹要你做我媳妇，你不跟我跟谁？"边说边将娇子按在床上，伸手就去扯娇子的衣裳，想霸王硬上弓。可娇子死命反抗，又喊又叫，将邱怀远那刀条脸挠得像大花猫似的，气得邱怀远扇了娇子两巴掌，悻悻地溜走了。现在看娇子来打岔，觉得在刘虎面前被驳了面子，心里更觉得不愉快。

刘虎见娇子被邱怀远推了个趔趄，心痛死了。冲邱怀远叫道："欺负女人算什么本事，有种我俩再来三碗！"

邱怀远恼羞成怒："来就来，怕你不成！"

邱光兴见了，就上来说："好了，好了，酒足饭饱，大家上街看龙灯去。"

和邱怀远拼了两大碗酒，刘虎有点晕头转向，看邱怀远却一点事都没有，他也搞不清这小子喝酒怎么这么厉害，真不敢小瞧他。其实邱怀远是天生的海量，他自己都不知究竟能喝多少酒，在学校读书时隔三岔五就呼朋唤友到外面吃喝玩乐，经常把一桌子酒鬼喝趴，得了个外号叫

"酒仙"。看刘虎坐在凳上直喘粗气，邱怀远哈哈大笑，鄙夷地撂下一句话："想和我斗，你还早呢！"说完，叼着一根烟出门去了。

刘虎看大家都陆陆续续出了邱家大院上街去看龙灯，也起身摇摇晃晃出门。待走出厅堂，却见娇子站在花园右侧的回廊下悄悄向他招手。刘虎心一热，趔趔趄趄走过去，刚想说什么，娇子"嘘"了声，看看左右没人，拉起刘虎的手就走。

刘虎懵懵懂懂跟着娇子上了后阁楼她的闺房。一进门，娇子就一头扎进刘虎的怀里。刘虎脑袋"嗡"的一声就响起来，一把抱起娇子，两人就倒在了床上。

七

自从除夕那晚，娇子悄悄把刘虎领进她的闺房过夜后，一段时间来，刘虎一有机会，就要溜进娇子的闺房和她幽会。只是邱家大院有护院的家丁看得紧，为了不让人发觉，刘虎总是等到夜深人静时，翻过自家低矮的院墙，蹑手蹑脚溜到邱家大院后墙的小巷里，轻轻学声猫叫，早已等在阁楼上的娇子就会悄悄打开窗，将一条早就准备好的棕索抛下，刘虎抓住棕索，三下两下就爬上墙，悄无声息从窗口翻进娇子的闺房里。刘虎做梦都想不到，身为邱家大小姐的娇子，竟会爱上自己这个她家的长工，而且爱得那么执着，那么痴情，那么疯狂。一个千金小姐爱上一个贫穷的长工，这对财大气粗的邱家来说是大逆不道的。虽然邱怀远过完元宵就回县城读书去了，但要是给东家邱光兴知道了，还不打断他刘虎的腿。刘虎想过带娇子私奔出走，可邱家有钱有势，邱怀远的叔叔邱光林又是镇上民团队长，自己就是有孙猴子的本事也跳不出如来佛的手掌心，跑到天边也会被抓回来，自己一条贱命死不足惜，可他担心连累娇子。

立春过后，满山的竹笋就比赛似的"噌噌"往上蹿，等吃完端午粽，山上的新竹就长成了，这时节是纸坊最繁忙的日子。伙计们将开枝长叶的新竹砍倒，然后剖成三五尺长拇指宽的长条，驮下山，层层叠叠码进硕大的浸池里，撒上石灰沤烂，为造纸备料。

刘虎因山上忙，见娇子的机会就少了，可一到要下山给纸坊挑米挑菜，刘虎就争着去。每次回到镇上，刘虎就要住上一宿，到了夜深人静就爬墙去和娇子相会。可不曾想，邱怀远这时却从县城回来了。

邱怀远前几年被他父亲送到县城的连岗中学读书，邱光兴原想让邱怀远读成后混个功名光宗耀祖，可邱怀远仗着家里财大气粗，花起钱来如流水，整天打扮得花花公子一般，书不好好念，四处寻花问柳。后来，班上来了个叫徐赤生的学生，被分来和邱怀远同住一个宿舍。别看徐赤生家道殷实，但人却十分朴实，这个长得瘦瘦高高有着一张大嘴巴的年轻人和邱怀远年纪差不多，却显得极为老成，口才又好，常在学生中偷偷传阅一些禁书，说些对国民政府不满的话，身边总围拢着一帮思想激进的学生。有一天晚上，邱怀远发现徐赤生躲在被窝里偷看《共产党宣言》，这还了得！邱怀远就跑去找校长告状，说徐赤生是思想激进分子，要学校开除徐赤生。校长的儿子和徐赤生平时交好，听到这消息后，悄悄告诉了徐赤生。因徐赤生早有准备，校督导队来搜查时，什么也没发现。徐赤生联系了同学王子谦、曹国昂、曹正刚等几个人，一天晚上在校门口把刚从外面寻欢作乐回来的邱怀远蒙起头来痛打了一顿。虽然当时邱怀远看不清打他的人是谁，但他心里明白十有八九是徐赤生干的，嘴里不说，但从此和徐赤生结下梁子。让邱怀远怎么也没想到的是，徐赤生当时已是宁化第一个共产党员，他正是利用在连岗中学学习的机会在进步学生中秘密发展党员。不久王子谦、曹国昂、曹正刚等十几个进步学生就成了徐赤生发展的第一批共产党员。

这时的宁化局势渐渐紧张起来，从长汀传来消息，数千红军正在长汀整编，随时都可能进入宁化。城关一些大户惶惶不可终日，都在收拾细软准备跑路。邱怀远一想到自家家大业大，哪还有心思读书，火急火燎赶回泉上，投靠了叔叔邱光林，靠着裙带关系，当上了民团中队长。邱怀远明白，要保住自家的万贯家产，只能靠枪，有人有枪，泥腿子就翻不起大浪。

果不然，邱怀远回到泉上不到一个月，六月底，在中共长汀县委领导和徐赤生的组织下，宁化西南五乡爆发农民武装暴动。最初是曹坊秘密农会会员在共产党员曹正刚的率领下，包围民团驻地，收缴民团枪支弹药，没收土豪的家财，并在上曹村成立宁化县第一个红色政权——宁化南乡革命委员会。过了两天，禾口党组织和农会在禾口、石碧、凤山、水东等村捉拿土豪、没收财产，宣布成立宁化西乡革命委员会。紧接着李七坑暴动队也破开大地主邱爵甲谷仓，焚烧邱爵甲家里的田契债约，成立李七坑革命委员会。与此同时宁化城关100多名暴动队员举行武装示威游行，捉拿土豪，收缴枪支、财产，破开县政府"永善义仓"和"朱子祠"等几个大谷仓，分谷济贫，打开县监狱释放无辜受害的贫苦工农。随后红四军一纵队从长汀进入宁化西南的曹坊，接着又进入宁化城关，顿时革命风暴风起云涌，席卷了宁化半壁河山。

邱怀远一回来，刘虎想见娇子就更不容易了。这天晚上，从纸坊回来的刘虎看见邱怀远去了区公所，好不容易逮到机会溜进了娇子的闺房。两人欢爱后，娇子悄悄告诉刘虎，这样下去也不是办法，听邱怀远说宁化城里正闹红，穷人都起来当家作主，要不两人干脆去投奔红军算了。刘虎觉得娇子这想法不错，准备抽个空先去县城一趟打探消息。

凌晨时分，小镇上空响起一声炸雷，那雷响得突然，沉寂的小镇在惊天动地的雷声中打了几个抖。这一声炸雷把邱家大院门口挂着的两个大红灯笼都震灭了。

刘虎就是被那声巨雷惊醒的，他睁开眼，发现窗棂外透进微许晨光，顿时像被火烫了一般，将娇子搭在自己胸脯上的手臂挪开，掀开被窝慌慌张张跳下床来。

刘虎捡起丢在地上的衣裤，手忙脚乱边穿边走近床前，撩开床幔，看见娇子睡得正香甜，长长的黑发慵懒地披在绣花枕上，鼻翼微微蠕动着，噘起的小嘴挂着满足的浅笑。突然，娇子翻了个身，蹬开了被子，小小的红肚兜哪里裹得住白皙丰满的胸脯，两个坚挺的乳房微微颤动着。刘虎心一热，顿时眼都直了，情不自禁伸出巴掌去揉娇子的乳房。

娇子猛地张开眼，仰起身子一把就搂住刘虎的脖子，把温热的身子紧紧贴在了刘虎"怦怦"急跳的胸脯上。

刘虎掰开娇子的手，急急地说："娇子，我得走了。"

"几时啦？"

"天就要亮了，我得赶紧走。"刘虎用力在娇子的胸脯上抓了一把，轻轻推开窗，将棕索抛下，然后抓着绳翻过窗，手脚并用顺着高墙往下溜。

刘虎脚刚落地，头上就重重挨了一枪托，"扑通"跌倒在泥地上。

还没等他爬起，两只胳膊就被人扭在背上。刘虎抬头一看，邱怀远手里提着一把盒子炮气势汹汹站在他面前。

"你这个王八蛋！"邱怀远一脚踹在刘虎脸上，咬牙切齿骂道，"你偷人偷到我邱家头上来了，吃豹子胆了你！"

"我没偷，我喜欢娇子！"刘虎满脸是血，硬着脖子叫嚷。

"肏你老母！"气急败坏的邱怀远又一脚踢在刘虎下巴上，"瞎子想天光，你也不撒泡尿照照！"

刘虎还要争辩，可手臂被两个团丁反剪在背上，头被死死压在地上，哪容得他说话。

"今朝不给你点厉害看看，你还不知道马王爷有几只眼。"邱怀远冲着团丁叫道："把他给我按在墙上。"

五六个团丁一窝蜂涌上来，按头的按头，压腿的压腿，抓手的抓手，将刘虎像只壁虎般贴着墙壁摆了个大字。虽然刘虎在纸坊跟大师傅学过武艺，但双拳难敌四手，何况是五六个有备而来的团丁，刘虎死命挣扎，无奈双手被反扭根本动弹不得。

邱怀远掏出两颗筷子粗的蚂蟥钉，倒提着盒子炮，"嘭嘭嘭"一阵乱砸，铁钉从刘虎两个手掌穿过，揳进了坚实的土墙里。血从刘虎手心如箭般澎出来，溅了邱怀远一脸。

"啊——"刘虎痛得杀猪似的号叫。

"刘虎，刘虎——"楼上的窗户"啪"地推开，传来娇子的哭叫声。

邱怀远气急败坏冲楼上喊："你个不要脸的贱货，等会儿我再找你算账！"

"哥，这不关刘虎的事，是我让他来的，我喜欢他！"

"邱家的脸都让你丢尽了，看我怎么收拾你！"邱怀远老羞成怒冲着楼上吼，"把她给我关起来！"

楼上传来打闹声和娇子的哭叫声。

"娇子，娇子——"刘虎死命挣扎着，仰头冲楼上喊，无奈两只手掌被死死钉在了墙上，一动血流如注。

"我叫你喊，我叫你喊！"邱怀远从地上抓起一坨稀泥，塞进刘虎的嘴里。

刘虎顿时被噎得满脸通红，不停干呕着。

又一声响雷，天摇地动，接着下起了大雨，雨点如鞭抽打着像只壁虎般被钉在墙上的刘虎，血水顺着湮湿的土墙汩汩往下淌。

八

那声惊天动地的炸雷，也惊醒了躺在床上的李金根。

李金根用脚踢了踢床那头的老伴钟婶："爬起，给牛煮桶粥，喂饱好耙田。"

钟婶在邱家大院做厨娘几十年了，难得邱家放了她两天的农忙假："你单身汉上床，那么猴急啥？"

"你懂个卵，田等秧，谷满仓；秧等田，变荒年。有捡也得起早。"春上的时候李金根好说歹说才向东家把檀河边朱武丘的五亩水田租到手，那可是上等的好田，旱涝保收。一眨眼，儿子大旺就十八岁了，长成一条土夯实实的汉子。男大当婚女大当嫁，再穷的人家也得娶妻生子不是？前一段前街的媒婆马三婆就告诉他，打铁铺胡三老哥有个小女还待字闺中，她有意撮合。李金根盘算，今年多种几亩地，再加上闲时到东家的纸坊挑纸，赚上几个积蓄，给儿子娶了这门婚事，了却自己一桩心愿。

钟婶很不情愿从床上起来，进灶房煮牛食了。李金根靠在床头卷了支辣子烟，"吧嗒吧嗒"吸，不知怎么突然就感到心神不定，他揉揉惺忪睡眼，也起了床。

院子里雨脚如麻，李金根缩着脖子站在门口看了一眼灰蒙蒙的天空，皱了皱眉，从墙上摘下斗笠扣在头上，往左厢房的杂物间走去。

李金根从板壁上取下一挂铁耙，铁耙还是春耕时用过，结满蛛丝。他随手在谷垄上抓起一把稻草，撩去蜘蛛网，不料，一个拇指大的蜘蛛落在他的脖子上，毫不客气就咬了他一口。李金根痛得"哎哟"一声，一巴掌把蜘蛛拍在地上，伸脚把蜘蛛踏得稀烂，口里嘟嘟嚷嚷骂道："肏你母，我让你咬！"啜着嘴，用手指从口里沾了点唾沫抹在红肿起来的脖子上。

李金根把铁耙扛到屋檐下，一眼就看见家里那条水牛牯正立在门口那棵柳树下的稻草垛边有一搭没一搭啃噬着稻草，顿时气就不打一处来。他回头冲屋里嚷道："大旺，大旺，你不去放牛，还在挺尸？"叫了半天，不见动静。李金根转身就往儿子大旺睡的东厢房奔去，边跑边骂："你个小兔崽子，我叫你睡，我叫你睡！"

李金根推开门，屋里空空的，床上的棉絮一半拖在地上，哪有大旺的影子。

李金根把棉絮撩上床，回头冲灶房里喊："屋里的，屋里的。"

钟婶正在灶上熬牛食，听到喊叫，乌面暗嘴慌慌张张从黑乎乎的灶房出来，抹着被烟熏得通红的眼说："死鬼，一早就穷嚷嚷啥啊？"

李金根气呼呼问："那短命鬼去哪啦？"

钟婶说："不是去放牛了吗？"

李金根吼道："放个卵，牛还拴在门外呢。"

钟婶也气了，骂："这短命鬼，又不知往哪疯去了，枉他十七八岁的人了。"回身从灶房里提了一泔水桶地瓜叶熬成的稀粥出门去喂牛。

水牛牯显然饿坏了，桶还没放稳，就将头探过来，把嘴伸进桶里，稀里哗啦吃起来。

钟婶撩了一把湿漉漉的头发，爱怜地拍拍水牛牯的头："吃吧，吃吧，吃饱了有力气耙田，全家都指望你呢。"

李金根甩给老婆一个破斗笠，从墙上摘下蓑衣，边穿边说："这短命鬼十有八九又去赌场看热闹了，别让我寻到，有他好看。"赤脚趟着泥水"啪嗒啪嗒"往外走。

钟婶急了，扯开嗓门朝土堡外嚷："大旺，大旺，你死去哪啦，快转屋啊——"

正嚷着，只见大旺慌慌张张从巷口跑来。

"爹，娘，不好了，刘虎哥被大少爷钉在他家后墙上，血都把墙染红了。"大旺上气不接下气说。

"啥？你说啥？"李金根一时脑袋还没转过弯来。

"刘虎哥被大少爷用铁钉钉在墙上了，你快去看看吧。"

李金根一听，脑袋"嗡"的一声就大了，撒开脚就往邱家大院奔。

钟婶惊得一屁股跌坐在泥地上，一慌神把泔水桶蹬翻了，那桶"咕噜噜"滚进池塘，急得水牛牯伸长脖子"哞——"一声长叫。

钟婶也顾不得去捞泔水桶了，爬起身，撵着老伴后面追。

李金根撒开脚跑到邱家大院屋后的小巷内，小巷子里早已挤满了人，他扒开众人挤进去一看，只见被扒光衣服的刘虎鼻青眼肿，像只壁虎般被钉在了夯实的土墙上。血水从刘虎两个巴掌上汩汩冒出，沿着墙往下淌。

"虎娃，你咋啦？"李金根大叫一声，冲上前就去拔刘虎掌上的蚂蟥钉。可哪里拔得动，李金根一急，俯下身张开嘴用牙去咬，咬得蚂蟥钉"咯咯"响。

"啪"的一声，一个巴掌朝李金根扇来，李金根只觉得牙齿在蚂蟥钉上一磕，一个黑乎乎的牙齿从自己嘴里飞了出去，他"哇"的一声，吐出一口血来。

李金根回头一看，东家的大少爷提着一把盒子炮怒气冲冲瞪着他。还没等李金根明白怎么回事，膝盖上又重重挨了邱怀远一脚，李金根"扑通"就跪在了地上。

"金根佬，你出什么头？"邱怀远骂道。

"大少爷，大少爷，虎娃不懂事，哪里冒犯了你，你就多担待，放了他吧。"

"放他？没那么容易，他不是喜欢爬墙吗，今天我就让他在这爬个够！"

这时，钟婶也跌跌撞撞赶来了，"扑通"就跪在邱怀远脚下："大少爷，求求你，放了他吧，求求你了！会出人命的啊！"

"叔，婶，不要求他，邱怀远，老子和你没完！"被钉在墙壁上的刘虎目眦尽裂，跺着脚冲邱怀远吼。

"我让你嘴硬，我让你嘴硬！"一个团丁上来，一枪托砸在刘虎的腰上。

刘虎"啊"的一声惨叫，一下就耷拉下脑袋。

"大少爷，大少爷，看在虎娃给你家做长工的份上，你就放了他吧，求求你了。"李金根抱住邱怀远的腿，苦苦哀求。

"你这个短命鬼呀，你去爬东家的墙做啥啊？"钟婶抱着刘虎"嘤嘤"哭。

"邱怀远你这个王八蛋，我不会放过你！"刘虎赤裸的胸脯急剧起伏着。

"你个七月半的鸭子，死到临头还嘴硬！"邱怀远踢了刘虎一脚，"说，还敢去找娇子吗？"

"就找，就找，你打不死我我就要去找！"刘虎硬着脖子嚷。

"我让你找，我让你找！"邱怀远老羞成怒一拳擂在刘虎腮帮上，回头冲几个团丁吼道，"没我同意，谁也不能放这王八蛋下来。"说完，提着枪气呼呼走了。

几个团丁端着枪冲上来，驱赶着看热闹的人群。

李金根从泥水中爬起来，撵着邱怀远的身后跌跌撞撞追："大少爷，大少爷，你开开恩，放过虎娃吧。"

李金根追到邱家大院门口，只听"咣当"一声，邱怀远把大门关上了。

李金根扑上去，"咚咚"擂着门，声嘶力竭地喊："大少爷，大少爷，你不能这样啊，会死人的啊。"

"轰"的一声巨响，天空响起一声炸雷，掩盖了李金根的哀求声。

九

和往常一样，邱光兴起床的第一件事就是坐在二楼万字格的楼廊里那张红木太师椅上，在下人的服侍下抽上一锅大烟，朝土堡外的檀河上打量一番，这是他多年养成的习惯。

连续几场雨，檀河的水明显往上涨了，此时的檀河水汽迷蒙，小镇如被水打湿的水墨画在邱光兴的眼中洇开去。本来邱光兴这一段的心情很舒畅，上季稻谷已收，佃户们正赶着种下季，虽然下着雨，但土堡外的田埂上三三两两的佃户正在犁田耙田。泉上因地势中间高四周低，状如倒扣的锅底，因此经常发生旱灾，民间流传着"泉上好大丘，十种九不收，一朝雨水足，有米下福州。"民谣，但看今年雨水如此充足，又该是个丰收年。可没想到自己的养女娇子竟然和家里的长工刘虎偷情，这真是把邱家祖宗十八代的脸都丢尽了。

前一段，管家马祥告诉说有天晚上看见长工刘虎溜进小姐的闺房，半天没出来，邱光兴还不当一回事。毕竟刘虎一家给自家做长工好几十年，刘虎从小就和自家的儿子和女儿一块长大，没少在一起玩耍，要说女儿会看上这穷小子就是打死他也不会相信。可马祥说得有鼻子有眼，昨天晚上，还悄悄领着邱光兴在后院守了半宿，果然见刘虎在午夜时分顺着后墙爬进了女儿的闺房，顿时气得邱光兴七窍生烟。但家丑不好外扬，邱光兴只好悄悄让马祥去火烧坪的区公所把当差的儿子邱怀远叫回来商量对策。邱怀远回家一听，顿时暴跳如雷，这还了得，刘虎这王八蛋真是吃了豹子胆了，竟敢太岁头上动土，提着枪就要去踹门，但被邱光兴拦住了。邱光兴担心弄不好，女儿会寻死觅活闹出什么事来，弄得里里外外不好看，便在邱怀远耳边嘀咕了几句。邱怀远虽然气得肺都要炸了，但觉得父亲说的有道理，便领着几个亲信团丁蹲在后墙根守株待兔，将刘虎逮个正着。

刘虎被邱怀远钉在墙上，总算让邱光兴出了口恶气，可邱光兴又怕家丑外扬，让儿子特别交代跟邱怀远去抓人的团丁不得走漏消息，对外只说刘虎偷了邱家的东西。可是娇子竟又哭又闹，口口声声叫嚷："我就是喜欢刘虎，是我让他来的，不关他的事！"弄得看热闹的邻里乡亲个个都知道，气得邱光兴差点吐血，只好将娇子锁在闺房里，门口还派两个家丁守着，任她在里面又哭又闹砸东西，就是不让她出来半步。

邱怀远怎么也没想到娇子会看上自己家的长工愣头青刘虎，怪不得对自己那么厌恶，原来是让那穷小子勾去了魂。这个倒贴人的贱货，不知早被刘虎夼过多少回了，把邱家的脸都丢尽了，看我不打死她！

邱怀远越想越气，冲进娇子的闺房狠狠扇了她两巴掌。可娇子自幼娇养惯了，哪受得了这气，揪住邱怀远又撕又挠的。邱怀远一怒之下把娇子反剪双手捆在了太师椅上。边捆边骂："你这个贱货，连摸都不肯给老子摸一下，却白送给那穷小子夼，我真夼你妈的！"劈头盖脸又给了娇子一顿巴掌，只打得娇子"哇哇"大哭，两边细嫩的脸颊顿时肿得像舀水的蒲勺。

"邱怀远，天收了你的，你不得好死！"娇子被绑在太师椅上动弹不得，只能边哭边骂，还"噗"地将一口血水啐到邱怀远脸上。

"我叫你骂，我叫你骂！"邱怀远暴跳如雷，从桌上抓起抹布，一下就塞进娇子的嘴里。

娇子被堵住嘴，喔喔说不出话来，差点没憋过气去。

邱怀远气鼓鼓从娇子的阁楼下来，来到前院，一屁股坐在厅堂上的太师椅上，呼呼喘着粗气。

天井里雨脚如麻，倾盆大雨都难浇灭他心头腾腾怒火。

这时，邱光兴捧着水烟筒从楼上下来。

邱怀远忙站起身，叫了声："爹。"

邱光兴坐下来，打着火折子，呼噜呼噜吸了一袋烟，明知故问："你把刘虎钉在后墙上啦？"

"是，老子恨不得一枪崩了他！"邱怀远把腰上的盒子炮解下来重重地拍在桌上。

"是该让他吃点苦头，只是这大风大雨，怕不要死在外面。"

"死了拉倒，一个穷小子，扔乱葬岗喂野狗去！"

邱光兴想了想，指了指后院："我看你还是把刘虎弄进来，街坊邻里人多嘴杂，张扬出去我这张老脸都不知往哪搁。"

"她都不要脸，我们还要那脸干吗？气死我了！"邱怀远依旧怒气冲冲。

"放屁！邱家在镇上也是名门望族。再说，你这样过分张扬岂不败坏我一世名声。"邱光兴把水烟壶重重往桌上一磕。

邱怀远睐着眼打量着父亲："爹，我真是服了你，你以为我不晓得啊，刘大福不就是死在你手里的吗？"邱怀远早就多多少少也听到了些许风声，只是碍着父亲面子，从来不提起罢了。

"你，你放屁！"邱光兴当年偷鸡不成反蚀一把米，不仅和九龙寨的"独眼龙"翻了脸，又被国民党军营长王鹤亭摆了一道，煮熟的鸭子都飞了，打落了牙齿只能往肚里吞，几年来都耿耿于怀，又没地方出气。他自以为当年事情做得隐秘，想不到今天竟被儿子揭了老底，顿时气得山羊胡子都翘了起来，全身发抖，一口痰堵在胸口，憋了气，仰面就倒。

邱怀远慌了神，唤来管家马祥，两人手忙脚乱把邱光兴抱上床，又捏又按，折腾半天才把邱光兴整回过气来。

邱怀远见父亲依旧一副恼羞成怒模样，怕再惹他生气，就出了屋。见外面暴雨如注，想了想，叫来一个团丁，让他去把刘虎带回邱家大院。

不一会儿，刘虎就被几个团丁拖了进来。此时的刘虎早已全身湿透，嘴唇乌紫，全身滴滴答答淌着水，像打摆子似的发颤。

一见坐在厅堂上的邱怀远，刘虎就咬牙切齿骂："邱怀远，你这个王八蛋，我和你拼了！"边骂边朝邱怀远扑去。无奈两只手臂被两个团丁反剪，怎么挣扎也动弹不得。

邱怀远走过来给了刘虎一巴掌，朝团丁吼道："把他给我捆起来，看我怎么收拾他！"

团丁得令，七手八脚把刘虎捆在了厅堂上的廊柱上。

尽管刘虎被捆得粽子般，手掌滴滴答答滴着血水，但他依旧梗着脖子跺着脚叫骂。骂声引来邱家大院的下人们，纷纷围到厅堂看热闹。这更惹恼邱怀远，气急败坏把下人们都轰走，叫人用块布条勒住刘虎的嘴。刘虎呜哩哇啦叫不出声，只能摇头跺脚死命挣扎。

正在这时，一个团丁撑着一把油布伞跑进来，伏在邱怀远耳边说了句什么。邱怀远脸色一变，拎起盒子炮就走，跨出大门又回头交代："没我的话，谁也不要放这王八蛋下来，等我回来再收拾他！"说完急匆匆出门去了区公所。

十

被邱怀远捆在太师椅上动弹不得的娇子，又不知刘虎究竟怎么样了，不禁悲从心起，"嘤嘤"痛哭起来。

钟婶送饭进来，告诉说刘虎现在被绑在厅堂上，娇子听了跳起来，无奈被绑着，嘴里又堵着抹布，着急地朝钟婶"呜呜"叫着。

钟婶刚把娇子嘴里的抹布拽下，娇子就急急说："钟婶，快，你快帮我解开。"

钟婶吓了一跳，摇了摇头："大小姐，我不敢，大少爷怪罪下来，我可担当不起。"边说边要喂娇子吃饭。

娇子不吃，赌气把头歪到一边，又见守门的团丁探头探脑，怒从心起，杏眼圆睁，骂道："狗奴才，看什么看！还不过来放开我！"

守门的团丁点头哈腰说："大小姐，没有中队长发话，我不敢。"说完像根木头一动不动戳在门口。

娇子无法，见钟婶小心翼翼捧着饭碗，就说："钟婶，求求你，把饭端去给刘虎吃吧，他要是死了，我也不想活了。"说着眼泪吧嗒吧嗒掉下来。

"我也想啊，就怕看守不让。"钟婶也跟着抹泪。

"他们敢！"娇子恨恨地，"反正刘虎没饭吃我也不吃，就饿死在这！"

"好，我去，我去。"钟婶慌了，端了碗出门，又回头，"大小姐，老爷气得生病了，太太昨日去清流灵台山翠峰寺进香还未回来，你就忍忍，等大少爷消了气就没事了，毕竟你们是兄妹呢。"

钟婶一出门，看守就"啪嗒"把门锁了。

娇子心里挂念刘虎，觉得都是自己害了他，让他受这么大的苦，又不知邱怀远还会怎么折磨他，眼泪又哗哗流了出来。

钟婶把饭端下去喂刘虎，看守不让，钟婶就说："大小姐发话了，刘虎没饭吃，她也不吃，你总不能眼睁睁看着大小姐饿坏吧？"

看守犹犹豫豫，钟婶又说："大兄弟，都是乡里乡亲的，你就睁只眼闭只眼吧。"

那看守年纪和刘虎差不多大，从小也是在土堡里厮混大的，想想也是，就背起枪："我上趟茅房。"说着就出了厅堂。

钟婶把饭端到刘虎面前，偷偷说："虎娃，这是大小姐让我端给你的，你就吃吧。"

刘虎听了，眼一热，眼睛就红了。

钟婶一边喂刘虎吃饭，一边掉眼泪："虎娃，你这是哪辈子造的孽喔，受这大的苦。"

邱怀远一回到区公所就觉得有点不对劲，国民党军营长王鹤亭、叔叔邱光林以及宁化东北乡各民团队长都在，气氛显得很紧张。

原来就在前天上午，在红一军团的帮助下，宁化县第一个县级红色政权——宁化县革命委员会在宁化县城基督教堂举行成立大会。消息传开，宁化东北乡的各路民团和国民党驻军坐立不安，在邱光林和王鹤亭的召集下，集聚泉上土堡商量应变之策。在场的有湖村店上民团的张泰昌，宁化北乡水茜民团范良能和安远国军营长周志群等。会上，王鹤亭给大伙念了师长卢兴邦发来的电报，要求泉上、水茜、安远、湖村各乡驻军和民团要紧密配合，严密防范赤匪的侵扰，一旦哪个乡告急，必须迅速驰援，以确保宁化东部北部不被红军赤化。王鹤亭还告诉大家，为鼓舞士气，卢师长近日将再派一个营的兵力到泉上协防，大家听了心里安定了些。会上几个乡的民团就如何防范红军进攻，如何配合作战互相扯皮，大家都想自保，又恐自己受到威胁时别人袖手旁观而争论不休，个个老奸巨猾，唯恐自己吃亏，争了一天都没结果。

邱怀远怎么都没想到，组织领导泥腿子搞暴动的竟然是自己在连岗中学结下梁子的同学徐赤生。刚认识徐赤生时，他觉得这个外号叫"马木子"的大嘴巴是个大傻瓜，家里有田有地，富甲一方，他竟然会把家里的田契烧个精光，把家产分给那些泥腿子，差点没把他父亲气死。可不曾想，就是这样一个傻瓜竟然仗着红军撑腰把一个宁化搅得天翻地覆。

邱怀远越想心里越怕，心里又惦记着刘虎的事，在会上如坐针毡。可会没完没了，自己也走不了，毕竟叔叔是民团队长，自己也是一个中队长，赤匪的强悍他领教过。去年腊月，赤匪从归化取道而来，他带着团丁在檀河口阻击，原想那都是些泥腿子组成的乌合之众，不料赤匪只一个冲锋就把他的团丁打垮了，死伤了十几个弟兄，吓得他领着残兵败将撒腿就往土堡里跑。幸好那次赤匪只是过境，没有攻土堡，要不还真不知会出什么乱子。

会议开到掌灯时分才散，邱怀远领着两个团丁匆匆往家里赶，他还得好好再收拾刘虎一顿。回到家推开门，厅堂上烛光摇曳，地上扔着捆人的棕绳，廊柱上哪还见刘虎的身影。邱怀远大惊，又见那个看守抱着枪歪坐在廊道的一张竹椅上，流着哈喇子呼呼大睡。

邱怀远大怒，冲过去一脚踹在看守心窝上。那看守猝不及防翻倒在地，睡眼迷糊才醒过来。

"人呢？我让你看的人呢？"邱怀远一把揪起看守，吼道。

那看守到现在才清醒，一看不见了刘虎，顿时惊出一身冷汗，嚅嚅嗫嗫不知说什么好。

邱怀远暗叫不好，三步并作两步冲上后阁楼，娇子的闺房房门洞开，那个守门的团丁脑袋流着血昏倒在地，一个青花瓷瓶碎了一地。哪还有娇子的踪影！

"爹，爹！"邱怀远大叫着，掉头又往前楼邱光兴房里跑。

邱光兴上午被邱怀远气得差点送了老命，吃了管家马祥煎的两服中药才缓过气，一天都气鼓鼓的，也不管邱怀远要把刘虎和娇子怎么样折腾了。正睡得迷糊，就听到邱怀远喊煞般的叫声。

邱怀远气急败坏闯了进来："爹，那对狗男女跑了！"

"谁？你说谁跑啦？"邱光兴脑袋一时没转过弯来。

"还有谁，刘虎那王八蛋拐了小妹跑了！"

邱光兴惊得从床上弹起来："快，快找，决不能让娇子跟那穷小子跑了。"

邱怀远领着团丁打了火把急匆匆出了门，跑到土堡门口一问看门的团丁，得知半个时辰前娇子和刘虎出了门，望西出镇去了。

邱怀远暗叫不好，一跺脚，领着团丁追出了镇。

十 一

一整天，被关在房里的娇子就在想怎么才能救刘虎，熬到天黑，钟婶送饭来，娇子很听话吃了饭。吃完饭，娇子示意钟婶靠前，伏在她耳边说："钟婶，你帮我个忙，我要救刘虎哥。"

钟婶看刘虎被绑了一天，奄奄一息，心痛得不行，作为一个下人又无计可施，只能悄悄抹泪。

"钟婶，你去粉行街蛇糖铺雷半仙那帮我买包蒙汗药，把它偷偷下到看守的饭里，只要药翻他，其他事就由我来做。"

钟婶一听，吓了一大跳，脸都变了，这要是被发现了那就完了，大少爷肯定绕不了她。

"钟婶，求求你，你要不帮我，刘虎哥就会被我哥打死。"娇子说着就背着太师椅扑通给钟婶跪倒。

钟婶想不到大小姐竟会给自己下跪，慌得连忙扶起娇子："我答应就是，大小姐千万别这样。"

钟婶下了楼，找个借口急急跑到粉行街找雷半仙买了药，回来到厨房收拾了饭菜端出来给厅堂上那个看守。看守也没想那么多，狼吞虎咽，饭还没吃完，就抱着枪哈欠连天歪倒在竹椅上打起了呼噜。

娇子在闺房隔着窗棂看到钟婶在楼下朝她点了点头，知道钟婶已经把看守搞定。就大声冲守门的团丁嚷："开门，快开门！"

团丁不知怎么回事，打开门。

娇子朝他嚷："我要上茅房，你帮我解开！"

那团丁犹豫，一时不知该怎么办。

"你这狗奴才，莫非你要我拉在裤裆里，等我哥回来看他怎么收拾你！"

那团丁想想也是，总不能让大小姐不要上茅房吧，管天管地还管得了人吃饭拉屎？看娇子急得满脸通红，不禁起了恻隐之心，也没想那么多，就将娇子的双手从太师椅上解了下来。

娇子被捆了一整天，手臂都麻了，但她顾不得那么多了，一转身就操起桌上一个花瓶，重重地砸在那团丁头上。只听"咣当"一声，花瓶在团丁头上开了花，团丁翻着白眼看了看娇子，软软瘫倒在地。

娇子冲下楼，跑到刘虎身边，见刘虎耷拉着脑袋，有气无力，顿时眼泪哗地就下来了。

"刘虎哥，刘虎哥。"娇子一边解着刘虎身上的绳索，一边心疼地直叫。

娇子解开刘虎，一把拉起说："刘虎哥，快，我们逃出去。"

娇子拉起刘虎，蹑手蹑脚穿过廊道和后花园，钟婶早已悄悄打开了后门。两人出了小巷，一口气跑到土堡门口。守门的团丁，见是邱家大小姐也没多问，两人跌跌撞撞跑过粉行街，跑过石拱桥，跑出了镇。

慌不择路的刘虎和娇子根本不知道自己要到哪里去，他们此时唯一的念头就是逃离邱家大院，跑得越远越好。

这时雨渐渐停了，只是风依旧刮得紧。

上了分水岭，娇子跑不动了，正好路边有个凉亭，两人便一头钻了进去。

这凉亭是明朝清源寺住持一了和尚修建的跨路凉亭。一了和尚禅学博深，精通书法，曾书楹联于亭中曰："千里骑驹名利客，半山风雨短长亭。"联意、书法俱佳，深得过往行人赞赏。清兵进入泉上后，一了和尚一夜之间在大雄宝殿坐化，驾鹤西去，只留下这幅楹联供后人凭吊。

因为刚才逃得慌，娇子只穿了一件旗袍，连外套都来不及穿，加上被雨水浇湿，又惊又怕，此时早已冻得牙齿打架，全身瑟瑟发抖。

刘虎伸出血淋淋的手把娇子紧紧搂在怀里，他根本忘记了自身的伤痛，恨不得把全身的热量都传给娇子。娇子伏在刘虎的怀里，嘤嘤地哭着："刘虎哥，你带着我走吧，走得越远越好，我再也不想回那个家了。"

"娇子，不管我走到哪里，我都不会丢下你。我就是要饭，有一碗也有半碗是你的，就怕以后苦了你。"

"只要能和你在一起，再苦再累我都不怕。"

此时的刘虎早已热泪盈眶，就是被邱怀远钉在墙上，倔强的他也没掉过一滴泪，可是面对一往情深的娇子，刘虎的眼泪却控制不住哗哗流了下来。

"刘虎哥，宁化不是闹红吗？我听说穷人都当家作主了，我们去投奔红军吧。"

对啊，刘虎突然想起去年腊月在罗坊坝遇到的红军，遇到那个叫作毛委员的人，当时毛委员就告诉他红军是老百姓的队伍，是专门为穷苦人翻身求解放的。别看镇上的民团和地主老财平日里在穷人面前作威作福，但一听说红军来了就像老鼠见了猫，吓破了胆，缩在土堡里不敢出来。只有投奔了红军，才会有靠山，邱怀远再恶毒也奈何不了自己。

刘虎一想到这儿，心里猛然就亮堂起来，他一把拉起娇子："娇子，你说得对，我们去投奔红军。"

两人刚出凉亭，就见岭下有一溜火把朝岭上奔来。刘虎心一紧："不好，邱怀远他们追来了，我们快跑。"

刘虎拉起娇子，两人沿着崎岖的山路跌跌撞撞朝宁化方向狂奔。

邱怀远领着团丁追到凉亭，他举着火把在亭子里搜寻了一番，发现地上有一滩水迹，断定刘虎和娇子就是从这跑的。他冲团丁一挥手："快，给我追，他们没跑多久，一定要把人给我追回来！"

刘虎和娇子在黑暗中尽管死命奔跑，但因看不清路，跑得并不快，眼看团丁越追越近了，娇子却怎么也跑不动了。刘虎一着急，背起娇子就跑。

也不知跑了多久，前面突然出现一片水光，刘虎心中一怔，知道已经跑到了湖村地界张家湾的龙王潭了。这龙王潭也叫蛟湖，因传说古时有僧人见白龙卧湖而得名。湖面虽然只有十亩见方，但深不可测。水出湖底，湖面溢平，久晴不旱，久雨不涝。清代宁化著名画家"扬州八怪"之一的黄慎，曾在湖畔结庐习学，写就《蛟湖诗钞》。

刘虎此时已经筋疲力尽了，脚步也跌跌撞撞，邱怀远他们却越追越近，刘虎可以清楚听到后面的吆喝声了。

娇子突然从刘虎背上溜下来："刘虎哥，你快走，要不我们谁也跑不了。"

刘虎哪里舍得丢下心上人，他一把扶起娇子："我不能丢下你，要死我们也死在一块。"

娇子推了刘虎一把："你快走，不要管我，毕竟我是邱家的人，邱怀远不敢把我怎么样，你要是让他抓住了，命就没了。"

刘虎说什么也不走。

这时后面传来邱怀远的叫嚷："看见他们了，就在前面，抓住他们，别让他们跑了！"

娇子见刘虎不走，扑上来在刘虎肩头狠狠咬了一口，然后冲到潭边："刘虎哥，你要再不走，我就跳潭死给你看！"

"娇子——"刘虎大叫一声，不顾一切就要扑上去。

"刘虎哥，你快走，我会等你回来接我，不管多少年我都会等着你，你去领红军来救我。快走，要不我就跳了！"

此时的刘虎热泪纵横已不能言语。

"娇子，你等着我，不管走到哪里，我都一定会回来接你。"刘虎说完，一咬牙，转身钻进湖畔漆黑的树林中。

"站住，给我站住，再不站住我就开枪了！"邱怀远领着团丁扑上来，见刘虎已经钻进了树林，气急败坏挥枪就打。

"呼呼——"枪声划过夜空，龙王潭平静的水面泛起阵阵涟漪，惊起宿在岸边芦苇丛中几只野鸭"嘎嘎"乱飞。

第二章

一

就在刘虎一路狂奔逃脱邱怀远追捕的时候，距龙王潭十几里路的湖村镇外的老虎岩洞内，燃着一堆篝火，三个年轻后生正围着篝火烤着火。

这几个后生是湖村的猎户，长得虎背熊腰理着光头的叫肖牙佬，瘦瘦小小的叫官小水，只有一只右耳的叫温金财。今天早上，肖牙佬和温金财在镇南十多里外的石峒岬下用火铳射倒一头三百多斤的野猪，两人高兴极了，恰逢湖村墟日，便将野猪抬到街上，想卖个好价钱。正当两人七手八脚将野猪剥皮剔骨时，遇到驻扎在镇上的国民党军连长戴天德领着手下到墟上收保护费。

戴天德一脸络腮胡，长着一对斗鸡眼，看人时两只眼珠总往鼻梁挤。他原是沙县城里的一个混混儿，民国十五年，国民革命军北伐入闽，委任卢兴邦为闽北指挥官，戴天德因和人斗殴出了命案，便跑到尤溪投靠了卢兴邦，因心狠手辣，打起仗来不要命，受到卢兴邦的赏识。北伐军离闽北上后，委派卢兴邦管辖尤溪、南平、沙县、宁化等十多个县，卢兴邦向这些县派驻部队，戴天德被派到了宁化。因平日里目空一切，脾气暴躁，县衙借口湖村匪患频仍，将他派驻湖村维护社会治安。

湖村距宁化县城四十多里，东接泉上，南与清流县毗邻。自后唐开基建村，已有一千多年历史，历史上曾有桐市、乌村、蛟湖、湖村等称谓。戴天德到了湖村后，看到这地方土地肥沃，经济较为发达，觉得是个敛财的好地方，平日横行霸道，敲诈勒索，肆无忌惮。还借口防匪，每个墟日在街上向商贩收取保护费。当地百姓备受其苦，慑于淫威敢怒不敢言。

此时戴天德斜挎着一把盒子炮，歪戴着军帽，挽着袖子，嘴里叼着烟，指使着手下向沿街商贩收钱。见前面围着一堆人，便拨开人群挤上来，一眼看到地上的野猪，眼睛顿时就放出亮光，他一脚踏在野猪头上，叫道："交钱，交钱，保护费，一块大洋。"

温金财抬头一见是戴天德，就皱起眉头："戴连长，我生意都还没开张，哪来的钱交喔。"

"没钱，砍两条猪腿来抵也行。"戴天德"嘿嘿"一笑。

"这怎么行，没有那个道理。"温金财护住猪。

"他妈的你个独耳仔，没老子保护你们，你这猪早叫土匪抢了，不识抬举的东西！"戴天德一步跨上来将温金财狠狠推了一把。

温金财猝不及防，手上的剔骨刀一歪，在左臂上划开一道口子，顿时鲜血直流。

肖牙佬一见，心中的火腾地窜了起来，他拖起温金财冲戴天德喊："你们讲不讲理？"

"哟嚯，哪个的裤裆没扎实，露出你这没长毛的屄？"戴天德拍拍腰上的盒子炮，"讲理？老子就是理！"

肖牙佬的母亲半个月前才去世，客家人的风俗，父母死了，儿子都得剃光头戴孝，肖牙佬的光头就是给母亲戴孝才剃的，没想到戴天德却拿这来嘲笑肖牙佬是"没毛的屌"。肖牙佬顿时怒火中烧，额上青筋直暴。

"放你娘的狗屁！"血气方刚的肖牙佬，破口大骂。

"肏你老母，敢骂老子，你不想活了！"戴天德冲上前来，一拳打在肖牙佬鼻梁上，肖牙佬的鼻血"噗"地就喷出来。

肖牙佬抹了一把鼻血，"嗷"的一声大叫，一头朝戴天德撞去。

戴天德被撞了个四仰八叉，军帽也滚到水沟里，他一骨碌爬起来，恼羞成怒冲手下喊："给我打！"

几个士兵冲上来，围着肖牙佬就是一通拳打脚踢，虽然肖牙佬人高马大，但双拳难敌四手，很快就被打翻在地。

肖牙佬在地上滚了几滚，跳起来，从温金财手上抢下剔骨刀，要和他们拼命。戴天德不愧是行伍出生，"唰"地拔出枪顶到了肖牙佬头上："你动试试看，是你刀快还是我枪子儿快！"

温金财一见，不顾一切扑上来，抱住了戴天德，冲肖牙佬喊："牙佬，快跑！"

一个士兵上来一枪托砸在温金财腰上，温金财"哇"的一声弯下了腰。

"都给我抓回去，反了你们！"戴天德冲手下命令道。

几个士兵扑上来抓人。就在这时人群中飞来一个西瓜，不偏不斜正好砸在戴天德头上，"噗"的一声，硕大的西瓜四分五裂，红通通的瓜瓤糊了戴天德一脸。

"牙佬，快跑！"肖牙佬一看，是自己的发小官小水。

肖牙佬拉起温金财就跑。那几个士兵见了，哪肯放过，拨开人群来追。街上赶集的人摩肩擦踵，挤得水泄不通，大家平时就恨透了这帮作威作福的坏蛋，有意掩护肖牙佬他们逃跑，几个士兵被挤得东倒西歪，迈不开步，只能"哇哇"乱叫。等戴天德抹掉一头一脸的西瓜瓢提着盒子炮追来，肖牙佬几个早钻进人群跑得没有踪影。

戴天德气得嘴都歪了，朝天"砰"地放了一枪，叫道："跑得了和尚跑不了庙，让我抓住我要剥你们的皮，抽你们的筋！"

肖牙佬、温金财和官小水三人一口气跑到石峒岬后山，看见悬崖下有一个一人多高的石洞口，便一头钻了进去。石洞里凉飕飕的，头顶上"滴滴答答"掉着水滴。温金财摸出火镰，"噼噼啪啪"打起来，在飞溅的火星中，三人才发现这石洞高达几十丈，深不见底，满眼的嶙峋怪石，如笋如柱，如飞禽走兽、花鸟虫鱼，把几个人看呆了。肖牙佬他们怎么也想不到几十年后这石洞被叫作"天鹅洞"，成为宁化著名的风景区。

因为没有火，三个人不敢再往里走。洞内不知从哪刮来的风，吹得三人只打寒战，深不见底的洞里不时传出哗哗流水声，更让几个人心惊胆战。在山洞内躲到天黑，只好钻出洞来，这时天上又下起了毛毛细雨。

几个人偷偷摸摸走到镇口，雨渐渐停了，但风却刮得紧，吹得他们直打哆嗦，站在路边一棵枫树下没了主意。

突然温金财拍了下脑袋："走，我带你们去个地方，保证没有人发现得了，躲过今晚再说。"

温金财领着肖牙佬和官小水穿过一片稻田，前面一座黑漆漆的石山突兀地耸在田塅上，这石山当地人都叫它"老虎岩"。清顺治七年冬，明朝溃兵突入湖村，屠杀村民，村民逃入老虎岩洞内躲避。溃兵包围石洞，在洞口堆积茅草烧洞，百姓被烧死数百人，大火三日不绝。后来坊间流传夜深人静的时候，常能听见洞内哀号声，当地百姓闻之色变，都说洞内冤魂不散，平时无人敢入其间。温金财领着大家钻进洞，摸出火镰，打着火，地上有些干树枝，被温金财点着后"噼里啪啦"烧了起来，洞里顿时亮堂起来。几个人这才看清，山洞有好几个厅堂大，地上散落着几个骷颅，无数蝙蝠趴在洞壁上，看见火，便呼呼飞起，在洞里乱窜。

温金财说："这洞叫鬼洞，没人敢来，戴天德那王八蛋怎么也不会想到我们会藏在这里。"

几个人正在商量接下去该怎么办，突然洞口传来"窸窸窣窣"的响声，不好，戴天德找到这里来了！几个人一下跳起来，慌慌张张踩灭火，闪身到石崖后面，大气不敢出，紧紧盯着石洞口。

不一会，从洞口跌跌撞撞进来一个身影，趔趄几步一头栽倒在火堆旁。肖牙佬几个躲在暗处看了半天没什么动静，才小心翼翼慢慢围了上去。

官小水一手握着一块石头，一手翻过那个扑倒在地的身子，大家一看，是一个全身湿透的年轻人。

这个昏过去的人就是刘虎！

刘虎一路狂奔，一口气跑出十多里地，看看身后没有了动静，总算摆脱了邱怀远他们的追捕。一想到娇子被邱怀远抓回去不知会受怎样的折磨，刘虎再也忍不住，在风雨中号啕大哭。

前面出现星星点点的灯光，刘虎知道到了湖村，他不敢进去镇里，操小路绕过镇，这时雨又下得急了，像鞭子般抽在身上。出了镇的刘虎突然见前面有个大石岩，就想到石岩下避避雨，刚跑到岩下，见洞内有火，便摸了进来，一进洞就筋疲力尽昏倒在地。

当刘虎睁开眼，发现面前站着几个黑影。完了，还是没逃脱邱怀远的魔爪。刘虎万念俱灰，干脆闭上眼睛不说话。

"你是谁，怎么到这里来？"官小水试探着问。

"你们不是邱怀远的人？"刘虎瞪大眼睛问。

"谁是邱怀远？我们是湖村人。"温金财扶起刘虎，重新拨燃篝火。他发现刘虎两个手掌鲜血淋漓，肿得像蒸糕，便问："小老弟，你的手怎么啦？"

到了这个时候刘虎才感到那两只手痛得抬不起来了，被温金财这么一问，顿时牙齿咬得咯咯响，把自己的遭遇说了一遍。

肖牙佬恨恨地一拳捶在身边的石崖上："天下乌鸦一般黑，哪里还有我们穷人的活路！"

"你们……"刘虎不解地问。

"我们也是被官兵追捕，才躲到这来的。"官小水把他们今天的事和刘虎说了说。

"小老弟，你要去哪里？"温金财问刘虎。

"我要去投红军，只有红军才能救我。"刘虎说。

"你去哪里投红军？"肖牙佬问。

"去宁化，听说红军到了宁化，穷苦人家当家作主，地主老财都跑泉上土堡躲了。"

"你说的是真的？"

"真的，千真万确，不哄你们。"刘虎说。

"金财，要不我们也去投红军算了，反正家是不能回了。"肖牙佬说。

"对，我们也去投红军。"官小水表示同意。

温金财有些犹豫："牙佬，你娘过世了，家中就剩下你自个，无牵无挂。小水兄弟多，父母有人养。我爹死得早，姐又出嫁了，家中只剩下老母。再说，再说我和桂枝都订了婚，她家都催着我早点把婚事办了呢。"

肖牙佬说："我知道你放心不下你娘和桂枝，可你现在能回去吗？戴天德正等着我们送上门呢。投了红军，我们就有靠山，戴天德就不敢把我们怎么样。"

温金财想湖村离宁化也就四十来里地，不远，就是投了红军，有时间就可以回来看看，好像也不是很难的事。想到这儿，温金财一咬牙："好，我们就去投红军。"

"兄弟，我们跟你去找红军。"肖牙佬对刘虎说。

"那太好了！"刘虎激动地拉住肖牙佬的手，不料牵动了手掌伤口，痛得刘虎"哎哟"一声大叫。

"我倒有个主意，今天我们去投了红军，以后就要拧成一股绳，互相照应，今天我们在这相遇也算有缘，要不我们就在这结拜成兄弟如何？"温金财说。

"好主意，我同意。"官小水高兴地叫了起来。

"这位兄弟，你看如何？"肖牙佬问刘虎。

刘虎十分感动："这太好了，多谢大家看得起我。"

温金财从篝火中捡起几根冒烟的枝条，一人分一根："今天我们就将树枝做香，在这里义结金兰。"

四个人郑重地跪下，面对黑沉沉的洞外，举起青烟袅袅的枝条，郑重宣誓："从今以后有福共享有难同当，如有违背，天诛地灭！"

火苗毕毕剥剥，映出四个年轻人红彤彤的脸，将他们的身影投在了嶙峋的石壁上，成为一幅剪影。

按年龄，温金财22岁为大哥，刘虎20岁为老二，肖牙佬、官小水都是19岁，但肖牙佬比官小水早出生两个月，因此肖牙佬排第三，官小水排第四。

刘虎怎么也没有想到的是，四个人义结金兰的盟誓，竟然在四年后一语成谶。

在这个月黑风高的夜晚，四个年轻人义无反顾奔向了几十里外的宁化县城。

遥远的天边，有一颗启明星正冉冉升起。

二

宁化位于福建省西北部，武夷山东麓，东毗归化、清流，南邻长汀，北接建宁，西连江西省石城、广昌，为福建通往江西的一大要冲。建县已有一千多年历史。

翠江经过宁化县城时拐了个火夹弯，变得平缓开阔起来，缓悠悠从县城中心穿过，而后浩浩荡荡出城望南而去。因了江，县城四周方圆百里群峰叠嶂，林木苍翠，自古盛产杉木大材，早在隋末便远销长江中下游各地，由是，宁化又称翠城。有了江，水路就方便，从山里出来的木头浩浩荡荡一路出水口、汇闽江、达南平、抵福州。宁化外运的木材分为两种，一种是普通建筑用的杉木，另一种是被称为"油板"和"长尾"的大材。"油板"为生长数百年的老杉，多生长在乡民房前屋后及风水林上，相传数十代，因生长时间久远，木质赤坚，充满油脂，埋入土中百年不朽，是制作寿棺的绝好材料，烙以"宁化老杉油板"印记的杉木，深受福州和广东佛山木商喜爱，价逾其他名贵木材，用宁化老杉油板制作的寿棺每副售价高达数百银元。而"长尾"生长于深山老林数十年，条直无弯，长达二三十余米，年轮细密，木质坚硬，每根"长尾"上烙以"正宁化"印记，筏运至福州后，多做航海船只桅杆之用，价格不菲。木商运出去的是木材，带进来的是一箱箱的真金白银，于是翠江两岸因了木材的交易而人口稠密，商铺林立，一派繁华景象。

尽管如此，长久以来，宁化人还是习惯以横跨翠江两岸那座始建于宋元丰年间的寿宁桥为界，把桥北称城里，桥南叫城外。桥北沿江筑着丈把高的城垣，距寿宁桥不远的竹筱窝设着县衙，又有云山小学、连岗中学等知名学堂，水门巷、城隍巷、下东门一带多为商贾官宦世居之地，青砖大宅鳞次栉比。沿江那条由东向西青石板铺就的大街杨柳依依，古樟翠绿，车水马龙。而桥南塔下街居住的大多是手工业者和小商小贩，特别是和县衙隔江相对的横街薛家坊一带的棚户区更是聚居着菜农和放排工。南北两岸，城里城外如阳春白雪下里巴人，形成明显对比。每年立夏一过，翠江的水就涨了，那些从山上伐下的木材趁着洪水漂流出山在东山渡码头堆积如山。从四面八方赶来的木商云集小城，沿江的客栈车如流水马如龙，迎来送往一片繁忙。此时江边整日都啸聚着靠江讨生活的汉子，这些蛰伏了一冬春的放排工个个水性极好，宛如浪里白条，等从木商们手里揽下生意，翠江就是他们大显身手的天下了。放排工用长勾将码头上的木材拖进江里，用蚂蟥钉、青竹篾扎排、串排，黝黑的脊梁在阳光下闪着耀眼的光芒。江面上串起的木排宛如长龙，彻夜灯火通明，一片繁忙景象。

刘虎几个赶到距县城外三里外的东山渡口时天刚亮，此时一轮红日正从翠华顶冉冉升起，远山如黛，云蒸霞蔚。翠江岸边的柳树林有两只白鹭在飞翔，飞得低的想胜过飞得高的，因此就要飞得更高，一腔春情如火如荼，在满天红霞中美不胜收。或许是昨夜一场大雨的缘故，满目青山绿树更显苍翠欲滴。

一条长龙般的木排顺流而下，赤身裸背的放排工手掌长竿，兀立排头。当木排划过蹲在岸边麻石条上洗衣女人的身边时，排头的汉子脖子一挺，山歌脱口而出：

想起恋妹难上难，

好比鲤鱼来上滩，

上滩又怕鸬鹚打，

下滩又怕网来拦。

也不知是谁家的媳妇，丢了棒槌站起来，扯扯缩到腰际的衣裳，嘴一张就接过了歌：

不要愁来不要愁，

总有云开见日头，

总有水清见沙子，

总有老妹共枕头。

撑排的汉子见女人接了山歌，觉得有机可乘，干脆将丈把长的竹篙插进江底，驻了排，双手叉腰冲着岸边的女人肆无忌惮唱起来：

洗衣老妹真漂亮，

一身白肉赛西施，

有幸搂妹睡一回，

情愿短命二十年。

那些洗衣的女人见撑排汉子口无遮挡，不干了，都停了手中活，你一句我一句，一首山歌就飞出了口：

撑排老哥不要脸，

敞胸露脯讨人嫌；

今夜要敢进我门，

一指戳瞎你的眼。

放排工招架不住，生怕女人再骂出绝话，起了篙，故意将木排拐过女人身边，一篙水打来，惹得女人们一阵笑骂，撩水就泼。放排工得意地"哈哈"大笑，"哟哟"喊声号子，长篙一点，木排箭般疾驰而去，撒下一江放肆的笑声。在翠江上讨生活的放排工个个都是唱客家山歌的好手，迢迢水路寂寞难耐，汉子们就以唱山歌来消遣，在粗犷悠扬的歌声中木排已过万重山。

刘虎他们正要过桥，桥头突然冒出几个手持长枪梭镖的汉子来。

为首一个红脸汉子一拉枪栓喝道："站住，做啥子的？"

温金财看他们的打扮农不像农兵不像兵，也搞不清他们究竟是什么人，就问："你们是做啥子的？"

"我们是赤卫队！"红脸汉子晃了晃手里的枪。

"赤卫队是做啥子的？"刘虎第一次听说赤卫队，不解地问。

"做啥子的？打地主老财的。红军，红军听说过啵。"一个理着个"饭铲头"的后生晃了晃手中的梭镖说。

红脸汉子瞪了刘虎一眼："你莫鬼打岔，你问我，我还没问你呢，你们打哪里来的？"

刘虎指了指肖牙佬几个："我们是从泉上和湖村来的。"

红脸汉子一听，脸色一凝，端起枪："白区来的，我看你们像民团的探子，来打探消息的吧？"回头朝身边的人叫道，"把他们都给我抓起来！"

"我们是来投奔红军的，怎么抓我们？"肖牙佬一听，叫了起来。

双方正争执着，突然传来一声喝问："王木发，你们在吵什么？"

刘虎抬头一看，只见从木桥上"咚咚咚"走来一个头戴八角帽，身穿灰布军装身材魁梧的年轻汉子。

汉子二十出头，浓眉大眼，国字脸，英气逼人，肩挎一支步枪，大踏步走过桥来。

"报告队长，这几个人说是要找红军。"被称作王木发的红脸汉子朝来人敬了个礼。

刘虎一看那年轻汉子头上的红星闪闪发亮，眼睛一亮，像看到救星似的扑上去拉住他的手说："你是红军？我可找到你们了。"

那年轻汉子一看刘虎血肉模糊的手忙问："小兄弟，你这是怎么啦？"

别看刘虎倔强，被对方一问，突然就鼻子一酸，哽咽着说不出话来。

"别急别急，慢慢说。"年轻汉子安慰刘虎说。

"我们是从泉上和湖村跑出来的，我们被逼得走逃无路了，是来投奔红军的。"温金财上前把几个人的遭遇说了一遍。

"这些王八蛋，总有一天红军会收拾他们。"年轻汉子咬着牙骂道。又回头对刘虎他们说，"红军就是穷人的队伍，为穷苦百姓申冤做主的。我叫张瑞标，是禾口赤卫队队长，我们正在扩充队伍，欢迎你们参加我们的队伍。"

刘虎一听，高兴得跳了起来，不顾手上的伤痛一把拉住张瑞标的手："这么说，你要我们啦？"

"要，一看你们就是穷人家出身，一定要。"张瑞标笑道。

刘虎几个一听，高兴得抱在一起又跳又笑。

张瑞标是宁化禾口人，1907年出生，1929年加入中国共产党。今年6月，张瑞标在禾口带头组织了一支农民赤卫队，参加了宁化西南半县武装暴动，配合红四军在禾口一带打土豪分天地。这天根据上级指示带领赤卫队在此担负一项重要的警戒任务。

刘虎他们根本不会知道，此时此刻，在距他们不远的城内张家弄，中共宁化县委正召开第一次代表大会，会上成立了中共宁化特区委，这一天正好是1930年7月1日。中共宁化特区委隶属于中共闽西特委。

中午时分，新当选为中共宁化特区区委书记的徐赤生听了张瑞标的汇报，过来看望刘虎他们，并当场表示欢迎刘虎几个加入革命队伍，并将他们分配到张瑞标的禾口赤卫队。徐赤生请来红四军的军医给刘虎疗伤。虽然刘虎的两个手掌被蚂蟥钉钉了个穿心透，但幸好没伤到骨头，上了药，伤口就开始结痂愈合。为了给刘虎增加营养，张瑞标还特地上街买了一只老母鸡，亲自下厨给刘虎熬汤喝。刘虎喝着张瑞标端上来的鸡汤，感动得不知说什么才好，心里暗暗下决心，要跟着队长好好干。

中共宁化特区委成立后的第三天，驻扎在宁化的红四军一纵队奉命开赴江西向南昌进军，在撤离宁化前，纵队领导向宁化特区委分析了当前敌我双方的态势，认为革命武装尚未形成拳头力量，一旦红军撤出宁化，外逃之敌必然卷土重来，要求宁化特区委、革委会，除留下一定骨干在西乡坚持斗争外，把城关、李七坑和禾口、淮土的革命暴动武装集中到与长汀交界的曹坊，由宁化特区委统一整编和指挥。

各地暴动队员接到命令后陆续向距宁化西南80多里的曹坊开拔。刘虎和几个结拜兄弟在张瑞标带领下随着禾口赤卫队在半下午到达集结地点曹坊的小罗溪。

曹坊以开基祖姓曹而得名，东邻清流，南接长汀、连城，是宁化通往龙岩、赣州的主要门户之一。1929年8月，徐赤生领导的宁化第一个党支部就在曹坊的三黄村成立，群众的革命基础较好。

当日下午五点，在曹坊小罗溪向阳山坡上，集结完毕的各路暴动队员排成几列整齐的队伍听宁化特区委书记徐赤生做指示。徐赤生站在一棵高大的枫树下，向暴动队伍宣布特区委扩大会议决定：各路革命暴动武装整编为宁化赤卫大队，由徐赤生兼任政委，罗世耀任大队长，下辖城关、禾口、淮土、曹坊四个中队，分别由黄鸿湘、张国华、罗世耀（兼）和曹正刚任中队长。张瑞标担任了禾口中队一班班长，刘虎和几个结拜兄弟以及红脸汉子王木发、"饭铲头"李招弟等十几个队员被分配在了张瑞标班里。经过整编后的宁化赤卫大队有200多人，150多支枪。这支地方武装后来成为红三十四师前身独立第七师的一个组成部分。

三

红四军一纵队撤离宁化后，逃亡的地主武装保安团和国民党军队卷土重来，宁化城关及禾口、淮土等乡又被占领，白色恐怖笼罩在宁化上空。各路保安团纷纷招兵买马，准备联合进攻驻扎在曹坊的宁化赤卫大队。政委徐赤生分析当时敌强我弱的形势，决定将宁化赤卫大队开赴长汀的新桥镇，与刚组建的红二十一军五纵队联系，取得红军的支持。但是，大队长罗世耀却不同意离开宁化境内，和徐赤生发生激烈的争吵。

罗世耀40来岁，长得大腹便便，他原是宁化西乡淮土"公益社"民团团长，淮土农民暴动后，惊慌失措的他带着40多人马逃到了与淮土相邻的江西石城，惶惶不可终日。后来经共产党员王子谦等人做工作，慑于红军和农民暴动的声威，罗世耀将40多人枪带回淮土宣布起义，加入了暴动队伍。

罗世耀在淮土家大业大，看到革命武装打土豪分田地，担心自己的家产被共产，渐渐心生不满。又看到红军忽东忽西，来去匆匆，总感到泥腿子暴动是泥鳅翻不起大浪，成不了气候。当得知宁化城乡大部分重新被保安团势力占据，就又想回淮土当他的"土皇帝"。加上被赤卫大队其他领导批评了一通，更心生怨气。思来想去，铤而走险，指使亲信暗杀了两个哨兵，当天晚上就把他原来带来的40多人枪拉走，带回淮土投靠淮土保安团，叛变了革命。

罗世耀的叛变顿时让宁化赤卫大队处于极为危险的地步，为确保部队安全，徐赤生马上做出决定，带领部队连夜启程往长汀方向开拔，试图与红十二军取得联系。半夜时分经过急行军的宁化赤卫大队到达长汀境内的新桥，看到人疲马乏，徐赤生和游击大队其他领导商议后，决定在新桥的乡村师范学校内驻扎一宿。

不料被红十二军打得落花水流窜到新桥的长汀军阀黄月波和保卫团董以煌得到消息，觉得有便宜可占，带领300多人气势汹汹向宁化赤卫大队杀奔而来。

月影西斜，草丛中夏虫呢喃，空中有几只萤火虫忽远忽近忽明忽灭地闪烁。

村口大树下，张瑞标带领刘虎在放哨。

"班长，我啥时能有把枪就好了。"刘虎扛着一把梭镖，羡慕地盯着张瑞标手中那把汉阳造说。

张瑞标哈哈一笑："要枪，找敌人夺去啊。"

"班长，你是怎么参加革命的？"

"我家在石壁，11岁那年父母都过世了，为了有碗饭吃，我投师学做篾匠，走村串户帮人家打箩筐谷笪，可师傅很苛刻，不仅没工钱，还经常吃不饱饭。我后来跑到军阀队伍去当兵，但当官的没把我们士兵们当人看，不是打就是骂，我只干了半年多就干不下去了，在一个夜晚带着枪悄悄跑了出来。军阀派兵到我家捉拿我，我得到消息先躲了起来，军阀就把我的叔伯和哥哥抓去，最后是我哥哥和叔伯们变卖了田产，凑足100大洋交给军阀才算了事。去年春，毛委员、朱军长率领红四军到宁化发动穷苦百姓打土豪分田地，我随后参加了共产党。今年六月我在石壁组织了一支赤卫队，参加宁化西南半县农民武装暴动，走上了革命道路。"

两人正说着话的时候，危险正悄悄朝他们逼近。不远的树丛中一个黑影一闪，张瑞标眼尖，警觉地一拉枪栓，喝道："什么人？"

"砰"地一声，一颗子弹擦着张瑞标的头皮飞过，张瑞标抬手一枪，黑暗中传来一声惨叫，一个黑影从树丛中栽了出来。

"刘虎，快，去报信。"张瑞标闪身到树后一边射击一边朝刘虎喊道。

刘虎拖起梭镖，撒腿就朝学校跑，边跑边喊："大家快爬起，民团来啦，民团来啦——"

学校内，疲惫至极的赤卫队员们和衣躺在教室里睡得极沉，多数都进入了梦乡。当村口的枪声骤然响起时，大家才惊醒过来，慌忙端起枪朝门外冲，可是四面八方的子弹像暴雨般倾泻过来，冲出门外的一些队员还没明白是怎么回事就纷纷中弹倒在地上。反应过来的赤卫队员只好退守教室，堵上门，凭借窗户向进攻的敌人射击，敌我双方"乒乒乓乓"对射起来，一时枪声大作。

刘虎一口气跑到学校大门口，突然黑暗中寒光一闪，一把大刀带着风声朝他头上劈来。刘虎在纸坊跟大师傅学过刀法，精通刀法套路，看情况不妙，脚一顿，仰面躺倒，大刀"呼"的一声从他鼻尖掠过，刘虎连想也没想，手上的梭镖猛地朝向他扑过来的黑影捅去。只听"啊"的一声大叫，那黑影一下就弯下腰去了。

尽管刘虎在纸坊跟大师傅学了不少功夫，但毕竟这是他第一次杀人，看到倒在地上抽搐的匪徒，一下慌了神，有点不知所措。就在刘虎发愣时，又有两个匪徒朝他扑来，几个人就滚翻在地扭打起来。虽然刘虎一身蛮力，但两只手掌伤还未完全好，那两个匪徒又是练家子，不一会就将刘虎的两只手扭住了。刘虎只觉得骨头都要碎了，死命挣扎，急得"嗷嗷"直叫。

就在这时，"砰"地一声枪响，一个匪徒翻身倒地，黏糊糊的血溅了刘虎一脸。刘虎一看原来是班长张瑞标提枪冲了过来。

另一个匪徒跳将起来，朝张瑞标扑去，张瑞标闪身躲过，一枪托砸在匪徒头上，那匪徒双手抱头"哎哟"一声大叫栽倒。刘虎一个饿虎扑食骑在匪徒身上，抡起铁拳左右开弓打得匪徒七窍流血一命呜呼！张瑞标拉起刘虎，闪身藏在门墩下告诫说："刘虎，这些都是穷凶极恶的匪徒，你不杀他，他就会杀你，千万别犹豫。"

围墙上，一个匪徒正趴在墙头朝学校内射击。张瑞标举起枪，"砰"的一枪，那个匪徒一头栽下墙来。

刘虎一见，冲上去捡起匪徒的枪，可他不知怎么用，只能干着急。

张瑞标一边开枪，一边对刘虎说："打过鸟铳吗？先拉枪栓，子弹上膛，瞄准，扣扳机。"

刘虎用力一拉枪栓，学着张瑞标的样，"哗"地把子弹推上镗，"砰"一声，子弹飞向夜空，把刘虎吓了一大跳。

因为张瑞标控制住了大门，被压制在学校里的赤卫队员冒着枪林弹雨冲了出来。突围出来的赤卫队员边打边撤，趁着夜黑风高终于摆脱了敌人的追捕。天蒙蒙亮的时候，部队终于撤到了长汀的涂坊，与前来接应的红二十一军五纵队会合。

新桥一战，宁化赤卫大队伤亡20多人。官小水在突围中小腿挨了匪徒一枪，幸好没伤到骨头，一路由几个结拜兄弟轮流背着跑。温金财和肖牙佬都是猎户，懂得跌打损伤的草药，在大家的照料下，官小水很快就能下地走路了。

在长汀涂坊，宁化赤卫大队得到休整，红二十一军五纵队拨给宁化赤卫大队30枝长枪，刘虎和几个结拜兄弟领到了梦寐以求的枪。在红军的指导下，宁化赤卫大队改编成宁化游击大队。由张馥任大队长，徐赤生任政委，隶属红二十一军五纵队。鉴于宁化赤卫大队成立时间短，作战能力不强，红二十一军五纵队派出教员对宁化游击大队进行军事整训。张瑞标由于作战勇敢，被提拔为排长。

每天一早，在嘹亮的军号声中，队员们整队出操，练队列，由教员讲解射击要领，练习射击。下午，游击队员集中在操场上，听政委徐赤生讲革命道理。

为了让队员们记住操练要领，徐赤生还编了通俗易懂的《操练歌》在队伍中传唱：

先立正，后看齐，

预备向前看，报数，

一、二、三、四、五。

向右转，扛枪开步走。

向左转，对着目标行。

前面有敌人，

左右散开齐卧倒，

装枪预备放。

收操转来，集合吃饭，

吃过饭，上讲堂，

听课要用心。

工农兵，同志们，

努力干革命！

徐赤生长得高高瘦瘦，像个文弱书生，但有着一张大嘴，声音十分
洪亮。他讲话时喜欢将军帽攥在手里，两手叉着腰站在台上。这天下
午，徐赤生生动风趣的讲话引来一阵阵笑声，让刘虎听得入了迷。

坐在旁边的温金财用肩膀拱了拱刘虎："我看政委是个有福相之
人。"

刘虎侧头小声问："你会看相？"

温金财嘻嘻一笑："我们客家人有句古话，男人嘴大吃四方，你没
听说过啊？"

刘虎还想说什么，突然听到台上的政委在叫他："刘虎同志，你说
说，我们为什么要闹革命？"

刘虎红着脸站起来，憋了半天说："为了报仇呗。"

大家"哄"的一声笑了起来。

徐赤生摆摆手让刘虎坐下："我们的战士绝大多数都出身于工农劳
苦阶级，他们受着地主老财土豪劣绅的剥削和压迫，一年干到头，吃不
饱穿不暖，开始参加革命只是对某个地主、某个保长特别地恨，想着报
私仇，这有没有错？没错，但不完全对。你把这个地主、这个保长打倒
了，可他的上面还有乡长、区长、县长、衙门、团防，还有国民党反动
政府这个最大的欺压穷人的衙门，这个最大衙门的手里有镇压我们穷苦
工农的工具——国民党反动军队，他们有权有枪，他们照样还是会剥削
和压迫你。大家说，那我们该怎么办？"徐赤生停下来，看着大家。

"和他们干呗！"队伍中有人高声叫道。

"对，和他们干！"徐赤生大手一挥，话锋一转，"但怎么干？同志们想过没有，靠单打独斗是不行的，我们客家人有句老话，一个篱笆三个桩，一个好汉三个帮。我们只有拧成一股绳，在共产党的领导下建立自己的政权，建立自己的武装，才能保卫胜利果实。"

徐赤生转身用粉笔在黑板上写了一个"工"字，问："有人认识这个字吗？"

"工，长工的工。"刘虎起身答道。

"对，这是长工的工，也是做工的工。有人说，工字不出头，我们穷苦人家就是一辈子给地主老财当牛做马的命。这不对，我们这个工字就是要出头。"徐赤生拿粉笔在工字上加了一划，工字成了土字，"工字出头就是土，只有每一寸土地都归工农拥有，那么，我们无论走到哪里都能站稳脚，都能种田盖房。所以，我们无产阶级要获得土地，就要从地主老财剥削阶级手里夺回江山。"徐赤生又加了两画，土字成了主字，"这个字读主，主人的主，只有天下所有受剥削受压迫的工人农民联合起来，推翻国民党反动政府的统治，建立没有剥削没有压迫的新社会，我们的劳苦大众才能真正地当家作主。"

徐赤生通俗易懂的讲话赢来队员们雷鸣般的掌声。

刘虎真没想到，和自己年龄相仿的徐政委，会懂得那么多的革命道理，打心眼里佩服，心里想，什么时候自己能像政委那样懂得那么多的革命道理，该有多好。

肖牙佬、温金财和官小水原先就是靠打猎为生，很快就掌握了步枪射击要领，特别是肖牙佬本来用鸟铳打猎就百发百中，所以在考核时三发子弹全部命中目标，受到徐赤生的表扬。

刘虎虽然练有一身武功，但以前从来没有摸过枪，对枪的使用远不如几个结拜弟兄。这让刘虎很着急，但倔强的刘虎不认输，每天总是加班加点练习。这天晚上，刘虎又独自一人在训练场上练习瞄准，一练就是半夜。

远山如黛，静谧的夜空一镰弯月散发出淡淡的银光，迷蒙的月色透过树叶儿让池塘边的几棵垂柳成为一幅剪影，草丛中蝈蝈唧唧鸣叫，不远处的小河发出潺潺的流水声。刘虎仰望着天空中那弯月亮，突然想到今晚是七月七，牛郎织女相会的日子。刘虎的心似乎被什么揪了一下，猛然就想起了娇子。娇子，我的娇子，你现在可好？牛郎织女一年还有一天相会的日子，我何时才能再看到你啊，你千万不敢出事，一定要等我回去接你。刘虎心里一阵酸楚，眼睛就湿了，端枪的手就发起抖来。

刘虎放下枪，坐在一块石头上，黯然神伤。

"二弟，你怎么啦？"

刘虎回头一看，见大哥温金财拿着一件外衣给他披上。

"大哥，我不知道我的娇子现在怎么样了，我好担心她。"

"二弟，你也不要过分担心，毕竟娇子是他邱家的人，量他邱怀远也不敢过分为难她。等我们打回老家，你就可以把娇子接出来了。"温金财安慰刘虎。

"但愿我们能早点打回去。"

"天不早了，回去睡觉吧。"温金财拉起刘虎。

刘虎站起身，他突然看到温金财左耳那个伤疤，想了想说："大哥，我早就想问你，你左耳是怎么没的，你不会不高兴吧？"

温金财摸了摸左脸颊的伤疤，哈哈一笑："我这耳朵啊，是我用刀削掉的。"

刘虎一听大惊失色："你怎么……"

温金财又咧嘴一笑："告诉你吧，那是前年夏天的事，那天我上山打猎，低头从一丛树枝下过，不料那树上盘着一条五步蛇，一口就叼住了我的左耳朵。"

"我的爹！"刘虎失声叫了起来。

"你也知道，这五步蛇有剧毒，人要被咬了不出五步就会死。我那时想也没想，从腰上抽出刀，一下就将左耳朵削掉了。还好我削得快，那耳朵掉地上马上就肿得巴掌大。"

"你真下得了手。"刘虎倒吸了一口气。

"丢了只耳朵，保住了一条命，你说哪个划算？"温金财哈哈一笑。

一个月后，徐赤生调往红二十一军五纵队工作，由王子谦接任宁化游击大队政委一职。

清晨，宁化游击大队全体队员列队送别徐赤生。一身戎装英气勃勃的徐赤生破例没有讲话，他向队员们庄重地敬了一个军礼，然后大步朝村外走去。此时一轮红日冉冉升起，他那高挑的身影渐渐融入万丈霞光中，在山道上越行越远。

依依不舍的刘虎怎么也没想到，此次一别竟是永诀，他再也没有见到打心眼里敬佩的政委。徐赤生调任红二十一军第五纵队支队政委不久，再调苏区中央局工作。1934 年 4 月第五次反"围剿"中，徐赤生带领中央工作团五人小分队在建宁县黄泥铺村开辟新区，一天夜里突遭国民党匪特袭击，在战斗中英勇牺牲。

四

娇子被邱怀远抓回去后，几次欲寻短见，都被下人发现阻止了。

"想死，没那么容易，看我怎么收拾你！"邱怀远怒火中烧，怎么也想不通，自己哪点不如穷小子刘虎，会让娇子死心塌地跟他跑。刘虎跑了，难解他心头之恨，他只有将满腔怨恨发泄在娇子身上。邱怀远把娇子锁在房里，一天只给一碗稀粥，不让她出门半步，动不动就对娇子拳打脚踢。

邱光兴本来十分疼爱娇子，但娇子和刘虎的私奔让他在小镇颜面扫地，觉得让儿子教训她一下也好，让她长点记性。

娇子的父亲是归化城里的大户，和邱家是世交，因连生了三个女儿，没有儿子，看着万贯家财却没有一个传宗接代人心里十分着急，常拿娇子的母亲出气，骂她不争气，要再生不出儿子就要休了她。娇子的母亲请了算命先生算了一卦，算命先生告诉说，必须抱走一个女儿才能有儿子，此法叫"送女来男"。娇子的父亲想来想去就想到邱光兴，便把出生三天的女儿抱给了邱家。说实话，邱光兴对娇子视若己出，从小疼爱有加。时间如白驹过隙，娇子也长成亭亭玉立的大姑娘，邱光兴就起意想让娇子做自己的儿媳妇，他跟邱怀远说过几次，邱怀远当时在宁化县城读书，不置可否。后来，邱怀远回来镇上当了民团中队长，对这个妹妹似乎也有点意思，可不曾想，这女儿竟然这么贱，会爱上家里的长工刘虎，还跟着他私奔，这让邱光兴气得差点吐血。而此时的娇子已经怀孕了一个多月了，一开始，邱怀远还不知道，这一天看到娇子端着碗喝粥时一直吐酸水，心里有点怀疑，跑去和他母亲一说。邱怀远的母亲十分迷信，请了算命先生给娇子算了一卦，这算命先生一口咬定娇子是恶煞星下凡，提醒恶煞当恶治，要不然必将给邱家带来血光之灾。邱怀远的母亲气得跺着脚骂了整整一天，说要对娇子动家法。

邱怀远把娇子捆在大厅，在地上铺了一层打碎的瓷碗片，让娇子跪在上面。那锋利的碗片扎入娇子的膝盖，鲜血把白晃晃的碗片染得通红。邱怀远的母亲捏着佛珠，口中不停地念着"阿弥陀佛"，一天到晚坐在大厅的檀木椅上，见娇子稍有不从，便从香炉里攥起一把烧得通红的香在娇子身上乱戳。香火烫得娇子那白白嫩嫩的肌肤"吱吱"冒烟，娇子惨叫不绝，全身都是拇指大的燎泡。

邱光兴听了算命先生的话，也一个心七上八下，接连几个晚上梦见自己被一个披头散发青面獠牙的女鬼追赶，吓得一身冷汗淋漓。邱光兴跑到清源寺菩萨面前抽了一签，拿起一看，脸都白了，只见那签上写着："来路明兮复不明，不明莫要与他争。泥墙倾跌还城土，纵然神扶也难行。"回来再看娇子，原先那对好看的丹凤眼有了妖气，冷飕飕怕人。看邱怀远母子俩那么折磨娇子，他干脆找借口送纸去长汀，在长汀城里搭上一个烟花女子，一住就是个把月，随家里怎么折腾，眼不见为净算了。

邱怀远折磨娇子可真有办法，白天让娇子跪在大厅请罪，晚上却逼娇子陪他睡觉，明知娇子怀有身孕，却日日刻意蹂躏。

娇子想到了死，可是死不了，邱怀远派的团丁日夜不停守着她，再说自己身上有刘虎的骨肉，孩子是无辜的。现在娇子唯一的想法就是能让孩子顺顺当当出生，把他抚养大，不管刘虎在哪里，总有一天她会带着孩子去找到刘虎。只要为刘家留下一份骨肉，自己就是死也值得了。

一个晚上，娇子被邱怀远奸污后，突觉下腹如刀剜般剧痛，惨叫不绝，鲜血流了一床。

"刘虎哥，刘虎哥，你在哪里？你在哪里啊？"娇子叫着刘虎，在床上痛苦地打滚。

邱怀远坐在一边，叼着烟，看着娇子在床上痛得呼天抢地，冷笑说："你不是怀了野种吗？想在我邱家生下来，没门！"

"邱怀远，你不得好死！"

"不得好死的是你，你这恶煞星，我就是要折磨死你。"邱怀远哈哈大笑。

娇子在床上折腾到早上，流了产。邱怀远见目的达到了，也不管奄奄一息的娇子，若无其事去了区公所。

娇子被折磨了一个多月，万念俱灰。老实巴交的李金根夫妇俩又不敢出面，只能晚上回到家里偷偷抹眼泪。钟嫂心痛娇子，看原先鲜花般的一个人儿已不成人样，让李金根半夜跑了60多里路到归化城偷偷给娇子的父亲报信，让他赶快出面来救人，要不娇子就会没命了。

娇子的父亲闻讯心急如焚，他也是归化城里有头有脸的商贾，便火急火燎赶来向邱怀远要人。

邱怀远亲自迎出大门，一躬到地，毕恭毕敬把娇子的父亲迎进邱家大院，大摆宴席，可就是不让娇子的父亲父女俩见面。

娇子的父亲哪有心思跟邱怀远喝酒，一个劲地催着要见女儿。

邱怀远一边给娇子的父亲斟酒，一边笑眯眯地说："莫急，莫急，一会儿就让你见人。"

不一会儿，一个团丁端上个有盖的碗钵。邱怀远站起来，恭恭敬敬地把冒着热气的碗钵端到娇子的父亲面前，朝娇子的父亲让了让。娇子的父亲揭开钵盖，见清粼粼的汤里卧着两颗黄澄澄的子弹，顿时青了脸，全身筛糠般颤抖。

娇子的父亲"扑通"一声跪在邱怀远的脚下，老泪纵横："我求求你了，放过我女儿吧。"

邱怀远眯着眼定定地看着娇子的父亲，那眼神阴得像毒蛇口中的信子。半天，邱怀远朝门口挥了下手说："送客！"便头也不回进后院去了。

娇子的父亲回到归化城里，想着女儿受此荼毒，心如刀绞。横下一条心，倾其所有，买通悍匪许一刀，带了80多人马赶来，要和邱怀远拼个你死我活。

邱怀远接到探报，和叔叔邱光林一说，邱光林大怒，让邱怀远带了100多团丁在黄龙岗布下埋伏严阵以待，又向国民党军营长王鹤亭借来一个机枪排助战。邱怀远向团丁许下诺言，打死一个许匪赏大洋十块。重赏之下必有勇夫，团丁们个个摩拳擦掌，在隘口架起四尊土炮，只等许一刀来自投罗网。

许一刀根本不知走了风声，骑着马带着一帮喽啰一头扎进了邱怀远布下的口袋里。等到许匪全都进了包围圈，邱怀远一声令下，团丁点燃了土炮的炮捻。

"轰轰——"几声巨响，土炮里的铁砂和钢钉像暴雨般朝许匪倾泻过去，走在前面的许匪猝不及防倒下一大片。

紧接着，埋伏在山道两旁的几挺机枪"嗒嗒嗒嗒"响了起来，被打蒙了的许匪哭爹叫娘，只恨爹妈少给他们生了两条腿，回头就逃。

邱怀远哪还有给他们逃命的机会，举枪朝天"砰砰"放了两枪，扯开嗓门叫道："弟兄们，给我杀——"

早已跃跃欲试的团丁唯恐被别人抢了头功，挥舞着大刀狂喊着冲了上去，见人就砍，顿时黄龙岗上血肉横飞，鬼哭狼嚎，一片混乱。

到现在许一刀才明白自己低估了邱怀远，当时娇子的父亲备重金求他出面时，他以为两家的事根本打不起来，老头子无非就是想让自己给他壮壮声势，压压那不知天高地厚目中无人的邱怀远而已，到时候自己充当双方和事佬息事宁人拿了钱走人就是。可他再没想到邱怀远竟敢和他动真格，自己的手下还没弄清怎么回事就死伤大半。气急败坏的许一刀挥起鬼头大刀·连劈倒两个冲到面前的团丁，撮嘴打个呼哨，跟随他多年的枣红马闻声跑了过来，许一刀哪里还顾得上手下弟兄的死活，翻身上马，两腿一夹，掉头就跑。

这一切早被邱怀远看在眼里，甩手两枪，许一刀身子向后一仰，一个倒栽葱跌下马来。

这一仗，许一刀被邱怀远杀得片甲不留，尸横遍野。心狠手辣的邱怀远还让手下割下许一刀的人头挂在土堡大门旗杆上示众三天。邱怀远大获全胜，至此声名大震。

娇子的父亲被邱怀远拿住，邱怀远倒也没怎么难为他，派了几个团丁，叫了抬轿子送他回归化。娇子的父亲痛不欲生，待轿子出了土堡上了石拱桥，便一头栽出轿子，扎入檀河自尽了。

娇子闻此噩耗，哭得死去活来。当天晚上，趁邱怀远大摆庆功酒，在烛火上烧断了捆住双手的绳子，跌跌撞撞爬出门。醉醺醺的邱怀远发现娇子不见了，领着一帮团丁来追。娇子冒着倾盆大雨跑到檀河边，见邱怀远追得急，站在石拱桥上朝黑乎乎的天空叫道："刘虎哥，你要替我报仇啊！"然后又叫了声，"爹，我陪你来了——"，便一头扎进檀河。

邱怀远赶上桥，见娇子那轻飘飘的身影飘入水中，顷刻间就被汹涌的河水吞没了。

邱怀远立在桥上一动不动，一道闪电劈过夜空，映出邱怀远那阴沉变形的脸，他咬牙切齿叫道："刘虎，刘虎，我绝不会放过你！"

五

此时刘虎所在的宁化游击大队正在距长汀县城100多里地的濯田镇进行一场激烈的战斗。

濯田位于长汀西南部，红二十一军五纵队进入长汀境内后，长汀国民党守军为了确保县城的安全，在濯田布置了一个营的兵力扼守西南大门。为了打通进入长汀县城的路线，红二十一军五纵队决定歼灭濯田守敌。

战斗在拂晓发起，可国民党守军凭借有利地形，在守护的高地上安设了两挺机枪形成交叉火力，红军几次进攻都未成功，还牺牲了不少战士。

为了在实战中锻炼宁化游击大队，红二十一军五纵队参谋长毕占云把消灭敌人火力点的任务交给了宁化游击大队。大队长张馥接到命令后组织了一次冲锋，但被敌人机枪密集的火力压了回来。

"排长，敌人火力太猛，我们的人没有掩护，都被当靶子打。得想个办法。"伏在战壕里的刘虎对身边的张瑞标说。

"你有什么办法？"

刘虎伏在张瑞标耳边说了几句，张瑞标听了高兴地擂了刘虎一拳："好主意，快让战士们把棉被都抱来。"

不一会刘虎带着温金财、官小水和几个战士抱来十几床棉被，肖牙佬和王木发扛来两扇两寸多厚的大门板。

张瑞标让人在门板上绑上几床棉被，用水浇透，人高马大的肖牙佬和王木发各扛着一扇门板当盾牌，其他战士躲在门板后朝敌人阵地冲去。

根据分工，张瑞标负责消灭敌人左侧的机枪火力点，刘虎负责消灭敌人右侧的机枪火力点。

阵地上突然冒出两个庞然大物，敌营长吓了一跳，当看清是游击队的被牌，连叫："给我打，快，给我打！"顿时子弹像暴雨般"噗噗"打在棉被上，可根本伤不到躲在门板后的游击队员。

被牌推进到敌阵地只有二十来米，张瑞标第一个投出了手榴弹，只听"轰"的一声，左侧敌人的机枪哑了。这边肖牙佬一看张瑞标已得手，冲刘虎喊："二哥，快扔炸弹！"刘虎从门板后闪出，一甩手将早已拧开的手榴弹投向了右侧敌阵地上的机枪手，又是一声巨响，敌机枪手也被掀上了天。

"冲啊——"张瑞标朝战士们大喊。

被牌后的战士们一涌而出，呐喊着冲进了敌人阵地，冲在前面的王木发挥舞着一把大砍刀，和肖牙佬一道跳进敌人的战壕，两个大汉一眨眼就劈倒了五六个敌兵。张馥一见，让司号员吹起了冲锋号，宁化游击大队 100 多名队员呐喊着如猛虎般朝敌阵地扑去。敌军一下乱了阵脚，撒腿就跑，逃进了镇里。

红二十一军五纵队一看宁化游击大队已经得手，哪还有给敌人喘息的机会，风卷残云般冲进了濯田，一鼓作气歼灭了濯田的国民党守军。

濯田大捷，刘虎发明的被牌战起了关键作用，受到红十二军第五纵队政委罗化成的表扬。宁化游击大队一仗成名，被誉为"被牌大队"。

濯田被攻克后，宁化游击大队又攻下了和濯田相邻的河田镇，声威大震。红二十一军五纵队旋即命令宁化游击大队乘胜追击，配合红军攻打长汀县城。

长汀县地处福建西部，闽赣边陲要冲。1929 年 3 月，毛泽东、朱德率领红四军首次入闽，解放长汀城，建立长汀县革命委员会，为闽西、赣南第一个红色县级政权。随后红四军转战赣南闽西，长汀被国民党军重新占领。

宁化游击大队有了前几次的战斗经验，只用了一天时间就占领了长汀县城外的水东街。水东街先是叫左厢里，其四面为鄞江（汀江）和金沙河所包围，后因其位于鄞江之东而曰"水东街"。水东街由于交通便利，航运发达，自宋朝以来就商铺林立，闽西北一带的土纸、烟叶、米、豆、木材等商品源源不断地通过汀江航运到上杭、永定和广东，而潮汕的百货、布匹、海味、药材等物品也通过航运进入水东街，使这里成为闽粤赣边区最大最集中的物资集散地。宋汀州太守陈轩诗"十万人家溪两岸，绿杨烟锁济川桥"便道出了水东街的繁荣。

刘虎走在麻石铺成的街面上，想起爹曾有多少次押运纸张来到这里，这窄窄的街道上曾留下多少爹的足迹，或许这里的商户都会认识那个背有点驼，瘸着一条腿高高大大的汉子。但水东街的商户在宁化游击大队攻入之前已经关门闭户，一些大户皆躲进城中去了，刘虎也不知道哪个就是邱光兴开的纸铺，也无从打听起。一想到死去的爹，刘虎就悲从心来，神情顿时黯淡下来。

随即，宁化游击大队向长汀城内发起攻击，但在济川桥上遭到敌军的顽强阻击，而此时红二十一军五纵队也被敌军阻击在了跳石桥、太平桥等桥的东面。守城敌军在切断红军增援宁化游击大队的企图后，旋即越过济川桥向水东街发动反攻，敌我双方在水东街展开拉锯战。毕竟宁化游击大队成立时间短，战斗力和作战经验不足，在敌军的接连不断的进攻下，伤亡惨重，部队只好边打边撤出水东街。水东街一丢，敌军趁势向红军发动全面反攻，红二十一军五纵队抵挡不住敌军东西夹击，被迫放弃攻城相继后撤。

时已入冬，白霜皑皑，汀江河面已结水成冰。宁化游击大队大多数队员还穿着从宁化出发时夏天的单衣，冻得不行。部队情绪低落，不时有人流露出要回家乡的念头。

这天一早，退却在一个小山村宿营的宁化游击大队被尾追而至的敌军包围，战士们死命拼杀冲出重围，这时政委王子谦去驻扎在30里外的红五纵队请示下一步行动计划尚未回来。为摆脱危险，大队长张馥决定部队返回宁化。

回乡，这是多么诱人的字眼；回家，这是多少人梦寐以求的期望。

大队长的这个决定，得到多数游击队员的拥护，部队旋即拔营，顶着刺骨寒风往宁化方向进发。

第二天部队到达宁化和长汀交界的彭家坊时，闻讯赶来的政委王子谦虽然不满张馥擅自决定部队的行动，但看到天寒地冻，战士们缺衣少食，经过和张馥商量，决定将部队兵分两路，一路由王子谦带队往淮土，一路由张馥带领回曹坊，打土豪筹粮款度过秋冬再做打算。

可是张馥和王子谦对此时宁化的形势估计不足。7月初，红军撤离宁化，暴动队伍在曹坊集结开赴长汀后，宁化县的保卫团和地方反动武装在国民党军队的支持下卷土重来，对发动武装暴动的西南五乡进行疯狂的报复和清算，留下来坚持斗争的革命分子大多被杀害。民团四处张贴布告，悬赏通缉捉拿参加暴动的游击队员，派出密探到处搜寻暴动队伍的下落。

刘虎所在的禾口中队跟着大队长张馥回曹坊。说实话，刘虎也是希望回到宁化来的，离开宁化几个月，对刘虎来说实在是度日如年，一到战斗间隙他都在思念着娇子。当部队进入曹坊境内时，刘虎心里不禁一阵激动，回到了宁化，就有机会见到朝思暮想的娇子。刘虎还在心里默默盘算，要找个时间回泉上把娇子接出来，不管今后走到哪里，都不再和娇子分开。但刘虎没有想到，前面的凶险正像一只饿虎张开血盆大嘴等着他和战士们，他和娇子的相见更是遥遥无期。

这天傍晚，部队刚走到距曹坊还不到十里的滑石温孙桥，就受到曹坊当地刀团匪的伏击。

温孙桥是宁化最古老的屋桥，建于明英宗天顺年间，历史上此桥是泰宁、建宁、宁化通往汀州府的"盐米"古道，一端连接青山，一端连接田畴。该桥全长八十余米，宽约六米，船型石墩支起桥身飞越流水，桥上翘角飞檐，雕梁画栋，悠长的桥廊，纵目难以洞穿，给人幽深的感觉。桥墩由十层圆木经纬排列搭成，桥面为廊式木质结构，桥廊一侧中间内设神龛，两侧架有供行人休息的坐板，具有显著的客家风情。

部队正在过桥，突然走在最前面的张瑞标朝大家打了个手势，警觉地停下脚步。河对面的树林里扑啦啦飞起一群寒鸦，"呀呀"怪叫，瞬间桥头一下子冒出黑压压的刀团匪，一阵排枪扫来，打倒了前面几个战士。战士们转身往桥尾退却，可桥尾也被刀团匪堵住了，一时枪声大作，猝不及防的游击队员首尾不得相顾，只得朝两边散开，以桥上的廊柱作掩护，朝进攻的刀团匪还击。

凶悍的刀团匪徒一色黑衣黑裤的短打打扮，头上缠着红布条，挥舞着大刀，挺着长矛呐喊着朝桥上的游击队员扑来，一场血战就在桥上展开。

刘虎举枪打倒一个扑上来的匪徒，一回身，见瘦小的官小水被一个匪徒踢倒在地，匪徒扬起马刀就要朝官小水头上劈下。刘虎大叫一声，一头朝匪徒撞去，那匪徒滚在地上，砍刀从官小水的头皮上掠过，"咚"的一声劈在了廊柱上。

那匪徒一骨碌翻身而起，去拔嵌在廊柱上的马刀。刘虎哪还有给他机会，抢起枪，一枪托揣在了那匪徒的头上，那匪徒惨叫一声，脑浆迸裂，刘虎"嘿"地一叫劲，将匪徒扛起掀下桥。

排长张瑞标挥枪打倒两个匪徒，冲刘虎喊："刘虎，不得恋战，杀开条路掩护大队长过桥。"

刘虎大喊一声："弟兄们，跟我冲！"从背上抽出大刀领头朝桥头冲去。刘虎挥刀左砍右劈，第一个冲过桥，回头一看身边只跟着几个结拜兄弟，大队长张馥和排长张瑞标都还被困在桥上没有冲过来。

刘虎急了，叫道："弟兄们，跟我来。"提刀返身杀回桥上。

几个结拜兄弟一看刘虎冲了回去，也一声大喝，跟着刘虎转身朝桥上冲。都说打虎亲兄弟，上阵父子兵。几个盟过誓的结拜兄弟杀红了眼，顿时拦在桥上的匪徒惨叫不绝，血肉横飞。

此时大队长张馥和张瑞标正被几个刀团匪围住，刘虎大叫一声扑过去，一刀就削掉一个匪徒的脑袋。肖牙佬手上的梭镖也穿透另一个匪徒的前胸，肖牙佬一叫劲，用梭镖挑起匪徒扔下河里。其余匪徒遇到不要命的刘虎几个，一下乱了阵脚，纷纷掉头逃窜。

张瑞标领着王木发和几个战士断后，刘虎几个兄弟保护着张馥冲下桥，边打边撤，逃进了密林。

回过神来的刀团匪看见刘虎几个簇拥着张馥钻进密林，料定张馥是个游击队的头头，那肯放过，叫喊着穷追不舍。

张馥领着刘虎他们沿着山道一路狂奔，前方出现一个岔路口，一个后生赶着一头牛迎面走了过来。那后生见了张馥他们，招了招手，朝路坎下的小溪指了指。张馥会意，带着战士们溜下溪，将身子藏进溪畔一人多高的水竹丛里。很快就传来杂乱的脚步声，几十个刀团匪追了过来。

"嘿，放牛佬，看见赤匪朝哪跑啦？"一个满脸横肉的匪徒头目停下脚步，看了看岔路口，朝放牛的后生问道。

放牛后生指了指山岭上的石阶路。

"给我追，抓住他们送县衙门领赏。"匪徒头目挥了挥手中的盒子炮，冲手下叫道。那群刀团匪得令撒腿就朝山岭上追去。

匪徒头目跑了几步，又回过头，用手枪点着放牛后生说："你要是敢骗我，别怪我枪子不认人。"

放牛后生翻了他一个白眼："你信就信，不信拉倒！"

匪徒想了想，"嘿嘿"一笑："料你个穷鬼，也不敢。"说完，撵着那帮匪徒的屁股后面追去了。

过了一会儿，藏在水里的张馥他们听听没有动静，爬上岸来。

张馥拉着放牛后生的手："小老弟，多谢你。"

放牛后生笑了笑，露出一口突突的牙齿："多谢啥子哟，那帮土匪，早就盼你们回来收拾他们。我也想参加红军呢。"

"小老弟，红军很快就会打回来的，此地不可久留，我们后会有期。"张馥说完领着张瑞标、刘虎等十几个战士很快消失在暮色四合的山道上。

这个放牛后生名叫张新华，是山下曹坊乡滑石村药里迳人，由于家庭生活困难，靠给地主放牛为生。1932年红军打回宁化后参加红军，1934年10月参加二万五千里长征。先后参加抗日战争、解放战争，中华人民共和国后任福建军区炮兵司令员，南京军区炮兵副司令员。1955年与张雍耿、孔俊彪一起被授予少将军衔，成为宁化被授予少将军衔的三人之一。

这一仗，宁化游击大队损失惨重，二中队队长黄鸿湘和游击大队的财务委员范祥云在混战中受伤被捕，被匪徒押到宁化城关，受尽严刑拷打，后在县衙对面薛家坊外的猪仔坝被敌人杀害。

大队长张馥知道曹坊已经被刀团匪占领，是不能去了，便带着集拢来的40多名队员前去淮土与政委王子谦的队伍会合。不料王子谦带领的另一路游击队员在淮土也受到地主武装的袭击，损失严重。两路队伍汇合后剩卜不到百人，只能上山打游击。叛变革命的罗世耀为了邀功，带着淮土保安团不断清剿，游击队又和红军及上级组织完全失去联系，东躲西藏，弹尽粮绝，处境十分危险。

腊月十一，大雪封山。

宁化游击大队领导成员在淮土凤凰山的草寮里秘密开会，为保存革命火种，逃脱敌人的追捕，决定部队分散行动，等待机会东山再起。鉴于敌人悬赏500大洋买大队长张馥和政委王子谦的人头，会议决定张馥和王子谦暂时离开宁化，到广东汕头和漳州找先期逃亡到那里的共产党员张志农和李名骥，寻找革命组织。

张馥和王子谦走后，游击队员埋藏好武器，有的去投靠亲友，有的远走他乡，也陆陆续续下山离开，密林深处的营地一下显得一片空寂。刘虎怎么也没想到，情形会这么急转直下，部队这么快就被打散了，对今后何去何从，一时没了主意。这天晚上，送走了王木发、李招弟和班里的几个战士，几个结拜兄弟集聚在草寮里围着一堆篝火，默默无语。草寮外，寒风呼啸，不时有雪粒沙沙地从门外打进来。

半晌，官小水说："要不，我们也回家去？"

"对，回家去，离开家都半年了，在这山上不饿死也要冻死。"肖牙佬表示赞同。

"是喔，半年都没我娘和桂枝的音讯了。"当大哥的温金财也黯然神伤。

刘虎何尝不想回家，离开娇子快半年了，也不知她现在怎么样了。一想到娇子，刘虎心里就像刀割般难受，如果有翅膀他早就飞回去了。几个结拜兄弟一合计，说走就走，星夜冒着鹅毛大雪下山。

几个人下得山来，远远突然看见皑皑白雪的山路上出现一个黑影，刘虎"嘘"了声，几个人蹲在一丛灌木丛后。黑影匆匆走来，好像还背着一个布袋，刘虎仔细看了看，叫出声来："排长，是排长。"

来人正是张瑞标。这天晚上，他利用自己对这一带熟悉的条件，悄悄摸下山给战士们弄了一袋红薯。看到刘虎他们，忙问："你们要去哪里？"

官小水说："排长，我们想回老家去。"

张瑞标摇了摇头："你们现在回家，等于自投罗网，现在保安团到处都在悬赏捉拿我们，被他们捉住了肯定没命。"

"那我们怎么办？队长走了，政委也走了，连个拿主意的人也没有，难道我们就在这山上等死？"肖牙佬叫了起来。

张瑞标打开布袋，倒出几根地瓜："吃吧，吃饱再说。"

一天都粒米未进的几个结拜兄弟，早已饿得肚皮贴后背，一见地瓜，也不管有没有泥巴，抓起一把雪擦了擦，就大口大口啃了起来。

"排长，你有什么打算？"刘虎看着张瑞标问。

"我想去江西找红军。"

刘虎眼睛一亮："排长，我跟你去。"

张瑞标看了看刘虎："你真的想跟我走？"

"我跟定你了，你走到哪里我就跟到哪里，这年头只有红军才是我的靠山。"刘虎回头看看几个兄弟，"你们怎么想？"

"反正回去也是死，二弟说得对，我们就去找红军。"温金财说，"三弟、四弟，我们结拜时就发过誓，有福共享有难同当，不管走到哪里，我们兄弟都不分开。"

"听大哥的。"肖牙佬点了点头。

"好，那我们明早就出发，到江西石城找红军去。"张瑞标激动地说。

第三章

一

1931 年 2 月，蒋介石调集 20 万兵力，对中央苏区发动第二次大"围剿"。国民党军采取蒋介石"稳扎稳打，步步为营"的方针，以主力分路推进，互相策应，以期消灭毛泽东、朱德领导的红一方面军，摧毁中央苏区。

红一方面军在第一次反"围剿"胜利后，三万余人分别进至江西永丰、乐安、宜黄、南丰以南，广昌、康都、宁都、石城、兴国以西和以东等地区，开展群众工作，打击地主豪绅武装，巩固与扩大了苏区。中共苏区中央局和红一方面军总部发现国民党军即将发动第二次"围剿"的情况后，红一方面军总司令朱德、总政治委员毛泽东和中央革命军事委员会总政治部、中共苏区中央局先后发出进行反"围剿"准备的指示。随即红一方面军以一部分兵力在苏区北部边缘配合地方武装监视国民党军，主力南移至江西宁都、石城、瑞金地区，进行反"围剿"的准备和作战训练。

石城位于江西省东南部，东邻宁化，南抵长汀、瑞金，西毗宁都，北靠广昌，因"环山多石，耸峙如城"而得名。自古就是进入闽西北直至粤东的主道，素有"闽粤通衢"之称。

张瑞标带着刘虎几个结拜兄弟一路跋涉，在腊月二十一到达石城，加入了正在进行反"围剿"准备和作战训练的红四军，任一营三连二排排长，刘虎几个结拜兄弟也被分配到排里当战士。

四月初，国民党军分四路开始向中央苏区发动进攻。针对敌军的步步紧逼，具有雄才大略的毛泽东主张继续采取诱敌深入方针，把敌人引到苏区内，集中优势兵力各个击破，粉碎敌人的"围剿"。毛泽东这一"诱敌深入"的方针得到中共苏区中央局的肯定。五月中旬，在江西东固山区隐蔽待机20多天的红一方面军主力终于等到了国民党第五路军右翼部队脱离其富田阵地的极好时机。红四军和红三军以迅雷不及掩耳之势向正在沿中洞至东固大道东进的国民党第五路军第二十八师和第四十七师一个旅展开攻击。刘虎他们所在的一营负责截断敌人的退路。

钻了红军包围圈的敌军企图突围，回转身向中洞方向逃窜，迎面遇到红军的堵截，便不惜一切代价向一营坚守的阵地发动冲锋。

"别急，等敌人靠近了再打。"张瑞标伏在战壕里向跃跃欲试的刘虎轻声吩咐道。

敌人越冲越近，离阵地只有二十来米了，张瑞标一声大吼："打！"

早已瞄准一个敌人的刘虎一扣扳机，"砰"的一枪，冲在最前头的敌兵额头爆起一朵血花，一头就栽在了地上。

阵地上枪声响成一片，子弹像暴雨般朝敌人倾泻过去，冲在前面的敌兵顷刻纷纷中弹倒地。

肖牙佬一连撂倒几个敌兵，冲刘虎"嘿嘿"一笑："这根本就不用瞄准，他们都自己撞到我枪口上来的，枉费我练出的一身好枪法。"

冲锋号声骤然吹响，"冲啊——"，"杀啊——"阵地上的红军如下山猛虎朝敌人扑去。

刘虎紧跟着张瑞标跃出战壕，张瑞标边跑边射击，一连打倒两个逃窜的敌兵。

突然冲在前面的张瑞标一个趔趄，栽倒在地。刘虎扑上去扶起张瑞标，只见鲜血把张瑞标的前胸染红了一大片。

"排长，排长你怎么啦？"刘虎死命摇晃着张瑞标。

"牙佬，牙佬，快过来。"刘虎高声喊叫。

肖牙佬提着枪跑了过来，一看也慌了。

"快，把排长背下去。"肖牙佬一听背起张瑞标就跑。

一场激战，红四军和红三军全歼敌军一个旅。

担任迂回任务的红三军团和红三十五军，迅速攻占固陂圩，当夜进占富田。红十二军主力转向大源坑、潭头方向进攻敌第四十三师。随后红三军团在白沙截歼敌第四十七师一个旅和第四十三师一部。与此同时，红十二军攻占沙溪，敌第五十四师逃向永丰，敌第十九路军也由城冈撤回兴国，随后又撤到赣州。两仗获胜后，红一方面军按预定计划，继续向东扩张战果，攻占中村、南团。中共苏区中央局随即留驻龙冈，另组成以毛泽东为书记的中共红军第一方面军临时总前敌委员会，负责指挥红军作战和领导战区地方工作。此后，红一方面军日夜兼程，向东急进，于五月底先后攻克广昌、建宁，粉碎了国民党军对中央苏区的第二次"围剿"。随即毛泽东率领总部和总前委进驻建宁县城，激情澎湃的毛泽东在住所西门外天主堂楼上写下《渔家傲·反第二次大围剿》："白云山头云欲立，白云山下呼声急。枯木朽株齐努力。枪林逼，飞将军自重霄入。七百里驱十五日，赣水苍茫闽山碧。横扫千军如卷席。有人泣，为营步步嗟何及！"

第二次反"围剿"红军共歼国民党军三万余人，并占领赣东、闽西北广大地区，巩固和扩大了中央苏区。

张瑞标负伤后，因伤势严重，被转到红一方面军野战医院治疗，由刘虎代理排长。

这天，建宁濉溪万安桥头的东门楼下，刘虎和肖牙佬正在站岗，突然看见大桥对面走过来一群人，为首的一个身材高大，刘虎只觉得十分面熟，待他们走上桥，刘虎一下认出他来，顿时心口"怦怦"直跳，他拉了一把肖牙佬："快看，毛委员。"

肖牙佬朝那群人打量："你说谁是毛委员？"

"没错，就是他，我去年腊月在泉上罗坊坝看到的就是他。"

那群人走到刘虎身边，刘虎"啪"的一个敬礼，激动地叫了声："毛委员！"

毛泽东停下来，朝刘虎打量了一下，笑了起来："小老弟，是你啊。"

"毛委员，是我，你还认得我吗？"

"认得认得，泉上好大丘，十种九不收，一朝雨水足，有米下福州啊。小老弟，你参加红军了，好，好啊！"

望着毛委员远去的背影，刘虎激动地话都说不出来。

二

红军粉碎敌人第二次"围剿"后，乘胜转入进攻，分兵发动群众，打土豪分田地，筹粮筹款，解放了赣东的黎川、南丰以及闽西的建宁、泰宁、宁化、长汀等广大地区。蒋介石不甘心失败，于1931年6月21日，又调集30万军队，对中央苏区进行"长驱直入"的第三次"围剿"。为了扩大红军队伍，粉碎敌人的围剿，总前委书记毛泽东连续给红十二军军委谭震林、边区工作委员会周以粟等发出三封指示信，强调"红十二军的中心任务是建立深入宁化、石城、长汀三县的工作区，均以七、八两月为期限，分完田，建立地方武装、地方临时政权和临时党部，把这个问题真正解决，使雩（都）、瑞（金）、石（城）、宁（化）、会（昌）、长（汀）六县连成一片"。

红十二军随即奉命从长汀进入宁化，深入发动群众，吸收了60多名革命青年，组建了宁南游击队，由曹坊人曹富生任队长。在红十二军的指导下，宁化在七月成立了曹坊、禾口、淮阳三个区苏维埃政府，革命形势风起云涌。

张瑞标痊愈后，回到了部队。当得知红十二军重新占领了宁化，建立苏维埃政权，一想到散落在宁化的宁化游击队员，便主动向组织提出，回宁化组织地方武装，打垮民团，讨还血债。张瑞标的请求得到了红四军领导的批准。当他把自己的想法和刘虎几个人一说时，几个结拜兄弟都提出要跟张瑞标打回老家去，随即组织上也批准了他们的请求。

此时已到八月仲秋，丹桂飘香，张瑞标带着刘虎、肖牙佬、温金财和官小水，翻山越岭从江西石城赶往宁化的禾口。

半晌午的时候，几个人爬上一座高高的山岭，放眼望去群山环抱的禾口石壁一带万亩田畴坦荡，四周郁郁葱葱的森林像一堵绿色的屏障。

山岭上有一座相依而立合二为一的古亭，中间共用一墙，几个人坐在凉亭里休息。张瑞标告诉说，这两座亭朝福建方向叫片云亭，朝江西方向叫介福亭。这地方叫站岭隘，千年以前，中原汉民为避饥荒和战乱，纷纷南迁，他们当时就是通过这个站岭隘来到宁化石壁繁衍生息的。

原来这就是站岭！刘虎想起将军坑纸坊的大师傅，当年他就是在这条路上误伤人命才放下屠刀隐姓埋名的。但刘虎一路走来，却没见到大师傅立下的悔过碑，刘虎想也许是时间长了，毁了吧。

在紧邻古亭的西侧，建有一座庵庙，庙不大，掩映在古藤老树当中。庙里传出念经声，刘虎有些好奇，便走进庙里。

观音坐像前，香烟缭绕，一个老尼正坐在蒲团上闭目诵经，"笃笃"的木鱼声清脆又孤凄。

刘虎不敢打扰，立于一边，双手合十，朝观音菩萨拜了三拜，心里默默念道："观音菩萨，保佑我的娇子平安清吉，让我早点和她团聚。"

此时的禾口已在红军的控制之下，张瑞标带着刘虎他们回到禾口，原先分散躲避民团追捕的宁化游击大队的队员奔走相告。红脸汉子王木发离开部队后躲到宁化西南治平鸡公崬高山上帮人做纸，得到消息第二天就下了山赶到禾口。绰号"饭铲头"的李招弟有家不能回，隐姓埋名在湖村帮人烧石灰为生，见到张瑞标竟哭得像个孩子。不几天张瑞标就收容和发展了120多名新老游击队员，在红军的支持下，张瑞标将部队整编为宁西游击队，由张瑞标任队长，刘虎担任了一中队队长。

张瑞标领导的宁西游击队和曹富生领导的宁南游击队紧密配合，在宁化西南部打击刀团匪反动武装，让敌人闻风丧胆。

1931年9月底，中共闽粤赣省委组成20人的省委工作团到达宁化配合红十二军开展建党建政工作，根据中共闽粤赣省委的指示，在曹坊成立中共宁清归（宁化、清流、归化）工作委员会，经过月余的群众工作，相继成立中共曹坊、南城堡、方田、禾口、淮阳等区工作委员会。随后中共宁清归工作委员会从曹坊移驻淮土的淮阳村，着手筹备宁化县第一次工农兵代表大会。

位于宁化西南的淮土原名"怀土"，地处闽赣两省交界处，客家先民迁入宁化后，在这垦荒拓殖，因怀念中原故土，便将此地称为"怀土"。淮土的西、南与江西省石城交界，北靠禾口石壁，距离宁化县城60多里。淮阳在淮土东面五里，地势开阔，一条老街贯穿其中，是个有百来户的古村。在村西罗家边有一座始建于清同治九年的刘氏家庙，祠堂造型飞檐翘壁、雕梁画栋，占地近千平方，气势宏伟。淮阳刘氏为汉高祖刘邦后裔，迁入淮阳后繁衍生息，大门上写着"十继朝纲申帝业，六逾世纪拓雄猷"的楹联就足以说明这个问题。

中共宁清归工作委员会迁到淮阳后，张瑞标领导的宁西游击队被调到淮阳，担任保卫工作。

11月上旬，中共闽粤赣省委委员、闽西苏维埃政府主席张鼎丞到达淮阳，在刘氏家庙主持召开了宁化县第一次工农兵代表大会，宣布成立宁化县苏维埃政府。宁化县苏维埃政府成立后，广泛发动群众，打土豪分田地，建立革命政权，形成武装割据局面。宁化的地主武装、刀团匪、保卫团在国民党军队的配合下不断进攻骚扰红色政权。在这种形势下，为保卫红色政权，宁西游击队改编成宁化县苏维埃政府警卫连，由张瑞标任连长，刘虎担任了一排排长，肖牙佬和温金财在刘虎的一排担任了班长，而官小水被张瑞标留在连部担任通信员。与此同时，曹富生领导的宁南游击队也组建为300多人的曹坊红色警卫营，这两支游击队在宁化、清流、归化、连城四县边境开展游击斗争，打击地主刀团匪反动武装。后来成为红三十四师前身独立第七师的重要组成部分。

驻守在宁化县城的是国民党军马鸿兴部。马鸿兴自从红十二军进入宁化地界后，惶惶不可终日，他一边加强警备，一边做好随时逃命的准备。

时已隆冬，寒风刺骨，翠江河面已经结起了厚厚的冰，寿宁桥北端城墙上几个放哨的国民党兵抱着枪缩着脖子围着一堆火在烤火。

裹着大衣的敌排长走了过来，朝一个士兵的屁股上踹了一脚："他妈的，让你们站岗，你们就蹲在这烤火，啥时脑袋被赤匪割了都不知道！"

"排长，这冻死人的天，我看赤匪也不是铁打的，会来？"一个老兵叼着一根烟杆嬉皮笑脸说。

"别大意，赤匪专门都是出其不意。前两次围剿，蒋委员长还不是以为胜券在握，最后怎么样，几十万人还围不住区区几万红军，损兵折将，赤匪越打越多，都打到我们宁化地盘上来了。你们还是留点神，给我盯紧点，要有个闪失，马长官不会饶了你们！"敌排长教训了那几个士兵一通，裹紧大衣一摇一摆地走了。

那老兵朝他背影啐了一口："啊呸，就会在我们这些当兵的面前耍威风，还不是又去城隍巷找那个黄寡妇去了。"

几个士兵嘻嘻哈哈笑了起来。

他们怎么也没想到，此时红军已经悄悄运动到了城外的塔下街。

塔下街因有座慈恩塔而得名。慈恩塔建于后唐同光年间，是宁化的镇邑宝塔，塔高30多米，砖构空心，八角竹节钢鞭型，七层密檐式，每层四向各开拱门，高可逾人，有扶梯旋转而上，底层塔内平坦可容上百人。明万历年间塔遭雷击，倾首一级，以致中空透顶，仰视如坐井观天。张瑞标带领的警卫连悄无声息地藏身在塔内。

张瑞标带着刘虎顺着塔内的木梯爬上哀草凄凄的塔顶，尼高临下县城四周情况尽收眼底，二里多外的县衙一览无余。只见县衙门口几个国民党兵荷枪实弹，离县衙百步之遥的寿宁桥北端，城门紧闭，高高的城墙上几个站岗的国民党兵正缩着脖子烤火。

"连长，我们怎么进城？"刘虎指了指紧闭的城门。

张瑞标笑了笑："兵不厌诈，跟我走。"

不一会儿，张瑞标和刘虎一身伙计打扮，各人挑着一担水酒沿着寿宁桥走了过来。

"嘿嘿嘿，干吗的？"一个士兵从城墙上探出头喝道。

"长官，我们是卖酒的。"张瑞标抬起头回答。

那个老兵一听来了精神："过来过来，检查一下。"

几个士兵下了城墙，打开城门，那老兵掀开桶盖，热气腾腾的酒酿醇香扑鼻而来。真是想睡觉就送枕头，管他娘的，先来两口御御寒，老兵抓起瓢，舀起一勺，"咕嘟咕嘟"就往嘴里灌。另外几个士兵一见也放下枪，争先恐后抢起酒来喝。

张瑞标和刘虎对视了一眼，"唰"地从怀里掏出枪："不许动！"

正在喝酒的老兵惊得手里的酒瓢"啪"的一声掉在地上，另几个士兵抬头一看，两把黑洞洞的枪口对着自己，吓得抱着头蹲在了地上。

隐藏在寿宁桥对面的警卫连战士们一看连长已得手，一声呐喊，冲过桥，朝左侧不远处的县衙门扑去。

守卫县衙大门的敌兵懵了，一下不知这么多红军是从哪里冒出来的，慌慌张张举枪还击。冲在最前面的刘虎一挥手，"啪啪"两枪，两个敌兵应声而倒。

马鸿兴和他的小老婆黄氏正在县衙后院家里围着火炉小酌，听到枪声，不知发生了什么事，正想叫通信员过来问问，就见副营长慌慌张张跑进来报告说红军已经攻进来了。马鸿兴吓得从太师椅上跳了起来，酒杯"咣当"一声掉下地，拉起黄氏撒腿就往后门跑。

黄氏是个小脚女人，哪里跑得动。这时外面到处都是枪声、呐喊声，惊慌失措的马鸿兴心一横丢下小老婆，在几个士兵的簇拥下跑向了北门。

黄氏一看到马鸿兴只顾自己逃命，一屁股坐在地上，呼天抢地哭了起来："马鸿兴，你这挨千刀的，丢下我，不得好死。"

张瑞标带领战士冲进马鸿兴的后院，马鸿兴早已逃之夭夭，留下他的小老婆在那里一把眼泪一把鼻涕哭。

刘虎一把揪起黄氏，喝问："马鸿兴呢？"

黄氏早吓得面如土色，哆哆嗦嗦说："跑，跑了，往北门跑了。"

张瑞标带着战士们追到北门，马鸿兴早带着部下窜出北门朝宁化北部的中沙乡逃窜去了。

宁化县城攻克后，宁化县苏维埃政府从淮阳移驻宁化城关。腊月，中共闽粤赣省委作出《关于扩大红军问题的决议》，要求宁化、长汀、连城在正月需成立一个独立师，宁化需成立两个团。中共宁化县委、县苏维埃政府根据省委决议，决定以宁西游击队和曹坊红色警卫营为主，组建成立独立第五团，由龚连基任团长兼参谋长、范世英任政委，辖三个连，共500余人，张瑞标任特务连连长。不久又组建新编补充团，调张瑞标任团长。

为了加强对新兵的训练，经征得上级领导的同意，张瑞标从独立第五团带了一批军事骨干到新编补充团。刘虎、肖牙佬、温金财也跟着张瑞标到了补充团，刘虎被张瑞标任命为新兵连连长，几个结拜兄弟都在新编补充团担任教员，官小水因机智灵活被张瑞标留在团部担任通信员。

三

宁化北山翠华顶训练场，一队队新编补充团的新兵们正在训练队列。

西北角三官庙前，神枪手肖牙佬正在给新兵讲解射击要领。百米外的一棵古樟树杈上，摆着一只陶罐，肖牙佬举枪，上膛，瞄准。

"砰——"一声枪响，陶罐应声而碎。新兵队里响起一片掌声。

另一角，刘虎正在给一队战士传授"破锋刀法"的口诀："迎面大劈破锋刀，掉手横挥使拦腰，顺风势成扫秋叶，横扫千钧敌难逃，跨步挑撩似雷奔，连环提柳下斜削，左右防护凭快取，移步换型突刺刀。"刘虎一边演示一边讲解，"刀法的基本功有劈、扎、缠头、裹脑四种。打仗的时候，要干掉对手，必须要很快靠近对方，才能发挥刀的作用。刀的厉害在砍，劈砍是刀的主要用法，这需刚猛有力才有用。所以刀法练习，要注意气势威猛，动作一定要快！"

到新兵连后，刘虎根据自己的特长，向团长张瑞标提出了建立大刀队的想法，他认为在红军枪支弹药严重不足而敌军装备优良的情况下，可利用近战、夜战的战术，发挥大刀威力，克敌制胜。刘虎的这个建议得到张瑞标的赞赏，很快刘虎就组建起一支大刀队。新兵连里不乏铁匠，根据刘虎提供的样式，买鸡巷和花心街几个打铁铺日夜赶制，为新兵连每位战士打制了一把寒光闪闪的大刀。有了刀，必然要有刀法，刘虎将从大师傅那学来的"破锋刀法"悉心向战士们传授。"破锋刀法"荟萃了明代戚继光《辛酉刀法》、程宗猷《单刀法选》、清代吴殳《单刀图说》等传统刀法精华，动作简捷，具有大劈大砍、迅猛剽悍的实用特点。战士们勤学苦练，刀法大有长进。刘虎组建的这支大刀队后来在红三十四师历次战斗中屡立战功，让敌人闻风丧胆。

此时的刘虎手握大刀，腾挪跳跃，虎虎生风，猛见刘虎一招"盘龙吐信"，转身一个反劈，一个碗口大的木桩被齐刷刷拦腰劈断。

"好，好！"战士们热烈鼓掌。

突然训练场外响起争吵声，不一会儿，一个战士过来报告："连长，有个人说要见你。"

"见我，谁？"刘虎一时想不起这时谁会要见他。

"他说是从泉上来的，认识你。"

刘虎一听，怔了一下，把大刀扔给温金财，三步并着两步赶了出去。远远地他就看到一个年轻后生和站岗的战士拉扯着要往训练场内闯。

"大旺，怎么是你？你怎么来啦？"刘虎怎么也没想到来的人是李金根的儿子大旺。

"刘虎哥，我终于找到你了。"大旺一把抱住刘虎，呜呜哭了起来。

原来刘虎逃走后，邱怀远觉得事有蹊跷，一追查，和钟婶下蒙汗药有关，顿时暴跳如雷，把钟婶打断了腿，赶出邱家大院。李金根找邱怀远论理，又被邱怀远指使团丁暴打一顿，邱怀远还把事做得更绝，竟将李金根一家赶出土堡。李金根一家无家可归，只好到青瑶碗窑卖苦力为生。不料上个月在装窑时窑塌了，将李金根活活压死。噩耗传来，重病在床的钟婶急气攻心，临死时交代大旺去找刘虎，还让大旺告诉刘虎一个天大的秘密，当年刘虎的父亲刘大福就是被东家邱光兴雇的九龙寨土匪杀害的，其目的就是为了霸占欢娘。这事一开始在镇上也只是谣传，没有真凭实据，只是有一天，李金根到莲花顶找丢失的牛，偶遇九龙寨两个过路的山匪从他们无意的谈话中听到的。当时李金根回来悄悄跟钟婶说起，胆小怕事的钟婶还让李金根把这事埋在肚里，无凭无据的事千万别乱说。

刘虎一听，顿时怒火万丈，他怎么也没想到，自己的父亲居然是死在号称"邱大善人"的邱光兴手里，这么多年一直蒙在鼓里。他原以为邱光兴和他儿子邱怀远不一样，想不到都是人面兽心，阴险毒辣比邱怀远有过之无不及，两父子都是一路货色！

大旺还带来一个更让刘虎心痛欲绝的消息，娇子被邱怀远抓回去后受尽凌辱，跳了檀河，镇上的人都传说娇子死了。

宛如晴天霹雳，一下就把刘虎击垮了，他无论如何也不能接受这个事实。他抱着身边的老樟树，发疯似的将脑袋在树上死命撞，边撞边哭。邱怀远，邱怀远，你这个王八蛋，你害死了我的娇子，我绝对不会放过你！

刘虎一咬牙做出了一个天大的决定，晚饭后把肖牙佬、温金财和官小水找来商量，几个结拜兄弟一听，个个咬牙切齿发誓要替刘虎报仇雪恨。

考虑到官小水在团部通信班行动不便，刘虎让官小水留下不要随他们行动。可官小水不干，说什么也要跟刘虎一起去，后来还是温金财把官小水拉到一边悄悄说："小水，你在团长眼皮子底下，你要不在他随时都会发现，可能我们还没到泉上，就会被他追回来。再说这次我们是偷偷行动，可能会遇到许多危险，你留下来，万一我们没有及时赶回来，你可以向团长报告，带人来接应我们。"官小水被温金财这么一说，也觉得有道理，就答应留下来。

随即，刘虎带上十几个他精挑细选出来的战士，谎称要去执行一项秘密任务，夜幕四合时一帮人马悄悄离开营地，马不停蹄地出了宁化县城往80里外的泉上狂奔而去。

路上，大旺告诉刘虎，邱光兴现在多数时间都住在将军坑纸坊，他从长汀城里带回一个烟花女子，生怕老婆闹，就偷偷养在纸坊里。平时邱光兴借口到将军坑监督生产，一般不回家，这事纸坊上下的伙计个个知晓，唯独瞒住了邱家上下。

三个小时后，刘虎他们一口气跑到湖村老虎岩，刘虎让大家进洞休息一下，一年多前几个人在这盟誓结拜的情景历历在目。这一年多来，几个结拜兄弟从刀光剑影和枪林弹雨中一路走过来，经过血与火的洗礼，不是亲兄弟胜似亲兄弟。为了替刘虎报仇，他们明知违反军纪但依旧毫不犹豫挺身而出，刘虎看着他们，心中不禁涌起无数感激来。作为连长，刘虎非常知道自己擅自带兵公报私仇，必受严厉的军法处置，很有可能会掉脑袋。反正自己是豁出去了，只要报了仇，就是死也值了，但不能连累亲如手足的结拜兄弟。想到这，刘虎心生一计，他让肖牙佬和温金财偷偷回家去看看，并告诉他们一个时辰后还在这洞里会合。

肖牙佬和温金财离开家乡一年多了，现在到了家门口，何尝不想回家，说实话，两人心都飞回去了。在刘虎的一再催促下，两人出了洞口，刘虎告诉说："湖村还是民团的地盘，一定要小心，为防万一，如果一个时辰后你们回来不见我们，那么就不要在此停留，火速赶回宁化归队。"

不一会从村口传来几声狗吠，刘虎估摸温金财他们已经进村，朝战士们一挥手，大家出了洞，悄悄绕过村口，朝几十里外的泉上奔去。

突然，前方出现两个人影拦在路上，刘虎心一紧，一拉枪栓，轻声喝问："什么人？"

"二哥，是我们。"黑暗中传来肖牙佬的声音。

刘虎上前一看，是两个结拜兄弟，只见他们提着枪，站在路上，一声不吭地看着刘虎。

"二弟，我们曾发过誓，有福共享有难同当，就是上刀山下火海我们也陪你去！"温金财说道。

刘虎心一热，没有说话，上前紧紧抱住肖牙佬和温金财。随后一群矫健的身影在山径上飞奔。

半夜时分，刘虎他们赶到了泉上镇外的凉亭，刘虎只觉得亭里四处都还弥漫着娇子的气息，晃动着娇子的影子，他心一热，眼睛就潮了。

但此时的刘虎没有时间多去想什么了，他要铤而走险去做自己要做的事。

刘虎带领战士们操近路朝30多里外的九龙寨狂奔而去。下半夜，他们在迷蒙的月色中摸上山，但见寨门紧闭，两米多高的寨墙挡在石径上，左边是悬崖，右边是绝壁。寨墙上，一个土匪正倚在墙垛上抽烟，红红的火星一明一灭，这土匪怎么都没想到，就在墙垛下隐伏着十几个虎视眈眈的红军战士。肖牙佬从腰上解下棕索，打了个活结，温金财捂住嘴"咕呱，咕呱"学起了猫头鹰叫，他要引诱那匪徒从墙垛上探出头来给肖牙佬下手。果不其然，那匪徒听到墙角下有猫头鹰叫，伸出头来想看个究竟，只听"呼"的一声，还没明白怎么回事，就被肖牙佬甩出的绳套套住了脖子。肖牙佬顺势一拉，匪徒闷声就从寨墙上栽了下来，被早已等候住的两个战士伸手接住。刘虎捧着匪徒的脑袋用力一扭，只听"嘎嘎"几声脆响，那匪徒连哼都没哼就被扭断了脖子见阎王去了。

肖牙佬蹲下身，让温金财站在肩头挺身而起，温金财身形一错，手指抠在寨墙的石缝间，人已经像只壁虎般贴在了寨墙上。黑暗中只见温金财的身影像只狸猫般一伸一缩往上爬。毕竟是以打猎为生的，身手比一般人灵活，不一会温金财就翻过墙头，悄悄打开寨门，十几个战士悄无声息闪身进去。

"独眼龙"占据九龙寨十多年，自觉山寨一夫当关万夫莫开，寨门一关，一般人是很难进来的。自从被王鹤亭轰两炮后，他也提高了警惕，晚上在寨墙上安排喽啰轮流放哨，可他怎么也没想到，竟然会有人半夜摸上山来，而且还是训练有素的红军战士。别看这些土匪平日无恶不作，可一遇到红军，顿时就吓得尿了裤子，许多喽啰还没回过神就让大刀削掉了脑袋。

刘虎揪住一个喽啰问清"独眼龙"的住处，提着大刀直奔青龙堂后院，怒发冲冠的刘虎一脚踹开房门，昏暗中隐约见床上卧着一个黑影，料定是"独眼龙"，挥刀就剁。待撩起被子一看，竟然是一个木制枕头！"独眼龙"不见踪影。就在这时，耳边扫过一阵阴风，倒挂在屋梁上的"独眼龙"猛扑下来，手中的鬼头大刀朝刘虎兜头劈下。

刘虎暗叫不好，情急之中，横刀上格，只听"当"的一声，火星四溅，刘虎只觉得虎口被震得发麻，不禁后退了两步。

"独眼龙"趁这一空当，甩出两枚飞镖，趁刘虎躲闪，一个"鹞子翻身"从窗户飞身而出。刘虎一见，岂能再让这杀父仇人逃脱，紧跟着从窗户上一跃而出，穷追不舍。

"独眼龙"一开始不知道是谁要算计他，但他寻思既然能摸进山寨，定是有备而来，所以三十六计，走为上计。当他逃到寨门口，趁着月色，这才看清将他团团围住的是一帮红军。

"独眼龙"一时也想不起什么时候和红军结下过梁子，这些年自己作恶多端，哪里还记得清做过的伤天害理的事。但看眼下这架势，这些红军个个手提大刀，肯定不会放过他。见没有退路，"独眼龙"将刀一横，准备拼个鱼死网破。

肖牙佬挥刀就要冲了上去，但被刘虎拉住了。刘虎要亲手劈了这个杀父仇人！

月明星稀，山风呼啸。

刘虎提着刀一步　步朝"独眼龙"逼近，"独眼龙"一步一步朝后退着。突然"独眼龙""嗷"地一声怪叫，挥刀朝刘虎劈来。

刘虎侧身闪过，飞起一脚踢中"独眼龙"的心窝，"独眼龙"向后踉跄几步。刘虎趁"独眼龙"立足未稳，欺身向前，朝"独眼龙"横腰就是一刀。"独眼龙"慌乱中提刀一挡，"当"的一声，又后退了两步，这正中刘虎下怀，一个"懒驴打滚"一刀剁在了"独眼龙"的大腿上，"独眼龙"一声惨叫，跪倒在地。刘虎"鲤鱼打挺"从地上一跃而起，挥刀横扫，只见寒光一闪，"独眼龙"的脑袋唰地落在地上。

刘虎带领战士们解决了山寨20多个土匪，提着独眼龙的首级，来到黑风口，将人头摆在刘大福的坟前。

此时晨曦撕破黑松林里的浓雾，凛冽的山风从头顶滚过。刘虎跪在坟前，泪如泉涌："爹，我给你报仇了。"

刘大福九泉之下有知，也该瞑目了。

解决掉九龙寨的土匪后，刘虎带领战士们朝十多里外的将军坑纸坊奔去，他要亲手宰了邱光兴。纸坊那些伙计看到身穿红军军装的刘虎又是惊讶又是高兴，大师傅更是拉着刘虎的手嘘寒问暖，吩咐伙计赶忙给战士们烧茶做饭。刘虎只告诉他们自己是执行任务经过，来看看大家，又向他们打听邱光兴。纸坊伙计告诉说，邱家大少爷今天娶亲，邱光兴几天前就下山去了。

刘虎一听怒火中烧，邱怀远啊邱怀远，你害死了我的娇子，你也别想有好果子吃，今晚定要把你的洞房花烛夜搅个人仰马翻！但刘虎没表现出来，他让战士们在纸坊休息，准备晚上行动。天色暗下来时，刘虎和战士们在纸坊吃了晚饭，然后告别纸坊伙计，赶下山来。

此时邱家大院张灯结彩，红烛高照，前来贺喜赴宴的宾客络绎不绝，被卢兴邦派到泉上不久的三〇七团团长程泗海带着王鹤亭等一帮军官在民团队长邱光林的陪同下也来了。

随着一阵锣鼓唢呐声，门口爆竹齐鸣，迎亲的花桥返回到大门口。新郎邱怀远穿着一身长袍马褂，头戴插花的礼帽，一脸喜气洋洋站门槛上，按照客家人的习俗手捧簸箕，朝被喜娘牵下花轿蒙着红头巾的新娘身上撒五彩花米。随后，喜娘牵着新娘跨过放在地上的米筛进入厅堂。

早已等在堂上的司仪开始发彩："新郎新娘面对天地，一拜天神前，花好月长圆；二拜地三光，情深意更长；三拜月老仙，好合到百年；四拜地王母，发家成大富；五拜众神仙，岁岁降吉祥——"

司仪发彩完毕，将手中的红绸带一头交给邱怀远，一头交给新娘子。然后高声吆喝："一拜祖宗，二拜高堂——"

邱怀远和新娘子拱手朝坐在堂上笑眯眯的邱光兴夫妇一躬到地。

就在邱怀远领着新娘子拜堂时，刘虎带着战士悄悄摸掉土堡门外的岗哨，骗开土堡大门，直朝邱家大院奔来。守门的团丁还没弄清楚怎么一回事，就被刘虎"呼呼"两枪撂倒。

刘虎像条狸猫般跃上台阶，冲进厅堂，手中的盒子炮对着邱光兴一通乱射，邱光兴连哼也没来得及便一命呜呼。

整个大厅顿时乱成一团，鬼哭狼嚎，宾客有的四处躲闪，有的吓得钻到桌子底下。

别看邱怀远一脸书生气，却也是一条从刀枪丛中滚打出来的汉子。只见他就地一滚，一扬手，"砰砰"两枪，神案上两根碗口大的蜡烛便灭了。厅里一片漆黑。

"邱怀远，拿命来！"刘虎在慌乱的人群中左冲右突，高声叫着。

"刘虎，你这王八蛋，要我的命，我看你还没那本事！"漆黑的厅堂上传来邱怀远的叫骂。

刘虎提枪就要往厅堂上扑。突然黑暗中"砰砰"两声枪响，刘虎只觉得肩上被人重重击了一掌，一个趔趄差点栽倒在地。躲在神龛下的邱怀远那两枪不仅打死了一名红军战士，也打断了刘虎的锁骨。

"把门关上，别让他跑了，给我抓活的！"气急败坏的邱光林拉着程泗海躲在一张八仙桌下，高声叫嚷。

一时到处都是枪声喊声，无数团丁打着火把朝邱家大院扑来，刘虎还要寻找邱怀远，被肖牙佬拉住："二哥，再不走就来不及了，快走！"

刘虎一看情况不妙，打倒两个欲关大门的团丁，带领战士冲出邱家大院。他们跑到土堡大门，见土堡大门紧闭，站满了荷枪实弹的团丁，只好掉头跑进另一条小巷。眼看团丁从四面八方追来，刘虎正愁无路可逃时，大旺发现墙边有个狗洞，他也顾不了那么多，领着战士们一头就钻了进去。战士们钻出狗洞，出了土堡，冲过粉行街，边打边撤，一口气出了镇。后面邱怀远带领的团丁紧追不舍，子弹咬着刘虎他们的屁股追。就在这千钧一发之际，得到官小水报告的张瑞标派出寻找刘虎的红军赶到了，在分水岭上经过一场激战，打退了追击的团丁，把刘虎接应回了宁化城关。

刘虎因擅自行动，导致战士死伤四人，受到团长张瑞标的严厉处分，被撤去了新兵连连长职务，关禁闭十天。由于刘虎一口咬定，是自己假冒执行特殊任务，骗几个结拜兄弟跟他一起擅自行动，他们蒙在鼓里，不知个中缘由，所以温金财、肖牙佬每人只背了个警告处分。

刘虎一边养伤，一边关在禁闭室里反省。让刘虎感到欣慰的是他终于报了杀父之仇，让他痛心的是，他的擅自行动导致死伤了四名战士。娇子死了，刘虎觉得自己已经没有了牵挂，今后，可以轻装上阵去拼杀，去战斗了。只是，没有宰了害死娇子的邱怀远，刘虎心里怎么也咽不下这口恶气。

半月后，刘虎锁骨渐渐愈合，惜才如命的团长张瑞标还是将刘虎下放到班里当了一名战士。

邱怀远在大喜日子被刘虎闹得人仰马翻，恼羞成怒，他扬言若抓到刘虎，要一刀刀凌迟至死，方解心头之恨。

四

虽然还是正月，料峭的寒风刮在脸上，依然让人感到发痛，但并延缓不了春天的脚步，水汽氤氲的翠江两岸的垂柳已经泛出了绿意，田野上变松变软变得湿漉漉的土地已经悄悄钻出草芽，那些攀附在高大封火墙的藤条，看上去似乎依旧干枯，但只要用指甲抠一下它黑褐色的外皮，你就会发现这茎皮下面竟是鲜嫩鲜嫩的绿，塔下街那座慈恩古塔顶上飞起又飞落的鸟雀的鸣叫听起来也多了一点兴奋，寿宁桥上黛色的瓦顶上那些经年累月厚厚的青苔也渐渐变软。对于1932年春节过后的宁化县城来说，初春已经急切地把它的气息像精灵一般地散发透露出来了。

一早，从宁化城西薛家坊红十二军军部驻地那座烽火大宅里走出两个人来，他们沿着翠江南岸缓缓而行，不时谈论着什么。走在前面身材魁梧白白胖胖的是红十二军军长罗炳辉，后面那个稍瘦，眉骨高耸，有一张阔嘴的是政委谭震林。出生云南彝良的罗炳辉，曾参加讨袁护国战争、东征战争和北伐战争，1929年11月在江西吉安领导靖卫大队士兵起义，参加中国工农红军。出生于1902年的谭震林是湖南省攸县人，比罗炳辉小五岁，14岁就加入中国共产党，在毛泽东的领导下投入创建井冈山根据地的斗争。先后任红四军第二纵队政治委员、党委书记兼政治部主任和红四军前委委员。1930年任红十二军政委，曾率红十二军攻克湖南攸县和江西吉安，地方工作经验十分丰富。两人都完全知道中革军委派红十二军进驻宁化意图，就是要利用宁化深厚的革命基础，为红军建立牢固的中央苏区根据地。

晨雾蒙蒙，猪子坝外的田塍上已有不少农户赶着牛犁田，吆喝声此起彼伏。罗炳辉和谭震林立在田头饶有兴致地看一个老汉犁地。老汉右手扶犁，左手挥着一杆竹枝，不时在水牛牯的屁股上抽一鞭子，黑油油的泥土在银白的犁铧下翻起一道黑色的泥浪。

待老汉到了跟前，谭震林打起招呼："老哥，这么早就开始犁田了啊。"

"吁——"老汉驻了犁："两位首长好，我们客家人有句老话叫到了入春不耙地，好比蒸馍走了气呢。"

"是哦，是哦，入春不藏牛哦。"罗炳辉递了根纸烟给老汉，问，"老哥，这些地可是自己的？"

老汉笑了："要多谢红军啊，我这大半辈子都帮地主当长工，是红军领着咱们这些泥腿子翻了身当家作主啊。"老汉指指身边几块上好的田地，"红军给我分了七八亩好田呢，我要多种粮食，支援红军打胜仗哦"。

罗炳辉和谭震林相视一笑，辞了老汉，两人沿着河岸一路走来，突然一阵悠扬的客家山歌顺着清冽的晨风飘来：

韭菜开花一杆心，割掉髻子当红军，
保护红军万万岁，割掉髻子也甘心。

先是一人唱，接着是众人和，歌声在河面上飘荡。

韭菜开花新又新，割掉髻子当红军，
保护红军长长久，拿把红旗打南京。
韭菜开花一杆心，割掉髻子当红军，
保护红军打胜仗，妇女解放大翻身。

两人被歌声吸引住了，驻足望去，只见寿宁桥下的青石条上，一群红军女战士正在洗衣裳，虽然她们手掌冻得通红，但热情蛮高，边洗边唱，洒落一河的欢笑声。

那群女战士见了罗炳辉和谭震林，住了嘴。为首一个留着齐耳短发，身材高挑的女战士"啪"地一个立正敬礼："首长好！"

谭震林指着那女战士告诉罗炳辉："那是县苏维埃妇女干部黎火根，别看年纪轻轻却是一个有两年党龄的老战士了。"

罗炳辉和谭震林两人说说笑笑，走上了寿宁桥。寿宁桥建于1078年，它由二个石墩支撑，南面五分之三是用木头横跨的瓦棚屋桥，桥内两边有栏杆座椅，北面是一个石拱桥，屋桥与拱桥之间有一造型雄壮，雕刻精致的门坊。两人俯瞰翠江碧波荡漾，蜿蜒南去，清风徐来，不禁心旷神怡。

谭震林告诉罗炳辉："你别看宁化这地方不大，据当地百姓说有八大景呢。"

罗炳辉来了兴致问："哪八景？"

谭震林扳着手指如数家珍似的："慈恩古塔、寿宁夜月、草仓古迹、南山古刹、翠华春晓、龙门长桥、南山倒影、西溪返照。"他指了指脚下的寿宁桥，"这寿宁夜月是宁化八景之首，据说每当八月十五的月亮当空，石拱桥的正中央，天上水里呈现出两轮玉盘，天上嫦娥奔月，水里龙女照镜，相映成趣"。

罗炳辉哈哈大笑，说："好啊，到时我们也来看看这寿宁夜月是什么景象。"

谭震林也跟着笑了起来。

罗炳辉说："政委，中央让我们进驻宁化，就是要我们把宁化建成巩固的根据地，筹粮筹款，扩充红军，支援前方，这个任务不轻啊。"

谭震林满怀信心道："宁化革命基础好，我们有这个信心。"

1932 年 5 月，在红十二军的指导下，独立第五团和新编补充团改编为独立七团，隶属闽粤赣省军区。随着扩红运动的掀起，队伍得到壮大，8 月，在宁化县城组建成立独立第七师，由陈树湘任师长、范世英任政委，下辖两个团，每团四个连，共七百余人。第一团由宁化城关、曹坊、禾口、淮阳的游击队改编而成，由邱国元任团长；第二团由独立七团改编而成，由张瑞标任团长，隶属福建省军区。陈树湘湖南长沙人，1905 年生，1925 年加入中国共产党，1927 年 9 月参加毛泽东领导的湘赣边秋收起义，并随部队上井冈山。红四军成立后，历任红四军三十一团七连连长、特务连连长、特务营党代表和二纵队四支队政委等职。在调任独立第七师师长前是（长）汀连（城）独立团团长。陈树湘身材高大魁梧，行事果断凌厉，他到独立第七师后，在曹坊对部队进行了严格的军事整训。随即独立第七师在宁（化）清（流）归（化）地区打击地方刀团匪反动武装斗争中英勇善战，令敌人闻风丧胆，当地群众广为传诵一首顺口溜："红独七师，猛如雄狮，当者披靡，顽抗伏尸。"

五

1933 年 1 月底，蒋介石亲自兼任赣粤闽边区"剿匪"军总司令，调集近 40 万兵力，对中央苏区发动第四次"围剿"。蒋介石决定采取"分进合击"的方针，企图将红一方面军主力歼灭于江西黎川和福建建宁地区。虽然此时毛泽东已被王明剥夺了对红军的指挥权。但红一方面军在总司令朱德、总政治委员周恩来的领导下，采取灵活机动的运动战，在黄陂、草台冈先后歼灭国民党军近三个师，俘敌万余名，缴枪万余支，打破了敌人的第四次"围剿"。蒋介石对这次失败十分伤心，他在给陈诚的手谕中写道："唯此次挫失，凄惨异常，实有生以来唯一之隐痛。"

在第四次反围剿开始后，中央苏区中央局作出《关于在粉碎敌人四次"围剿"的决战面前党的紧急任务》指示，向苏区发出"扩大一百万铁的红军"的号召，为支援前线，宁化县苏维埃政府开展了声势浩大的扩红运动，在独立第七师的配合下，中共宁化县委、县苏维埃政府组织宣传队、文艺队、鼓动队、劝导队进村入户，进行层层发动，广泛宣传，广大赤卫队、少先队、党团员热情高涨，踊跃报名参军。

独立第七师二团团长张瑞标带领部队回到宁化西部的禾口、淮土开展扩红宣传，由于张瑞标是禾口人，熟悉情况，做起工作来得心应手。

刘虎因公报私仇擅自行动被张瑞标处分后，怀着将功补过的心情干起工作来格外卖力。张瑞标爱惜刘虎是个人才，虽然部队经过多次整编，但他一直把刘虎留在自己的队伍里，他觉得刘虎是一块生铁，只要经过不断地锤打，一定能成为一块好钢。这天中午，刘虎他们进村发动群众，走到禾口老街上，远远就见街头聚集了好些老百姓，不时传出阵阵喝彩和鼓掌声。挤进去一看，只见搭起的彩台上，一个穿着灰布军装，剪着齐耳短发的红军女战士正在唱山歌："红军都是救苦兵，问寒问暖问苦情；赤脚踏进穷苦屋，言语烘暖命苦人。"

歌声悠扬动听，引来围观的百姓一片叫好声。

"刘虎哥，这妹子歌唱得好，人也长得漂亮，不知是哪个部队的？"大旺自从参加了红军，一天到晚就跟着刘虎。

刘虎在大旺头上敲了一凿栗："你问我，我问谁去？"

大旺捂着头龇牙咧嘴，把肖牙佬惹得哈哈大笑。

温金财推了官小水一把："去打听一下。"

官小水一转身就钻进人群不见了，不一会，官小水从人群中钻出来，嘿嘿笑着："我都打听清楚了，唱歌的叫黎火根，是县苏维埃妇女干部，还是个共产党员，可能干呢。"

台上，黎火根唱了一曲又一曲："不要哭来不要愁，思想翻身跟党走；革命要靠大家做，田不栽禾谷冇收。不要怕来不要愁，同心协力奔自由；会杀不过头落地，逃走还是做马牛。"

几个人正看得津津有味，突然台上的黎火根指着刘虎发出邀请："这位红军战士，请你上台来和我搭个戏。"

这可把刘虎闹了个大红脸，连连摆手，但几个兄弟在一旁起哄，把刘虎往台上推，那边黎火根又鼓动群众鼓起掌来。身不由己的刘虎被推上了台，面对黑压压的人群面红耳赤，头都不敢抬起来。

几个女战士嘻嘻哈哈地将一朵红花挂在刘虎胸前："你演丈夫，我们队长演媳妇，送你去当红军，你可要配合点啊。"

刘虎急了："我要怎么配合啊？"

一个女战士说："你就表现出难舍难分的样子呗。"

正说着，台上的唢呐吹起来了，一个女战士走到台前报幕说："下面请听山歌'七送我郎当红军'。"

换了身客家服饰的黎火根出场了，口一张就博得满堂喝彩："一送我郎当红军，革命道路要认清，穷苦都是亲兄弟，土豪劣绅是敌人。"

"好，好！"台下憨憨的大旺叫着带头鼓起掌来。

这时黎火根上前拉着傻愣愣站着的刘虎的手，声情并茂接着唱："二送我郎当红军，革命事情要留心，艰苦斗争有反复，困难时望北斗星；三送我郎当红军，阶级同志要相亲，平时关心多帮助，火线杀敌不留情；四送我郎当红军，冲锋上阵向前拼，要是牺牲我继承，贪生怕死得臭名。"

黎火根完全进入了角色，可刘虎从来没上过台演过戏，虽然客家山歌每个人都能吼几嗓子，但要这么入情入境，刘虎还真不知要怎么演，所以他只能任由黎火根拉着手，机械地在台上被推来搡去。

黎火根的歌声还在继续："六送我郎当红军，不贪女色不贪金，永远跟党闹革命，跟着红旗向前进；七送我郎当红军，吩咐言语紧记心，哥在红军英雄汉，妹在家乡不输人。哥啊，妹在家乡不输人。"

黎火根的《七送我郎当红军》唱完，台下掌声雷动，喝彩声叫好声不断。面红耳赤的刘虎跳下台来，几个结拜兄弟拉住调侃起哄起来，正在打闹，却见团长张瑞标带着王木发和"饭铲头"李招弟等几个战士大踏步地走来。

黎火根见了，高声叫道："张团长，张团长，你来给乡亲们讲几句话吧。"

张瑞标身子一纵跳上台，朝台下黑压压的百姓说："乡亲们，我们红军是革命的队伍，是来打土豪分田地，带领穷苦百姓过好日子的。穷苦人家要翻身，只有跟着共产党红军干革命，拿起枪杆子和地主老财土豪劣绅斗，只有推翻国民党反动派的反动统治，才有我们穷人的出头之日。"

台下百姓议论纷纷："对啊，张团长说得在理，我们穷人要翻身，只有参加红军。"

"对，我们报名参军去。"

"瑞根子是我村里人，我是看着他长大的，他说得有道理，只有红军才能分田分粮给我们穷人家，只有跟着红军走，地主老财才不敢欺负我们。"一个挂着拐棍的老汉说着，又冲台上高声叫着张瑞标的乳名，"瑞根子，瑞根子！"

张瑞标听到有人叫他的乳名，朝台下一看，乐了，是自己村里的启栋大伯。

张瑞标跳下台，拉住老汉的手："启栋伯，是你啊。"

老人笑呵呵地打量张瑞标，竖起大拇指，"瑞根子，了不得哦，都当红军的大官啦。"老人把一个后生推到张瑞标面前，"这是我孙子，今天就交给你了，可惜我走不动了，要不我也参加红军去。"

许多后生纷纷围上来要求参加红军，黎火根他们忙着一个个进行登记，一派热火朝天。

这天上午，在张氏祠堂红军驻地，刘虎因为读了几年私塾，被安排为报名参军乡亲做登记，前来报名参军的人络绎不绝。中午时分一个憨厚的年轻人急匆匆挤进来登记，刘虎照例先问名字。

"我叫张木生，禾口大路背人，今年二十岁。"

正说着，一个瘦瘦小小脸上稚气未退的小青年又挤上来，冲着年轻人嚷："哥，你怎么一个人来了，我也要参加红军。"

张木生瞪了小青年一眼："水生，我去参加红军，你留在家里照料爹娘，总不能我们兄弟俩都走啊。"

"我不管，反正我也要参加红军。"弟弟张水生拉着刘虎恳求。

刘虎正为难，团长张瑞标走了过来，赞叹道："好啊，群众的参军热情都调动起来了，不要说兄弟同参军的，还有父子一起报名参军，妻子送丈夫参军的呢。"

张水生得意地捅了哥哥张木生一拳："怎么样，我就说了，红军肯定要我。"说着就让刘虎登记。

禾口和淮土两个区开展了热火朝天的扩红竞赛，当两个区参军人数都到了一千人，难分高低时，淮土的区委书记灵机一动，挺身而出给自己和兄弟报名参了军。黎火根组织的宣传队特地编了山歌进行传唱：

"保卫苏区有责任，禾口淮土比参军，禾口扩红一千个，淮土一千多两人"。

全县的扩红运动轰轰烈烈开展起来，广大赤卫队、少先队、党团员热情高涨，踊跃报名参军，赤卫队、少先队整排、整连、整营、整团成建制加入红军，宁化模范团在巫坊全团加入红军，五百多少先队员加入少共国际师。福建省苏维埃政府副主席阙继明专程从瑞金前往淮土、禾口两区，授予"我们的模范区"金字光荣匾，上杭才溪等地派出一百多名代表专程来宁化学习扩红经验。宁化苏区在扩红突击运动中受到中华苏维埃中央政府机关报《红色中华》的多次赞扬。这一阶段宁化扩红一万多人。独立第七师扩充到近三千人。

第四次反"围剿"战争胜利后，中央苏区发展到赣东、闽北一带，并与闽浙赣苏区打通了联系。为巩固和发展苏区，粉碎蒋介石更大规模的军事"围剿"和经济封锁，中革军委指示各地将地方红军部队整编成红军野战部队。1933 年 3 月，在闽西上杭县石圳潭一带，由福建军区司令员兼政委谭震林主持，将红军独立第七师（由宁化城关、曹坊、禾口、淮阳的游击队和独立七团改编而成）、第八师（龙岩和永定独立团合编而成）、第九师（长汀和连城独立团扩编而成）、第十师（由杭武独立团和武平独立第二团合编而成），加上赣东北的独立团，整编为红军第十九军，军长叶剑英、政委杨尚昆，下辖第五十五师、五十六师、五十七师。陈树湘领导的独立第七师被编入红十九军五十五师。

6 月，在闽西上杭县旧县，由红十二军军长罗炳辉、政委谭震林主持，将福建军区所属的红军第十九军之第五十五师、五十六师、五十七师，整编为红军第三十四师，师长周子昆、政委由谭震林兼任。全师下辖第一〇〇团、一〇一团、一〇二团三个团，第一〇〇团团长韩伟、政委范世英；第一〇一团团长陈树湘、政委杨一实；第一〇二团团长吕贯英、政委程翠林。每个团下辖三个营，每个营下辖三个步兵连及一个机枪连，全师近五千名指战员，归属红十二军建制，编入红一军团战斗序列。

独立第七师编入红十九军五十五师后，宁化于当月在县城重新组建一个由宁化地方武装和石城独立团合编而成的独立师。为借助独立第七师在的军威，新组建的独立师称为"中国工农红军新编独立第七师"，隶属福建省军区。为加强新编独立第七师的领导，福建军区将张瑞标从红三十四师调回宁化任新编独立第七师副师长。

在张瑞标的极力举荐下，刘虎被调到红三十四师陈树湘的一〇一团任侦查排长。

六

1933 年 7 月 1 日，中革军委下令，以红三军团为主，包括福建的红十九军组成东方军，由彭德怀任司令员，滕代远为政委，为配合作战，还命令红三十四师和闽赣军区部分分区的地方武装亦统归彭德怀就近指挥。

第二天，彭德怀、滕代远率领东方军从江西石城进入宁化，如惊弓之鸟的宁化残余地主武装及国民党卢兴邦部一个团和清流、石城、长汀的地主武装纷纷逃到泉上土堡，准备负隅顽抗，严重威胁宁化苏区安全，也成为东方军向东运动，扩大苏区的障碍。为拔掉泉上这颗揳入苏区的钉子，军团长彭德怀决定解放泉上。为了掌握敌情，根据新独七师副师长张瑞标的提议，彭德怀派出了红三十四师一〇一团侦察排长刘虎潜回泉上进行侦察。

刘虎领到任务后，带着肖牙佬星夜就往泉上赶，两人轻车熟路，乔装打扮后很快就进入小镇，当天刘虎就摸清了国民党卢兴邦所部三〇七团及逃亡的地主武装和民团共 1200 余人，盘踞在土堡内准备负隅顽抗，土堡内储存了大量的枪支弹药和粮食。摸清敌情后，刘虎当夜就往宁化赶。

山道上一片漆黑，刘虎和肖牙佬悄然无息地奔行。当走到清源山脚下时，肖牙佬突然住了脚，伏下身在地上警觉地竖起耳朵听了听，他一拉刘虎滚到一块山石后，反手朝后打了两枪。

黑暗中传来一声惨叫，接着就像炸开了马蜂窝，数把手电光射了过来，"噼噼啪啪"射来一串子弹，打得刘虎身边的石头火星四溅。

"别打死他，抓活的！"一个公鸭嗓子在叫喊。

刘虎一听正是仇人邱怀远的声音，顿时义愤填膺，只觉得头发都一根根竖了起来，扬手就是一梭子，边打边骂："邱怀远，我日你祖宗，有种你就上来！"

"刘虎，老子今天不活剥你誓不为人。"邱怀远也咬牙切齿地骂。

刘虎同邱怀远在黑暗中对骂，骂一句便是"砰砰啪啪"一阵对射。

后来邱怀远不骂了，指挥手下顺着山岭两侧包抄过来，刘虎发现林子里到处都是蠕动的黑影，举枪一阵扫射，拉起肖牙佬朝山顶奔去。

"嗖嗖嗖——"，子弹拽着红光如飞蝗般咬着刘虎他们的屁股追。

刘虎同肖牙佬一口气跑上清源山顶，前面就是清源寺。回头一看，半山腰亮起无数火光追来。他们顾不了那么多，一纵身翻过围墙，跳进寺里。正当两人在寺里慌不择路时，黑暗中有个细细的声音传来："快，朝这来。"

刘虎跑进后殿，见一个尼姑举着一盏昏黄的油灯站在那里，指着脚下已打开的砖盖说："快，下去。"

刘虎突然感到那声音是那么地熟悉，他有点犹豫地望了一眼尼姑，顿时如遭雷击，张大嘴巴怔在那里。他怎么也没想到，眼前的尼姑就是他朝思暮想的娇子！

"娇子，是你吗？真的是你吗？你没死？！"刘虎一把抱住娇子，眼泪哗哗就出来了。

"施主，我叫慧空。"娇子轻轻推开刘虎，平静地说。

"不，你不叫慧空，你是我的娇子。"刘虎发疯似的摇晃着娇子的双肩。

娇子轻轻摇了摇头，脸上淌下了两行清泪。

这时寺门已被砸得山响。

"下去吧，佛祖保佑你们。"娇子毅然决然地扳开刘虎死死拽着自己的手。

眼看寺门就要被砸开，刘虎无暇再考虑什么了，一拉肖牙佬跳下去，砖盖"咕咚"一声就盖上了。这是个一米见方的地窖，刘虎在黑暗中竖起耳朵听上面的动静。

邱怀远带着团丁砸开寺门，把清源寺里里外外搅得一锅粥。刘虎几次听到"咚咚"的脚步声从头顶杂乱跑过，他都快把手中的盒子炮攥出水来了。

邱怀远指挥团丁把清源寺翻了个底朝天，也没有找到刘虎他们。当他发现慧空就是娇子后，他的震惊不亚于刘虎，他原以为娇子跳进檀河早就死了，想不到竟在清源寺隐姓埋名削发为尼。

"你，你没死？"邱怀远情不自禁上前去拉娇子的手。

娇子轻轻甩开邱怀远的手："施主，佛门圣地请自重。"

"小妹，你跟我回去吧，毕竟你是我邱家的人。"

"谁是你小妹，我叫慧空。"娇子平静的双眼直视着邱怀远。

娇子的眼神虽然平静但充满鄙夷，让邱怀远感到如芒刺背，顿时一股无名火又冲上头来。

"你不跟我回去可以，但你得把刘虎给我交出来！"

"我不认识什么刘虎，我这里也没有刘虎！"娇子说完，举灯缓缓朝大殿走去。

"你混账，把她给我捆起来！"邱怀远恼羞成怒，朝手下吼道。

几个团丁一拥而上，把娇子捆到大殿内的柱子上。

佛龛上，香烟缭绕，烛光摇曳。

娇子平静如水，两眼望着大慈大悲的观音菩萨，连正眼都不瞧邱怀远一下。邱怀远哪受得了如此的鄙视，暴跳如雷，冲上前扇了娇子一巴掌，一下撕开娇子身上的素衣，他看到娇子白皙的肌肤上还隐约可见香火烫过的疤痕。邱怀远"嘿嘿"一阵狞笑，从香炉里拔起一把烧得通红的香伸到娇子胸前。

娇子看着那冒着青烟的香，如见鬼魅，全身战栗。

邱怀远捏着那把香，望着娇子那超凡脱俗的胴体，娇子那两个浑圆的乳房高高耸起，暗红的乳晕似两颗诱人的樱桃，微微颤动。突然，邱怀远一把扔了香，一刀割断绳索，把赤身裸体的娇子拖到殿后，按倒在蒲团上。

刘虎在地窖里隐隐约约听到娇子一声撕心裂肺的惨叫，再也忍不住，提枪就要冲出去。肖牙佬一把抱住刘虎，两人无声地在地窖里扭打起来。人高马大的肖牙佬死命按住了刘虎。

当刘虎从地窖里爬出来时，只见衣不蔽体的娇子伏在观音菩萨的塑像前一动不动，两股清泪在她苍白的脸上似小河般静静流淌。

刘虎"嗷"地一声嚎叫，朝肖牙佬的脸上猛击一拳，这一拳着实厉害，直打得铁塔般的肖牙佬轰然倒地。接着刘虎连抽了自己两个耳光，拾起地上的素衣轻轻地披在娇子身上。

"娇子，我对不起你，我回来迟了，娇子。"刘虎蹲在娇子的面前，死命捶打自己的脑袋。

娇子默默地看着刘虎，脸上看不出任何的喜怒哀乐了。

"娇子，娇子，你跟我走吧，我不能再丢下你了，绝对不能。"刘虎扶起娇子，把她紧紧地抱在怀里。

娇子全身抽搐，任由刘虎抱着，刘虎感到娇子的眼泪将他的前胸湮湿。此时的刘虎早已痛哭失声。

突然，娇子猛地推开刘虎，平静地说："施主，此地不可久留，你们快走吧。"

"娇子，你不是说等我回来接你吗？我回来了，我要你跟我走，你一定得跟我走！"刘虎哭着祈求。

"施主，我早已皈依佛门，我是不会跟你走的。"娇子说完，跪在菩萨面前，闭上眼睛，喃喃诵起经来。

清源寺静穆如水，山风轻轻从寺外的树梢滑过，偶尔有一两声夜鸟的啼叫传来，如泣如诉。

"二哥，我们走吧，别忘了我们有任务在身。"肖牙佬拉了拉刘虎。

热泪盈眶的刘虎静静地看着娇子，然后一步三回头地走出寺门。突然刘虎回头朝清源寺深深地鞠了一躬，这一躬是对大慈大悲的观世音菩萨鞠的，更是对娇子鞠的。娇子是刘虎心中永远圣洁的观世音菩萨。

当天晚上，刘虎回到了宁化，军团长彭德怀和政委滕代远根据刘虎提供的情报制定了"围点打援"攻克泉上土堡的作战计划，兵分三路包围泉上：一路从麦科隆、罗坊坝向泉上包抄，堵击敌人退路；一路由红五师十五团担任主攻，从马家庄走大路直逼泉上；一路由宁化新编独七师为先头部队，从湖村绕道到达延祥石狮岭，阻击从清流沿嵩溪可能驰援的国民党军队。

但是，代理中革军委主席的项英和临时党中央负责人博古等人心目中只有中心城市，根本不把小小的泉上土堡放在眼里，不顾实际情况，下令东方军首先攻打清流县城。7月4日，彭德怀和滕代远电请第一方面军朱德总司令和周恩来总政委转项英，提出："清流、泉上、嵩溪仍为卢逆，共四团无变化，首先消灭泉上之敌，后再攻击嵩口、清流之敌，此举我有集结主力打击增援敌之便。"朱德和周恩来同意彭德怀的战略部署，但项英却极力反对。就在此时，驻扎在永安的国民党卢兴邦部一五六旅旅长张兴隆接到卢兴邦增援泉上的密令。

根据彭德怀和滕代远的部署，打土堡的主攻任务由红五师负责。负责打增援的红四师由新编独立第七师为先头部队，在红三十四师一部的配合下从湖村绕道到宁化与清流交界的延祥石狮岭构筑工事，准备阻击敌人的增援部队。

一场攻坚战随时打响。

七

泉上土堡是一座典型的客家方形土堡，四周筑有三丈多高、两丈多宽、周长近五百米的城墙，设有东、西、南、北四个大门，是一座典型的易守难攻的防御性建筑。在革命形势的威逼下，宁化的伪保卫团和宁化、清流、石城、长汀四县逃亡的地主武装纷纷窜进泉上土堡躲避，堡内还驻有卢兴邦部一个团，总兵力达1200多人。土堡内外，敌人防护严密。土堡外，护城河深水环绕，且有敌一个机枪连和一个步兵连防守；城墙四角建有碉堡，岗哨林立，架着机枪和迫击炮，火力配备极强；土堡内，修有水井，囤集了大量粮食、食盐和军火弹药。敌三〇七团团长程泗海命令紧闭城门，坚守待援。

邱怀远此时已是泉上民团团副，他知道土堡一旦被攻克，他邱家在泉上的根基就会土崩瓦解，所以他抱定鱼死网破和红军决一死战的决心。

一早邱怀远就爬上城墙查岗，他望着土堡外的已经泛黄的稻田和蜿蜒西去的檀河，心里有一种莫名的惊慌。

天蒙蒙亮，远山如黛，一轮红日正缓缓从东山顶升起。邱怀远盯着那轮冉冉上升的红日，突然他感到那轮红日跳动了两下，是那么莫名其妙地跳动了几下，然后就不动了，邱怀远就感到今天要出点什么事。为了确保土堡万无一失，邱怀远下令对所有靠近土堡的人一律格杀勿论。

邱怀远带着两个团丁沿着城墙走了一遭，到了西北角，他突然看到土堡外的护城河边有个身影在晃动，定睛一看，是个背着孩子在河边菜地捡猪草的妇女。邱怀远盯着那妇女看了一会儿，回头就盯着守在城垛上的那个团丁看，只看得那团丁心里发毛。

"没接到命令吗？"半晌，邱怀远面无表情地说。

"那，那是个捡猪草的女人。"团丁明白了邱怀远的意思，顿时吓出一身冷汗。

"你知道什么叫军令如山吗？"邱怀远玩着手中的盒子炮说，"她不死就你死！"邱怀远撂下一句话，头也不回走了。

邱怀远刚走出几步，"砰"的一声，身后枪响了，他朝护城河上瞄了一眼，那个捡猪草的妇女一头栽进了河里，背上的孩子哇哇大哭，后来一同沉入河水不见了。河面上漂起一滩殷红，那装猪草的草篮被河水冲远。

早饭刚过，邱怀远按照上峰指令，前往土堡外围的红洞岗和天子嵊两个阵地检查布防情况。红洞岗和天子嵊两个高地一左一右是进入泉上的屏障，为保卫土堡，国民党军和保安团在这两个高地上派驻了两个营的兵力，企图将红东方军阻击在泉上镇的外围。

驻扎在左边红洞岗的是王鹤亭的两个连。王鹤亭知道面临的是一场恶战，所以他征集了几百号老百姓在高地上修筑了坚固的工事，战壕四通八达，纵横相连，高地四角架设机枪，互为犄角，遥相呼应。用他的话说，红军要过他这道槛不死也得脱层皮。但这家伙自从得了欢娘后，整天沉迷在温柔乡里，明知眼下情形十分紧张，但一到晚上，他就把防御任务一股脑儿交给副营长，悄悄溜回土堡和欢娘寻欢作乐。

王鹤亭在家吃了早饭，告别欢娘，刚爬上红洞岗，远远就见邱怀远在阵地上左看右瞧。王鹤亭打心眼里瞧不起邱怀远，这个土财主的后代，仗着他叔叔是民团队长，平日里趾高气昂耀武扬威，就知道欺负老百姓，其实标准就是个土包子，要论打仗，他的那些民团都是乌合之众，和国军岂能同日而语。

其实王鹤亭看不起邱怀远，邱怀远对王鹤亭也是憋了一肚子火，自己的父亲为了欢娘这个尤物弄得身败名裂，最终把命都丢了，到嘴的肥肉落到了王鹤亭嘴里，你王鹤亭难道是什么好鸟？纯属一个吃喝嫖赌的主，要不是仗着你那身虎皮，他妈的，在老子的地盘上轮得到你放肆！

尽管邱怀远对王鹤亭心存芥蒂，但这家伙从来不表露出来，似乎这些年来他根本不知道自己的父亲为了一个窑姐被王鹤亭狠狠摆了一道。平日里对王鹤亭总是客客气气的，别看邱怀远年纪轻轻，但这几年在民团里混出了很深的城府，他完全知道，要保住自己在泉上的根基光靠自己的民团是不行的，还得靠国军。

"邱队副，今天怎么有空到我的防地来视察？"王鹤亭远远就朝邱怀远拱着手，语气中不无嘲讽。

"王营长，我奉上峰的命令，来检查一下防务情况。"邱怀远不冷不热地说，"其实，有你王营长在这儿，红军连根毛也别想飞过去。"

"邱队副客气了，"王鹤亭指了指对面天子嵊，"那边可是你们的民团，要真打起来，可千万别看着狗牯囵死猫。"

"王营长，你这话就见外了，我们都是一根绳上的蚂蚱，谁也逃不了干系，消灭赤匪，保卫家乡是我们共同的责任。"

"但愿如此，王某身为党国军人，保家卫国，责无旁贷。"王鹤亭指了指自己的阵地，不无得意地说，"红军要想从我这过去，不死也得脱层皮。"

"那是那是，有王营长坚守阵地，土堡安如泰山，不过——"邱怀远看着王鹤亭不说了。

"不过什么？"王鹤亭觉得邱怀远话中有话。

"王营长，团座有令，擅离职守者严惩不贷。"

"你什么意思？"

"没什么意思。"邱怀远拍拍王鹤亭的肩，"昨晚睡得可好？"

王鹤亭脸上就有点挂不住，要是团座知道自己昨晚上还擅离职守跑回去和欢娘亲热，肯定会对自己不客气，邱怀远这小子说不定回去会告自己的状，那可不是闹着玩的。想到这儿，王鹤亭"哈哈"一笑，朝邱怀远拱拱手："邱队副，回去告诉团座，有我王鹤亭在，红军别想从我这过去，请他放一百个心。"

邱怀远见镇住了王鹤亭，不免有些得意，笑嘻嘻说："告辞告辞，我还得去对面的天子嵊看看。"说完带着两个团丁一溜烟走了。

王鹤亭盯着邱怀远的背影，恨恨啐了一口："呸，什么玩意，狗仗人势！"

邱怀远刚爬上天子嵊，山脚下就响起两声清脆的枪声。紧接着就听到有人在叫喊："红军来啦，红军来啦！"

邱怀远惊得差点翻了个跟头，急匆匆跑到高处一看，我的妈啊，山脚下刚刚散去的晨雾中突然出现密密麻麻的红军，这些红军好像从天而降，先前没有一丝征兆，一眨眼功夫就将红洞岗和天子嵊两个高地围得水泄不通。

阵地上顿时乱着一团，枪声大作，团丁们一窝蜂似的趴在壕沟里，"噼噼啪啪"朝山下放起枪。再看对面的红洞岗，国民党军的枪声比天子嵊这边密集多了，顿时两边的山上山下子弹横飞，枪声打破了山野间的宁静。

负责清除泉上土堡外围之敌的红军是红五师的十五团，他们按照东方军司令员彭德怀和政委滕代远的作战方案，消灭在红洞岗和天子嵊的阻击之敌。十五团在头天下半夜就悄悄运动到了敌军防御阵地下，完成了包围，天一亮就向两个山头发起攻击。

一开始王鹤亭仗着自己坚固的工事和精良的武器根本没有把红军放在眼里，

他挥着枪狂妄地叫喊："弟兄们给我打，团座说了，打死一个赏大洋十块！"密集的子弹如暴雨般压得红军抬不起头来，山腰上不时有红军战士中弹倒地。

天子嵊上，邱怀远见王鹤亭那边打得正欢，唯恐被抢了头功，趴在一块石头后面冲团丁大叫："兄弟们，好好打，回去我论功行赏，绝对亏不了各位。"

身边一个团丁正点土炮，因担心吃枪子，缩着脑袋半天打不着火。邱怀远见了，气急败坏冲过去踹了那团丁一脚，抢过火点燃了土炮的引线。

"轰——"的一声巨响，土堡喷出的铁砂击倒了山坡上冲在前面的几个红军。

邱怀远哈哈大笑："弟兄们，看见没，赤匪也不是铁打的，不堪一击。"

正得意间，"嗖嗖"两颗子弹飞来，身边一个团丁头一勾就栽倒在地。邱怀远惊出一身冷汗，一缩脖子趴倒在壕沟里。

突然一个团丁惊叫起来："队长，快看，那是什么？"

邱怀远探出头一看，我的天，山腰上出现了好些个黑乎乎的庞然大物，正缓缓往山上运动。邱怀远不敢相信自己的眼睛，他揉了揉眼，半天也没弄清那是什么。

其实那些庞然大物就是刘虎发明的"被牌"，在攻坚战中被推广。战士们躲在被牌后面推进，让被牌抵挡子弹，红军大队人马跟在后面发起攻击。

邱怀远怎么也想不到红军会用被牌来抵挡子弹，还以为红军用了什么高级武器，命令团丁朝被牌猛打，子弹如飞蝗追着被牌飞，"噗噗"打在棉被上，冒起一股股青烟，却如泥牛入海没有反应。眼看那些庞然大物越来越近，邱怀远却束手无措，突然他看到身边的土炮，连忙叫人赶快点火，他就不相信，用土炮轰不开那些怪物！

可火还没点着，山腰上就传来嘹亮的军号声，顿时漫山遍野都是喊杀声，红军向山头发起了冲锋。看着红军蜂拥而来，邱怀远吓得腿都软了，三十六计跑为上策，他也顾不得那么多了，喊了声："撤啊——"，第一个撒腿就往镇上跑。

惊魂失魄的邱怀远领着的团丁刚跑到土堡门口，见王鹤亭也带着残兵败将跑了回来，王鹤亭还挂了彩，一只手臂被绷带吊在脖子上，两人五十步笑百步，打铁的也没必要笑补锅的了。

守门的岗哨一看是他们，急忙开了城门把他们放了进来。

红十五团一鼓作气攻到了土堡外，见城门紧闭，城墙上的守敌子弹如暴雨般倾泻下来，便将土堡团团围住，伺机攻堡。

八

在红五师扫清泉上土堡外围之敌进行围点的同时，红四师师长张锡龙和政委彭雪枫率领红四师在红三十四师和新编独七师的配合下，星夜从湖村邓坊翻越十几里的山岭绕道赶往延祥，准备阻击从永安赶来增援泉上的国民党军一五六旅三〇九团。

延祥位于泉上西部30多里，处在宁化、归化、清流三县毗连海拔近700米高山盆地之中。这里群山耸立，路隘林深，地势险要，有"五里横排十里岭"之称。早在宋天圣太平年间，刘东升携家眷避乱游山到此地，辟土垦荒，建家立业，居地取名刘源。宋淳祐年间著名理学家杨时后裔杨五九途经此地，见峰峦叠嶂，青山绿水间的这块小小山间盆地瑞鸡展翅、玉兔扑朔，顿时灵光乍现，认定是块风水宝地，乃架屋而居，取名延祥。或是以应其祥，至清代道光年间，已有灶丁4000余口，拥有山场七、八万亩，耕地四千余亩，宁化、归化、清流三县辖地都有其土地。不仅乡民富庶，而且人才辈出。仅明、清两代有功名者就达200多人。在延祥流传一句妇孺皆知的顺口溜："上有天堂下有苏杭，除了苏杭，就有延祥。"一个小小的古村落竟然可以和人间天堂相媲美，可见要有多大的底气。

一条用青石条铺就的古街从上村斜铺到下村，高墙深院、亭台楼阁，座座屋脊高翘，画栋雕梁，黛色的丛林连成一片。

驻扎在尤溪的国民党新二师师长卢兴邦得到泉上被围后，火速命令所属一五六旅张兴隆旅长亲率三〇九团从永安出发增援泉上。经过一天一夜的急行军，敌军赶到了延祥已是次日晌午时分。

张兴隆下令在延祥埋锅造饭，休整一番后出击泉上，和土堡内程泗海的三〇七团里应外合，夹击红东方军。

张兴隆自恃清高，打心里看不起红军，他觉得泥腿子造反就像泥鳅翻不了大浪，瞎折腾。他原本并没想过在延祥歇脚，只是从清流上来后，人疲马乏，又看到在这崇山峻岭中居然有一个如此美丽的山村，他虽然是第一次到延祥，但多少也听说过延祥的富庶，心里不免打起了小九九。

小小的延祥村一下来了几百名荷枪实弹的国民党军，村民从来没有见过这架势，许多人吓得都关门闭户不敢露面。张兴隆派兵把守了所有进出口，不让村民出入，唯恐走漏风声。然后派人把村长找来，村长姓杨，是村里大缙绅杨鼎铭的后裔，听说国民党军来了，三步并着两步赶来拜见，又将张兴隆毕恭毕敬迎进家门。张兴隆也算见多识广的人，但他还真没想到，村长的家居然这么大，其实这是村长祖上杨鼎铭留下号称"百间房"的旧居，建于清乾隆末年，屋宇四周砖墙包围，前后四厅，占地面积近2000平方米。屋后有花台，房前有花圃，天井中装有花架，种满奇花异草，鲜艳芬芳。地面全以条石、砖块铺设，古朴雅致。其前上厅悬挂有清道光年间学院李嘉端赠给杨封的"学绍金华"金字匾额，后上厅挂着"敬义堂"大横匾。真是富甲一族。

张兴隆饶有兴趣绕着"百间房"走了一圈，待宾主坐定后，下人奉上茶来，那茶清冽异常，仙氲袅袅，芬香扑鼻。张兴隆平常嗜茶如命，呷上一口，浓香纯正，入口微苦而后甘甜，顿觉神清气爽，不仅赞道："好茶！"

村长献媚道："这可是正宗的延祥孔坑贡茶。"

张兴隆来了兴致，问："你们这小山村也有贡茶？"

村长解释道："我们延祥孔坑茶，在清康熙年间，由时任浙江金华府经略的延祥人杨德安带进京城，奉献皇上，康熙品尝后盛赞不已，封为贡茶。"

"有这等事？"张兴隆将信将疑。

村长来了兴致，说："长官，你别不信，据上辈人说，当时孔坑茶有好几百株，只是当年皇上问起，杨德安隐瞒了株数，只说有三百棵，物以稀为贵嘛，不料，后来孔坑茶除了剩下三百棵，其他全死了。皇帝是天子，天子金口，一言九鼎啊。"

"哈哈哈，还真有此事？"张兴隆不置可否，他觉得这是以讹传讹罢了。

但尽管如此，张兴隆对孔坑贡茶的品质依旧赞不绝口。

就在张兴隆下令在延祥埋锅造饭的时候，红军已悄悄埋伏在延祥至泉上半路的石狮岭，以逸待劳，准备在此打一个漂亮的歼灭战，彻底消灭张兴隆的三〇九团。

石狮岭因山形酷似卧狮而得名。一条石级路像条蛇般从阴森森的大林子里蜿蜒而出，然后沿着山岭直达山顶，两边山崖高耸，古木参天，将一条石阶路紧紧地夹在中间。

这个伏击地点是红三十四师一〇一团侦察排长刘虎带着侦察员踩下的点，刘虎对这里再熟悉不过了，将军坑纸坊就在石狮岭对面的莲花顶右侧，九龙寨在莲花顶左侧，而当年刘虎的父亲刘大虎被土匪砍头的"黑风口"就离此地五里远。

红四帅师长张锡龙对刘虎提供的这个伏击地点十分满意，他将伏击的红军分成三部分，新编独七师堵在岭上，阻击敌三〇九团的去路，红四师埋伏在山岭两侧打伏击，而红三十四师负责断后，堵死敌军的退路，目的是不让一个敌人逃脱。

下午两点多，吃饱喝足的敌三〇九团终于从大林子里钻了出来，负责堵后路的红三十四师战士们埋伏在齐人高的茅草丛中，看着敌军从自己眼皮子底下走过，乖乖进了设置好的伏击圈。

张兴隆与卢兴邦的儿子三〇九团团长卢胜斌，乘着两台竹轿子踌躇满志，他怎么也没想到这窄窄的山岭上成了他的葬身之地。

就在张兴隆的轿子"咿咿呀呀"走到半岭时，"轰——"的一声炮响，惊得张兴隆差点一头栽下轿子来。还没等他回过神，枪声如炒豆般响起，子弹从四面八方倾泻过来，走在山岭上的敌军像割稻子般往下倒，顿时窄窄的山路上，乱成一团，鬼哭狼嚎。冲到前面的敌兵被岭上的红军一阵排枪给扫射回来，一股脑儿地往来路跑，又受到埋伏在山岭两侧红军的伏击。一时窄窄的山岭上敌军挤成一团，发疯似的往岭下跑。早已等在那的红三十四师战士堵住了敌军，一看敌军退了回来，顿时机枪发出"嗒嗒嗒"的怒吼，茅草丛，树林里、山石后喷出无数的火舌。敌军哭爹叫娘，慌不择路如无头苍蝇乱窜。山岭上敌军尸首枕籍，逃命的士兵左冲右突，只恨爹娘少给他们生了两条腿。

张兴隆躲在一棵大树后，挥着枪，气急败坏冲乱着一团的士兵吼叫："顶住，给我顶住！"

可那些士兵早被打得晕头转向，只知道逃命，怎么还能听从他的指挥。这时三〇九团团长卢胜斌急匆匆跑来："旅，旅长，红军人太多了，我看还是撤吧。"

张兴隆一看大势已去，哪还有心思去解泉上之危，在一帮士兵的簇拥下，掉头就往岭下狂奔。

刘虎正挥着盒子炮朝败退下来的敌人射击，突见一帮敌兵簇拥着一个军官朝自己的阵地狂奔过来，一下来了劲，从身边一个战士手里拿过一把长枪，举枪，瞄准。

"砰"的一声，只见张兴隆身子往后一仰，翻下路坎。

敌团长卢胜斌大吃一惊，扶起张兴隆："旅长，旅长。"只见殷红的血从张兴隆胸口汩汩往外淌，张兴隆早已一命呜呼了。

山岭上响起嘹亮的军号声，红军战士从四面八方冲了出来。战士们高喊着，挺枪朝敌军猛扑过去。

敌军早成了惊弓之鸟，看见漫山遍野都是杀声震天的红军，顿时吓破了胆，全都跪在地上举枪投降。

是役，全歼敌三〇九团400多人，其中毙敌100多人，俘敌300多人，缴获步枪400多支，机枪四挺。

石狮岭阻击战大捷后，根据彭德怀的战略部署，红三十四师迅速进占清流西南的雾阁，为红四师乘胜进占清流东北重镇嵩溪，红五师解放了归化提供了积极的支持。

泉上土堡外围战和石狮岭阻击战的胜利，使泉上土堡守敌完全孤立无援，为红军攻克土堡创造了有力条件。

九

泉上土堡被红军包围后，敌人几度想突围，但都被红军打了回来，敌三〇七团团长程泗海看突围不成，便下决心死守，仰仗坚固的工事，坚守不出。从7月7日开始，红军发动了数次进攻，都被土堡内的守军击退，牺牲了不少战士。

红军屡攻不克，一时没有重武器，战士们看着那又高又厚的城墙干着急，只能采取断水断粮的方法进行迫降。可未曾想到的是，敌人在土堡内早已准备了足够粮食，又挖有两口深井，足够保证土堡内几千人的供给。国民党军三〇七团团长程泗海夸下海口，就是不出土堡半步，土堡内的粮食和弹药都够他们坚守一年。

就在这时，中革军委代主席项英急于进攻清流和连城守敌，电令彭德怀只留下一个团围攻泉上土堡，主力立即转移到清流南面，准备消灭清流撤退之敌，或者配合红三十四师打击连城增援清流之敌。彭德怀和滕代远压力重重，他们一边据理力争，一边给红五师下了死命令，必须在半个月之内拿下泉上土堡。

由于刘虎在石狮岭阻击战中的杰出表现，又是在泉上土堡土生土长，对土堡情况了如指掌，东方军总指挥部命令刘虎带领他的侦察排返回泉上配合红五师，加入到攻打土堡的战役中。

红五师接到死命令后，发动全体战士想办法，出主意。刘虎利用他对土堡熟悉的条件，潜到土堡高墙外进行侦察，回来后他向师部提出了一个大胆的建议，从土堡外挖地道至城墙，用炸药炸开城墙。这一建议得到师部的批准，当天夜里，红十五团派出一个连的兵力，悄悄在距土堡城墙百米外的一个猪圈内开挖地道。

为了掩饰，红军日夜不停地向土堡进行射击骚扰，双方堡内堡外展开对射，"噼噼啪啪"的枪声日夜不停。

这天晚上，邱怀远半夜从团部开完会回邱家大院，夜深人静走在巷子里，隐隐约约总觉得有什么响声传来，那响声时大时小，好像从围墙里传出来，又好像从地底下传上来。邱怀远停下脚步警觉地竖起耳朵，趴在地上贴着地皮静静地听了一会儿，顿时全身冷汗都出来了，他听到有人在地下挖土的声响。我的妈啊，红军是要挖地道进攻。邱怀远撒腿就往团部跑。

邱光林一听顿时也变了脸色。现在虽然知道红军在挖地道，但究竟从哪个方向挖谁也搞不清楚，怎么防范？倒还是邱怀远眼睛一转出主意道："我们在城墙跟埋上水缸，派人日夜监听，只要哪里有声音我们就知道赤匪从哪个方向进来。"

邱光林觉得邱怀远这方法好，令邱怀远火速去埋缸听声。

邱怀远连夜带领团丁挨家挨户收集大水缸，第二天一早就让人将几十口水缸悉数埋在了土堡围墙跟的周围地下，每个水缸派一名团丁日夜蹲守，只要一听到有动静立马报告。

邱怀远这一招果然奏效，很快就得到报告东面地下有挖坑道的声响，邱怀远下令将护城河的水悄悄引来，准备用大水来阻止红军。

10日深夜，一个排的红军战士正在坑道里作业，突然坑道塌陷，大水涌进地道，20多名战士撤退不及，全部牺牲。

彭德怀得知这一消息后，悲愤不已，也对敌人的狡猾感到震惊，此时离上级下达期限还不到十天，彭德怀调来一个工兵连支援。红五师总结经验教训后，选择了从土堡西南角一农户家里秘密掘进，同时又佯装在西北角上挖地道，迷惑敌人。土堡内的敌人果然上当，集中火力轰击西北角，而西南角上静悄悄的，工程进展顺利。作业战士吸取上次的教训，一边挖，一边用木板支撑坑道，经过数天的日夜苦战，7月18日夜，红十五团终于完成对土堡的坑道作业，挖掘了一条长百余米，宽二三米，高二米直抵土堡围墙底下的大坑道。

坑道挖好后，战士们迅速在坑道安放炸药，但因坑道渗水，一批炸药受潮失效，红十五团团长急得团团转。刘虎打了火把钻进坑道查看，果然，坑道四壁不断漏水，里面积水到膝盖，如不迅速解决炸药安放问题，将前功尽弃。刘虎想了想，提出一个大胆方案，用棺材装炸药。乡间的寿材多数都用老油杉制成，埋入土中能百年不朽，做工精细，棺板一盖上，密闭性极好，防水防漏。

红十五团团长一听，高兴地擂了刘虎一拳："妙啊，这方法我怎么没想到？"马上下令向周围百姓征集棺材。

这天一早，彭德怀正在土堡外围的红五师师部研究作战方案，突然门口传来一阵吵嚷声，几个人出门一看，只见几个后生抬来一副红漆棺材，一个老妪追着打头的年轻后生打骂："你这个败家子，这是你爹省吃俭用攒下的寿材，指望百年以后有个安身的地方，你这败家子！"

那后生急了，冲着他娘说："娘，你怎么这么不明事理，红军给我们吃，给我们穿，领着我们打土豪，分田地，只有打倒了地主老财才有我们穷人的出头之日，现在红军要棺材装炸药攻土堡，为什么不把它献出来帮助红军呢？"

彭德怀一看知道是怎么回事，忙走向前扶着老妪："大娘，你别急，我马上派人把棺材给你抬回去。"

老妪拉着彭德怀的手："那敢情好，那敢情好。"

正说着，只见一个白发苍苍的老汉拄着拐杖急匆匆走来，指着老妪骂："你这老不死的，棺材是我捐给红军的，你在这瞎嚷嚷啥！"

彭德怀正要说话，老汉过来对他说："老总啊，红军都是好人，这些天我都看出来了，你们才真正是穷人的救星，我没什么可以帮助你们的，这副棺材你们一定要收下，这是我的心意。"

彭德怀握着老汉的手，激动地说："老伯，谢谢你，谢谢！"

彭德怀连忙叫人拿出几块银元给老汉，可老汉坚决不要："老总啊，你这就见外了，我等着你们打胜仗的消息。"说完拉着老妪颤巍巍走了。

彭德怀看着老人的背影，对身边的战士们说："多好的老百姓啊，有了他们的支持我们一定能拿下土堡。"

随即，战士们把旧铁锅打成小片和小石头拌在土硝中制成的炸药，装入三副棺材内运进坑道，成品字形叠放于城墙根下，用毛竹将导火线引出坑道外。是夜，接到命令的战士们全部严阵以待，等待攻击的命令。

东方破晓，负责点火的刘虎点燃了导火线，导火线"嘶嘶"冒着烟往坑道里钻。

"轰轰——"的几声巨响，天摇地动，土堡西南角扬起漫天烟尘，墙头的一个碉堡被掀上天，城墙顿时塌下一个大缺口，几个团丁被压成了肉酱。

晨曦中，嘹亮的军号骤然响起。

"冲啊——"，红军战士一跃而起，潮水般从炸塌的缺口蜂拥而入，守敌措手不及，四散逃命。红军如下山猛虎冲进土堡和敌军展开激烈的巷战。

刘虎冲进土堡后，直奔邱家大院，刚进门就见厅堂一个身影一闪。

"邱怀远，你往哪里逃！"仇人相见分外眼红，刘虎纵身扑去。

"砰砰"两枪，子弹擦着刘虎的头皮飞过。

刘虎甩手就是两枪，追进后院，两个团丁端着刺刀冲了过来，刘虎也不答话，一扬手，两个团丁脑袋就开了花。

"邱怀远，你出来！"刘虎吼叫着，在邱家大院左冲右突寻找，可哪里还有邱怀远的影子。

而此时的邱怀远见大势已去，撇下老母和已有身孕的老婆，从家里的一条秘密暗道化装溜出了土堡。

敌三〇七团团长程泗海怎么也没想到红军声东击西，炸开城墙攻进土堡，打他个措手不及。他带着一队士兵固守在李氏大院指挥部里，紧闭大门。此时红军的压缩圈越来越小，土堡内到处都是枪声，爆炸声，喊杀声。

"活捉程泗海，消灭三〇七团！"四处响起雷鸣般的呐喊。

"轰"的一声，大门在爆炸声中轰然倒地，一对红军冲进院子，一个红军战士端着机枪"突突突"一阵扫射，程泗海身边十几个士兵顿时惨叫着倒地。

程泗海躲在卧室一张八仙桌下，吓得瑟瑟发抖。

"啪"的一声，房门被一脚踢开，刘虎持枪冲了进来。

"举起手来！"刘虎手中的枪对着了他。

程泗海长叹一声，一咬牙举起手里的枪对准了自己的脑袋扣下扳机。

"砰"的一声脆响，程泗海的太阳穴溅出一泊脑浆，一头栽倒在地。

战斗在半上午结束，土堡里所有的人被红军战士从南门押出来。由于刘虎和大旺都是土堡人，团长让他们负责区分百姓和俘虏。堡内的百姓刘虎都认识，他就让战士在这些人的衣襟绑上红带子，而敌兵俘虏的衣襟上就绑上白带子做上标记，然后让他们各站两边。

王鹤亭左手缠着绷带，垂头丧气地挤在俘虏群里，看到刘虎，愣了一下，低下头。

大旺冲过去，狠狠踹了他一脚，骂道："你这王八蛋，也有今天！"

刘虎拉住大旺，让战士把王鹤亭押走，突然听到人群中有人在叫他。

"虎娃，虎娃，我是你婶啊。"穿着旗袍的欢娘披头散发从人群中挤到刘虎面前。

说实话，自从离开泉上，刘虎脑海里几乎对这个继母没有半点印象，现在看见欢娘，心里不免升起一股厌恶。

"虎娃，快给婶绑上红带子，吓死我了。"

刘虎看着欢娘，一时犹豫不决，他真不知把欢娘归到哪类人里。

"虎娃，看在你爹分上，你要帮我啊。"欢娘担心自己会被押到宁化去，呜呜地哭了起来。

一提到死去的爹，过去的一幕幕走马灯似的在刘虎脑海中闪现，恨不得冲上去给她两个耳光。但又想想，不管如何，眼前这个不要脸的女人毕竟当过自己几年继母，说来说去，她也只是水性杨花，贪慕虚荣，好吃懒做而已，倒也没害过什么人，再看她哭得悲悲戚戚，刘虎想了想，便让大旺给了她一条红带子。

邱怀远的母亲和挺着大肚子的老婆也被押了出来，一看到刘虎，邱怀远的母亲扑通一声就跪下了，磕头如捣蒜："虎娃，虎娃，千错万错都是我的错，看在我儿媳怀孕的份上，你就饶了我们吧。"

刘虎厌恶地看了一眼邱怀远的涕泪皆流的母亲，又看了看她身边吓得瑟瑟发抖大肚子的女人，想了想，冤有头债有主，邱怀远跑了找她们也没有用，便挥了挥手让她们走。

大旺气恨恨指着邱怀远的母亲对刘虎说："刘虎哥，这老虎姨婆不知对娇子多狠心，不能这么放过她！"

刘虎一听到大旺提起娇子，心里瞬间腾起一腔悲愤，看看吓得面如土色的邱怀远母亲，一跺脚吼道："给我滚！"

邱怀远的母亲如得大赦，在她儿媳妇的搀扶下战战兢兢地走了。

被清理出来的俘虏，每七个绑一条绳子，准备押送到宁化受审。刘虎在绑成一串串的俘虏里搜寻，他一直希望在这些俘虏中会有邱怀远，可是没有。让刘虎怎么没有想到的是，在接下来的日子里他和邱怀远这个死对头还将在刀光剑影中进行血与火的争斗。

泉上土堡战役，红军歼敌 300 余人，俘虏 900 余人，红东方军入闽首战告捷。

下午时分，刘虎独自悄悄上了清源山，那里有他割舍不下的爱，有他朝思暮想的娇子。

清源寺庄严肃穆，刘虎远远地看见寺门口孑然站立的娇子。

"娇子，我来了，泉上解放了，我来接你来了。"一见到娇子，刘虎就不能自己，连说话都发抖。

"施主，来客都是缘，请进吧。"娇子手持佛珠，满脸沧桑却平静如水。

"娇子，现在解放了，跟我下山吧。"刘虎诚恳地请求。

"慧空凡心已净，看破红尘，只愿诚心事佛，别无他求。"

"娇子，是我害了你。"刘虎的双眼湿漉漉的，拉住娇子的手，"我不该丢下你，让你受这么大的苦。"

"施主，万事皆有前定，你不要过分自责。"娇子轻轻挣脱刘虎的手，闭了眼睛，捏起佛珠，诵起经来。

"娇子，你要不跟我下山，我也不走，就在这庙里陪你一辈子。"刘虎扑通就跪在了娇子的脚下，不顾一切抱住娇子的双腿，失声痛哭。

娇子静静地立在刘虎面前，许久许久，她那一动不动的身体开始发抖，仿佛就像寒风中一棵弱不禁风的小草。眼泪开始充盈她的双眼，越积越多，最后不可抑制滚滚而出。终于娇子再也坚持不住，软软跪下来，将头埋在刘虎怀里放声大哭。

刘虎此时已经不能自己，他紧紧搂着娇子，说不出半句话来。

娇子全身战栗，泪飞如雨，终于喊出了一句让刘虎期盼已久又肝肠寸断的"刘虎哥——"

就在这时清源山下响起嘹亮的军号声，那是部队的集结号声，刘虎心一凝，下意识松开了怀里的娇子。

娇子抬起泪脸："刘虎哥，你走吧，我知道你还有很多事要做，我在这等儿你，十年二十年我都等着你，等你的事做完了，你再来接我。

我会在佛祖面前天天为你祈祷，保佑你平平安安回来接我。"

山下的军号声一阵紧似一阵。

刘虎捧起娇子那凄婉动人的面庞："娇子，你等着我，革命成功了，我一定会回来接你。"

"刘虎哥，我等你，你要记住你说的话。"

刘虎点了点头，一步三回头走出了寺门，当他回过头时，娇子那倚门相望的身影永远定格在了他的心里。

征途漫漫，刘虎不知，这一走又要多长时间才能见到娇子，禁不住热泪盈眶。

这时，夕阳已从清源山顶坠落下去了，天空燃起一片火红的云霞。暮霭重重在刘虎的脚下漫延，山风打着呼哨从树梢掠过，衰草轻轻地骚动，松树林中的清香和黄土地上发出的酸涩味直扑刘虎的鼻孔。

清源寺响起悠扬的钟声。

第四章

一

邱怀远做梦都没想到自己会败在刘虎手里，当天崩地裂的巨响传来，他就知道大势已去。原本牢不可破的土堡到处都是枪声、喊杀声，三十六计走为上计，就在红军攻入土堡的当时，邱怀远连母亲和妻子都来不及告诉，慌慌张张从家里后院隔墙的一条秘道逃出了土堡，乔装打扮成一个拾粪老头溜出了小镇，一路隐姓埋名逃到了连城。

连城，东邻永安、龙岩，南界上杭，西接长汀，北倚清流，原为闽西苏区。1930 年，连城南部的新泉、朋口的部分村庄与长汀相邻的部分地区，形成红色割据局面，组建过汀连县苏维埃政权。1932 年，汀连县撤销后，成立新泉县苏维埃政府。1933 年 4 月被国民党十九路军侵占，城里驻扎着七十八师区寿年部。

这一天，衣衫褴褛、蓬头垢面的邱怀远走在连城那鹅卵石铺就狭小的街道上，街面两旁的店铺里面，不时飘出诱人的狗肉香味，让饥肠辘辘的邱怀远垂涎欲滴。邱怀远怎么也没想到自己顷刻之间就落到如此地步，成为一条丧家之犬，那么坚实的土堡说破就破了，上千人的民团和国民党军全军覆没，被红军一锅端。自己要不是跑得快，肯定也成了红军的枪下鬼。当时逃命要紧，什么也没带，一路上饥一餐饱一顿，跟个叫花子没什么两样，自己啥时候受过这苦？想来想去，这一切都是刘虎那个王八蛋造成的，他觉得刘虎就是自己的克星，这些年来发生在自己家里种种倒霉的事都和刘虎有关，想不到这穷小子竟然参加了红军，还带着红军回来攻破了土堡。邱怀远越想越气，他不相信自己会斗不过刘虎，不管如何，决不能败在刘虎这穷小子手里，自己一定要东山再起，不打败刘虎死不瞑目！

邱怀远原想直接去师部找师长区寿年，自报门户，但一想区寿年何许人也，堂堂国军七十八师师长！俗话说拜佛也需三炷香，现在自己身无分文像个叫花子，在这人生地不熟的连城谁尿你那壶。再说，号称固若金汤的泉上土堡被红军攻破，自己也逃脱不了干系，说出来反让人笑话。所以邱怀远决定暂且隐姓埋名，只要先进入七十八师再说，哪怕从最底层干起，凭自己的聪明，怕没有出头之日？秦琼还有卖马、关公还有走麦城的时候呢！留得青山在不愁没柴烧，君子报仇十年不晚，刘虎啊刘虎，鹿死谁手还说不定呢，我就不信会斗不过你这个穷鬼！

饿得眼冒金星的邱怀远坐在客栈门口，看食客三三两两进进出出，惶惶然如丧家之犬。远处冠豸山如伸开的手指，犬牙交错，刀劈斧削，突兀地呈现在他眼前。

邱怀远习惯性地摸了摸口袋，一分钱也没有，但不管怎么样，总得先弄点东西填饱肚子。他走进客栈，店里弥漫着浓浓的酒香味，一张八仙桌边坐着一个戴墨镜的国民党军官正顾自喝酒，那军官长着鹰勾鼻，刀条脸被墨镜遮去大半，看军衔是个少校。桌上那盆香气扑鼻的狗肉油腻金黄，让饥肠辘辘的邱怀远垂涎欲滴，他不停地咽着口水，喉咙咕噜作响。

那军官偏头看了邱怀远一眼，很响亮地把一碗酒喝干，低头啃着一只狗腿。过了一会儿，他抬头又看了邱怀远一眼，不动声色地把满满一碗酒推到邱怀远面前："小子，有种把这碗酒喝干，这盆狗肉就是你的了。"

"真的？"邱怀远喜出望外。

汉子瞪了邱怀远一眼："我马天龙啥时说过假话！"

邱怀远一听，双眼发亮，毫不犹豫地捧起酒碗，一饮而尽，仍觉意犹未尽，冲马天龙喊："再来一碗。"

马天龙是七十八师区寿年部特务营营长，他偏眼看了邱怀远一眼，觉得甚是奇怪，这烈酒一般人不敢入口，怎么这臭小子一点反应都没有。他有点不相信，于是又倒了一碗。邱怀远接过来又一口喝完，面不改色心不跳。马天龙笑了，拍了拍邱怀远说："小子，有种！"

邱怀远喝酒纯属是为了桌上那盆香气扑鼻的狗肉。他管不了那么多了，扑在桌上狼吞虎咽风卷残云，一大盆狗肉让他一扫而光，末了还把桌上那半坛酒喝个精光。邱怀远打着饱嗝，眯着小眼看着马天龙嘿嘿一笑。

马天龙哈哈大笑，站起来在邱怀远瘦小的肩上猛拍一掌，吼道："臭小子，有种，跟我走！"

邱怀远被拍得一趔身，差点没跪下去。见马天龙大摇大摆出了店门，眼珠一转，追了出去。

马天龙有两大嗜好，一是喝酒，二是吃狗肉。都说闻到狗肉香，神仙也跳墙，连城境内食狗肉是出了名的。马天龙酒量大得惊人，千盅不醉，从未遇过敌手。见邱怀远如此海量，又聪明伶俐，便把他留在身边当了勤务兵，没事的时候就让邱怀远陪他喝酒。两人旗鼓相当，让马天龙过足了酒瘾。

邱怀远忍气吞声，善于伪装表现自己，在马天龙身边鞍前马后，端茶送水，把马天龙服侍得飘飘然，深得马天龙的喜欢，成了马天龙的红人。

对邱怀远来说，他是不会甘愿屈居人下的，对马天龙唯唯诺诺，俯首听命，完全是权宜之计。邱怀远知道，这年头要立足就要有人有枪，马天龙那嗜酒如命的酒鬼样，是成不了大气候的。他心里暗下决心，迟早一天自己要取而代之。他也一直想在关键时刻表现自己，能得到上层的赏识，因此刻意在寻找着机会。

当得知红三十四师在连城外围消灭了区寿年部一个团，准备进攻连城时，邱怀远觉得机会来了，只有在战场上真刀真枪才能干出名堂来，自己才能早日出头。邱怀远在悄悄寻找机会，随时准备干上一把，得到区寿年的赏识，提携自己。

二

红东方军全歼泉上土堡之敌后，又解放了归化城，并迅速向清流城逼进。

为配合红军攻打清流，进占清流雾阁的红三十四师，负责阻击从连城方面来的援敌。

随即东方军攻占清流嵩门镇，迅速切断了卢兴邦部的运输线，清流成为一座孤城，清流守军卢兴荣是卢兴邦的兄弟，得知泉上土堡已失守心中大骇，一边据险扼守，等待援兵，一边又做好准备弃城向永安方向逃跑的准备。刘虎带领的侦察排完成攻打泉上土堡的任务后，连夜随参战部队赶到清流的雾阁回归三十四师。

此时的清流城完全处于红军的包围之中，卢兴荣仗着清流四面环水，而且城墙牢固武器精良，封锁城门，死守待援。张瑞标带领的宁化新编独七师连续发动了两次进攻都未奏效。彭德怀电令距清流只有40来里驻扎在雾阁的红三十四师火速派兵支援。随即，红三十四师一〇一团团长陈树湘带领一〇一团火速驰援。

一到清流，刘虎见到张瑞标心里不知有多高兴，张瑞标看到刘虎的成长心里也十分欣慰。大家一合计，制订了奇袭清流城的作战计划。

一早，清流城门口荷枪实弹的国民党兵虎视眈眈盯着进城的大桥。龙津河上晨雾弥漫，桥下两只载樵的木船晃悠悠划了过来，木船慢慢靠上了码头。城门上的敌兵见船上人多，起了疑心，端枪喝问："船上是干什么的？"

坐在船上化装成进城卖柴樵夫的红军战士个个都捏了一把汗，张瑞标灵机一动，冲桥上喊："我是进城卖柴的。"张瑞标这一喊，却露了马脚，因为张瑞标是客家祖地石壁人，一开口带着很浓的客家腔。

敌哨兵一听口音不对，哗地一拉枪栓，"嗒嗒嗒"就是一梭子，撑船的艄公"啊"的一声大叫，"扑通"栽进河里。张瑞标一见智取不成只好强攻，抬手就是一枪，墙上那个机枪手头一勾就从城垛上栽了下来。船上战士一呐喊，抄起藏在柴垛中的武器，跳上河岸，跟着张瑞标朝城门口冲去。

城门口的敌兵一边趴在掩体内朝冲过来的红军射击，一边要关闭城门。

"决不能让敌人把城门关上！"张瑞标边射击边朝战士们高喊。

刘虎甩出一颗手榴弹，"轰"的一声，掩体内的敌机枪手被炸上了天。战士们一阵排枪，守门的敌军死的死伤的伤，剩下几个撒腿就往城内跑，战士们很快就控制了城门。

枪声惊动了城内守军，很快一队敌军就朝城门口扑了过来，妄图夺回城门。刘虎一个飞跃跳进掩体，将一个敌兵的尸体掀开，调转机枪，朝冲过来的敌军扫射。"嗒嗒嗒嗒——"冲到城门口的敌兵顿时倒下一片。

张瑞标指挥突击队以一当十，死死守住城门阻击反扑的敌人。红军此时冲过了龙津桥，如滚滚铁流向城门口涌来。

守城的卢兴荣本来就有弃城的念头，得知红军已攻进城，立即下令弃城逃命。彭德怀命令红三十四师火速追击从清流弃城逃往永安的卢兴荣的三个团。红三十四师主力在清流雾阁和新编独立第七师会合后，遇到从连城增援清流的国民党第十九路军七十八师一个团，一场激战，红三十四师歼灭该团占领了四堡。按照中革军委的指示，红三十四师与红四师一部势如破竹进攻到了连城周围，准备攻占连城。

在连城及周边驻扎着国民党十九路军的两个师，敌六十师沈光汉部驻扎在龙岩至新泉一带，七十八师区寿年部驻扎在连城及四堡周围。区寿年部是进犯闽西苏区的先头主力师，辖两个旅六个团，总兵力一万多人，该师全系德式装备，武器精良，训练有素，在国民党军队中数一流军队，战斗力很强，又据守着连城坚固的野战工事，易守难攻。7月28日，根据东方军总司令彭德怀的战略部署，在红三十四师负责牵制连城守敌后，红四师和红十九师分别包围连城外围朋口和绩溪之敌。将敌四六七团丁荣光部一举歼灭。

8月1日，东方军所属的红三十四师与红四师、五师、十九师在连城东面的下堡胜利会师，欢庆建军六周年。在庆祝大会上，司令员彭德怀作了讲话，鼓励全军指战员继续英勇作战，争取更大胜利。当天晚上，东方军和当地老百姓举行庆祝晚会，会场锣鼓喧天，一片欢腾。

就在红军庆祝晚会开得如火如荼之时，困守连城的国民党七十八师师长区寿年如热锅上的蚂蚁坐立不安。区寿年一开始没怎么把红军放在眼里，但红军势如破竹，歼灭了他的两个团，攻占朋口后，才大吃一惊，连忙给漳州十九路军总部发报，十九路军总部唯恐区部被歼，电令区寿年放弃连城撤至永安，并令驻闽中的六十一师毛维寿派一个旅赶到大田、永安掩护区部撤退。随即区寿年率领尚存的四个团和师部直属部队弃城往永安撤退。

当得知区部逃跑，彭德怀命令红三十四师和红四师及红十九师追击敌人，务必将区部歼灭。

连城通往永安的公路上，尘土飞扬，人喊马嘶，驮着辎重的骡马、仓皇逃命的国民党七十八师剩下的七八千人挤在狭小的公路上，行动缓慢。骄阳似火，毒辣辣的太阳晒得人汗流浃背，逃命的队伍里不时有人中暑倒在路边。

马天龙敞着胸，接过邱怀远递过的水壶"咕噜噜"猛喝了几大口水，冲疲惫不堪的队伍吼："快走，快走，等红军追上来我看你们还走得了！"

一个扛着机枪的士兵被太阳晒得头晕眼花，嗓子冒火，拖着步子："营长，实在走不动了，要不休息一下吧？"

马天龙踢了他一脚："休息个屁，你想在这等死吗？！"

那士兵被踢了个趔趄，不敢再说话。邱怀远见了，上前接过那士兵肩上的机枪，士兵感激地冲他笑笑。

就在敌人像毛虫般朝永安方向蠕动的时候，红三十四师将士正撵着敌人的屁股穷追不舍。正午时分，红三十四师在连城姑田镇外的公路上追上敌七十八师，顿时漫山遍野都是喊杀声，红军像潮水般朝敌军扑去。短兵相接，两方部队迅速搅在了一起，展开惨烈的白刃战。长达十多公里的公路上，处处刀光剑影，血肉横飞，喊杀声、惨叫声不绝于耳。

红三十四师一〇一团有一个营曾是刘虎教出来的大刀队，近身肉搏对练过刀术的战士们来说是最擅长的，几百名战士挥舞着大刀冲进敌阵中如削瓜切菜，只砍得敌军丧魂失魄，哭爹叫娘。

刘虎挥舞着大刀如入无人之境，此时他刚结果一个敌兵，一转身一个敌兵挺起刺刀就向他刺来，刘虎一偏头，刺刀擦肩而过。刘虎一反手，大刀劈在了敌兵的脑门上，那敌兵的脑袋就像开瓢的西瓜，白白的脑浆喷了刘虎一脸。

国民党七十八师虽然武器精良，但多是德式装备，短兵相接，枪炮用不上，顿时兵败如山倒，而红军的大刀占了上风，个个犹如猛虎下山，打得敌军丢盔弃甲，狼狈逃窜。

区寿年怎么也没想到红三十四师的行动如此迅速，才跑出连城几十里就被撵上，他一边命令部队组织反击，一边用无线电向总部呼救，让六十一师毛维寿的增援部队赶快向自己靠拢。突然一发炮弹呼啸而来，一个小个子士兵猛地扑在他身上。"轰"的一声，发报机飞上了天。那小个子把区寿年从地上扶起来，问："师长，你没事吧？"

区寿年见那小个子额上汩汩淌下血问："你是哪部分的？叫什么名字？"

"报告师长，我叫邱怀远，是师部特务营的。"邱怀远一个立正，响亮地回答。

战斗越来越激烈，刘虎边打边冲，突然他看到前面一大队敌军簇拥着一个军官边打边撤，便想抓活的，朝身边的战士一挥手："跟我来！"提刀朝敌军扑去。

邱怀远终于在区寿年面前表现了一把，虽然额头被弹片蹭破了皮，但这对邱怀远来说完全没什么，他现在死死跟在区寿年身边，他必须让区寿年牢牢记住自己。他一边举枪朝追来的红军射击，一边掩护着区寿年撤退。

突然邱怀远看见穷追不舍的红军里有个身影很熟悉，他睁大眼睛仔细一看，是刘虎，真的是刘虎！邱怀远怎么也没想到竟在这里看到了刘虎，真是冤家路窄。邱怀远顿时血脉偾张，刘虎啊刘虎，今天不是你死就是我活，他一把从身边一个士兵手上夺过机枪，冲区寿年喊："师长，你快走，我掩护你！"

邱怀远端起机枪"嗒嗒嗒"向冲来的红军扫射，几个红军战士应声而倒，邱怀远边扫射边狂叫："来吧，刘虎，你这王八蛋！"

刘虎猛地听到有人在高叫他的名字，定睛一看竟然是邱怀远，仇人相见分外眼红，邱怀远，邱怀远，我今天终于找到你了，刘虎"嗷嗷"大叫挥舞着大刀朝邱怀远扑去。

就在这时，身边的肖牙佬猛推了刘虎一把，刘虎一个趔趄倒地。而肖牙佬却像被人猛击一掌，硕大的身子朝后飞起，仰面倒下。

刘虎一骨碌爬起来，一把抱住肖牙佬："牙佬，牙佬，你怎么啦？"鲜血从肖牙佬的胸前喷出来。

刘虎发疯似的叫："救护，救护快来——"

一个救护兵上来，刘虎冲他说："你一定要救活他！"说完，提刀朝邱怀远狂追。

邱怀远打完了弹夹，将机枪一丢，转身就逃。

两个敌兵挺着刺刀冲刘虎刺来，刘虎挥刀隔开一把刺刀，一脚将那敌兵踢倒，一回头，另一把刺刀已刺到眉间，说时迟那时快，只见一道寒光一闪，那个敌兵的头颅"噗"地从脖子上飞起，刘虎眼前一片红光，热乎乎的血喷了他一头一脸。定睛一看，是温金财在危急时刻救了他！

也就是这么一耽搁，邱怀远早已逃之夭夭。

刘虎朝天怒吼："邱怀远，你这畜生，你走到天边我都不会放过你！"

区寿年的七十八师经不住红军一阵猛打猛冲，阵脚大乱，纷纷丢弃枪支弹药夺路逃命，红三十四师一路狂追到永安小陶，又歼灭区部一个团。敌人草木皆兵，惊慌失措，一昼夜狂奔170里逃进永安城。

这一仗，红东方军消灭敌七十八师区寿年部一个旅三个团，俘虏2000多人，对国民党十九路军震动很大，是十九路军参加反共内战史上受到的最大打击，从而使十九路军认识到反共只有自取灭亡，也是后来使十九路军在政治上从反蒋反共抗日转变为联共反蒋抗日方针的一个重要因素。

东方军收复了连城新泉苏区，将"闽北王"卢兴邦的部队全线赶出宁化、清流、归化，消灭了卢部近四个团兵力，开辟了泉上、清流、归化纵横数百里的新苏区。

收复连城后，东方军挥师北上，开始第二阶段的作战。根据彭德怀的指示，红三十四师驻守连城。

三

区寿年带着残兵败将逃进永安城后，虽然上万人的部队损失大半，但毕竟捡回一条命，这让他对邱怀远刮目相看，想不到这小子在危急关头会挺身而出。因此，他让人把邱怀远找到师部，一了解，这小子竟然是和自己有一面之交的宁化邱光林的侄子，而且还干过民团团副，怪不得这小子打起仗来有那么一套。区寿年旋即破格提拔邱怀远为师部特务营连长，邱怀远的第一步计划实现了。

肖牙佬为掩护刘虎身负重伤，身上中了两颗子弹，一颗打在左肩胛上，一颗离心脏只有半寸，军医花了整整三个小时才把弹头取出来。手术结束后，肖牙佬一直昏迷不醒。几个结拜兄弟悲痛欲绝。日夜地守在肖牙佬床边，一遍一遍呼喊着他的名字。

刘虎更是自责得不断捶打着自己的脑袋："牙佬是为了救我才负伤的，都怪我，都是我的错！"

刘虎不吃不喝寸步不离守在肖牙佬身边："牙佬，牙佬，我们发过誓的，有福共享，有难同当，你不能丢下我们先走啊，牙佬。"刘虎握住肖牙佬的手，一边哭一边说。

第三天，肖牙佬的手指动了动，官小水最早发现，惊喜地叫起来："快看，牙佬动了。"

果然，肖牙佬缓缓睁开了眼，刘虎扑上去："牙佬，你醒了，你终于醒了！"喜极而泣。

"我，我这是在哪儿？"肖牙佬看了看床边几个兄弟。

"牙佬，你负伤了，现在在医院呢。"温金财说，"我就说了，牙佬不会死，我们是同生共死的兄弟，永远不分开。"

刘虎好像想起什么："你们知道打伤牙佬的是谁吗？"

"谁？"温金财问。

"邱怀远！"刘虎咬牙切齿说。

"你没看错？"

"他烧成灰我都认识，只是让这王八蛋跑了！"刘虎一拳砸在床沿上，"怪不得我们打下泉上土堡没找到他，原来他跑到连城当了匪军。"

"看来以后我们还有的是机会和邱怀远打交道。"温金财说。

"牙佬，下次遇到，我一定帮你宰了他，替你报仇。"官小水对肖牙佬说。

几天后，也就是 1933 年 7 月 22 日，中华苏维埃共和国中央人民委员会第四十六次会议决定成立彭湃县，址设宁化县湖村巫坊，彭湃县苏维埃政府下设军事部、财政部、裁判部、妇女部、肃反委员会，辖宁化东片湖村、泉上、店上和北片的水茜、河龙、安远等区。

　　也就是这一天，刘虎成了一名光荣的中国共产党员。在红三十四师师部，侦察排长刘虎和王木发、温金财等 28 名战士面对鲜艳的党旗，庄严举起右拳对党宣誓："严守秘密，服从纪律，牺牲个人，阶级斗争，永不叛党。"随即刘虎被任命为一〇一团一营一连连长，王木发为副连长，温金财任机枪班班长。官小水也担任了一〇一团通信班班长。

　　根据红东方军军团长彭德怀的指示，红三十四师一〇一团配合宁化新编独七师挥师宁化，开展建党建政和保卫苏维埃的工作。刘虎带领一连奉命驻防巫访，负责保卫彭湃县，协助县苏维埃政府开展打土豪分田地的革命斗争。身负重伤的肖牙佬留在连城师部医院疗伤，暂时和兄弟们分离。

　　离开家乡两年多的温金财和官小水终于回到了家。家里人自从他们逃走后就再没有得到他们的音信，天天为他们担惊受怕，今日突然看到他们都当了红军，扛着枪回到家乡，个个都扬眉吐气，兴高采烈。温金财离家后，他娘哭瞎了眼，戴天德带着手下三天两头前来要人，他娘担惊受怕，卧床不起，最后是温金财未过门的媳妇桂枝给她送终。桂枝一见到温金财，也顾不得刘虎就在身边，趴在温金财怀里哭得泪人儿似的。刘虎看着眼前的一对恋人相聚，心中又想起了娇子，顿时一阵酸楚。但刘虎经过几年来在革命熔炉里的锻炼，已经成为一个红军基层指挥员，也明白严守纪律是最基本的要求，所以虽然十分想念娇子，只有几十里地，他也不敢再离开部队去看娇子，只能把强烈的思念压抑在心中，默默祈祷革命早点成功，让他早点和娇子团聚。

第三天，在刘虎主持下，温金财和桂枝两个有情人举办结婚典礼。

　　这天晚上，在红军驻地，一场别开生面的客家婚礼隆重举行，一群红军用花轿将装扮一新的新娘子桂枝抬到了新房，扮作喜娘的彭湃县妇女部副部长黎火根上前牵新娘下轿。官小水早早就在大门口预先放好靠背椅，请新娘子坐下，领着战士们欢天喜地叫道"顿地生根"。然后胸戴红花的温金财在战士们的起哄声中，站在大门门槛上向新娘撒花米，战士们附和叫道"添丁进粮"。随着爆仗齐鸣，黎火根牵着新娘跨过地上的米筛进入大厅，新郎新娘按客家习俗拜天地、拜祖宗、夫妇对拜。拜堂完毕，在大伙的起哄中温金财和桂枝饮交杯酒，红军驻地一片喜气热闹的气氛。

　　距彭湃县苏维埃政府所在地巫坊50来里的宁化北部水茜民团团总范良能土匪出生，是当地的土霸王，惯使双枪，功夫了得，平时横征暴敛，无恶不作，因手下有200多支枪，势力强大，老百姓敢怒不敢言。范良能仗着自己兵强马壮，不把红军放在眼里，暗地派人联系大刀会头目吴太昌，准备给彭湃县苏维埃政府一个下马威。这天夜里，范良能得到探报，红军驻地正在为一名战士办婚礼，范良能认为有机可乘，带领民团100多人悄悄从水茜出发，奔袭巫坊。

　　让范良能没想到的是，刘虎早得知消息，并做了精密的部署，准备来一个关门打狗。

　　午夜时分，范良能和吴太昌带领的匪徒潜入巫坊，发现全村静悄悄的，范良能料想未被察觉，便兵分两路，一路由范良能带领民团攻打彭湃县苏维埃政府，一路由吴太昌率领大刀会突袭红军医院，准备血洗巫坊，打红军一个措手不及。

　　范良能给手下下了一道死命令，见人就杀，特别是红军医院的伤员，不留一个活口，并许愿，杀一个共产党干部赏银元20块，杀一个红军赏银元 10 块。这些团丁大多土匪出身，生性残忍，重赏之下必有勇夫，个个跃跃欲试，摩拳擦掌。

范良能带领民团摸到彭湃县苏维埃政府办公驻地，远远见巫氏祠堂门口挂着大红灯笼，里面笑语喧哗，范良能心中暗笑，真是天助我也。范良能一挥手，匪徒们一声呐喊冲进祠堂，不料祠堂里空无一人，范良能大骇，知道中计，忙下令撤退，可哪里还来得及。祠堂外的空坪上一下燃起几堆篝火，把祠堂内外照的如同白昼，埋伏在房顶上、猪圈内、围墙后的红军战士手中的枪喷出一条条火舌。

"嗒嗒嗒"，"突突突"，枪声骤起，那些民团弄不清子弹都是从哪里飞出来的，哭爹叫娘，乱作一团，还没弄清怎么一回事，就倒下一大片。

范良能没想到红军如此狡猾，一边叫喊着："快，快撤。"一边撒腿就往外跑。刘虎见一个瘦高个纵身跳下一条一人多高的山坎，扬手就是一枪。范良能直觉脑后一股风过，头上戴着的礼帽被打飞了，顿时惊出一身冷汗，跳进稻田，撒腿就跑。团丁们只恨爹妈少生了两条腿，慌不择路，有的跳进了祠堂外的池塘里，有的钻进臭水沟，有的干脆把枪一举，跪地投降。

企图偷袭红军医院的吴太昌也好不到哪里去，当他领着大刀会的喽啰冲进医院时，一个人影也没有，却被早已埋伏在四周的红军关门打狗，50 多人悉数被歼，走投无路的吴太昌躲进臭不可闻的茅坑里，全身是屎，被红军从粪坑里拖出来。

范良能偷鸡不成蚀把米，被红军打得落花流水，死伤 70 多人，星夜逃回水茜，从此一蹶不振。之后，他一听说红三十四师便如惊弓之鸟，落荒而逃。

新编独七师副师长张瑞标从范良能偷袭彭湃县事件中得出一条经

验，必须彻底肃清周边各地的反动民团，在红三十四师一〇一团配合下率领部队在宁化北部的中沙、河龙、安远等地开展游击战争活动，打击反动势力。当时，驻守在安远的国民党军周志群部，有一个营的兵力，并修筑了坚固的碉堡进行防御。新编独七师第五团到达安远后，立即对这个营进行了包围和进攻。由于敌军训练有术，几次冲锋后，都未能得手。张瑞标提议用被牌抵挡子弹进行强攻。为配合作战，在张瑞标的要求下，陈树湘命令有丰富作战经验的刘虎带领一连从彭湃县委驻地巫坊火速赶往安远支援。刘虎赶到了安远后，连夜指导战士赶制了十多张被牌。红军于次日拂晓发动冲锋，在被牌的掩护下突破敌阵，攻入安远街上，当场击毙敌军 100 余人，俘敌近 200 人，缴获步枪、机枪、驳壳枪等一大批武器弹药。

就在这时，距澎湃县苏维埃政府只有十来里的店上张泰昌民团得知驻防巫坊的红军外出，不听范良能的劝告，纠集宁化北部丘家山、水茜、庙前等地的刀团匪 200 余人，分三路向巫坊进犯。张泰昌仗着自己人多，亲临前沿指挥，气焰十分嚣张。当时彭湃县苏维埃政府只剩下新编独立第七师警卫连的两个班和当地区乡赤卫队连及县区干部驻守，合计不上 80 人。在县苏维埃主席邱洪久的率领下，驻守人员迅速撤入上巫坊黄家碉堡内。半夜，匪徒在猛烈的火力掩护下扛着云梯向碉堡发动进攻，双方展开激烈的枪战。邱洪久一边指挥战士们顽强阻击，一边派出人员求援，可派出的三名战士都死在了敌人的乱枪之下。县苏维埃政府妇女部副部长黎火根自告奋勇要去报信，邱洪久见实在腾不出人手，只好同意，并一再交代要注意安全。

原是宁化县苏维埃妇女干部的黎火根，在禾口扩红运动中表现出色，彭湃县苏维埃政府成立后，被调往彭湃县苏维埃政府任妇女部副部长。

别看黎火根只有 21 岁，但做起事来风风火火，雷厉风行，也算是个老战士了。她化装成一个农妇，从碉堡里的污水沟潜出后，一口气就跑出了村，可在村口被张泰昌设在那的暗哨发现，黎火根挥枪打倒两个团丁，不想脑后挨了一枪托被俘。暗哨们发现抓了一个女共产党，大喜过望，将黎火根五花大绑，准备等张泰昌攻下巫坊后带回去领赏。

攻下安远后，刘虎考虑到彭湃县苏维埃防备空虚，心里放心不下，还未来得及收拾战场，就带领一连战士往回赶。待赶到离湖村 20 里地的中坑，就听到隐隐约约的枪声，刘虎暗叫不好，下令战士跑步前进。

张泰昌原本想趁虚而入，一举拿下彭湃县苏维埃政府，可不料对付着区区几十个人却让他大伤脑筋，眼看天就要亮了，弄不好红军就会赶回来，到那时前功尽弃。看碉堡久攻不下，气得他一枪打死一个后退的团丁，大骂："一群饭桶，都给我冲，给我冲！"

在张泰昌的威逼下，匪徒们蜂拥着又往碉堡冲。就在张泰昌挥舞着手枪大喊大叫时，从碉堡里飞出的一颗子弹击中了他。张泰昌一声惨叫，栽倒在地，一摸右腿，一手黏糊糊的血，痛得他"嗷嗷"乱叫。匪徒们见张泰昌负了伤，也无心恋战了，慌忙抬起张泰昌撤退。到了村口，哼哼唧唧的张泰昌听说暗哨抓了个女共产党，来了精神，一看黎火根长得眉清目秀，便下令把黎火根押回店上。

匪徒们抬着张泰昌没走几步，被被赶到刘虎的一连撞个正着，红军一个冲锋，就将匪徒打得丢盔弃甲逃回了店上。因为刘虎他们及时赶到，救下了黎火根。

四

张泰昌心狠手辣，荒淫无道，名声在宁化东片很臭，黎火根打小就有所闻。被匪徒抓住后，黎火根就知道落入张泰昌手里绝没有好下场，所以抱定以死明志的决心。关键时刻刘虎带领红军把她从匪徒手中救了下来，黎火根心里十分感激。其实黎火根平时对刘虎也颇有好感，在禾口扩红中，黎火根在戏台上和刘虎搭戏唱《七送我郎当红军》时，对刘虎就有印象。这个浓眉大眼高高大大的红军连长，一身英气，加上刘虎那英勇善战的传奇事迹，让黎火根早就对刘虎有一股恋恋不舍之情，只是斗争的严酷，她只能把这份情愫埋在心里，不敢表露出来。

这天，黎火根领着一群女战士下塘采莲蓬，田田的荷叶间不时飘起战士们欢快的客家山歌：

"日日唱歌润歌喉，睡觉还靠歌垫头；三餐还靠歌送饭，烦闷还靠歌解愁。"

"山歌唔唱忘记多，大路唔行草成窝；快刀唔磨会生锈，胸膛唔挺背会驼。"

"客家山歌最出名，首首山歌有妹名；首首山歌有妹份，一首无妹唱唔成。"

"要俺唱歌俺就唱，唱个金鸡对凤凰；唱个麒麟对狮子，唱个情妹对情郎。"

莲塘里歌声此起彼伏，充满欢快的笑声。

黎火根却显得心事重重，不时抬起头掠掠额前的头发，朝墩上打量，墩上不时有头戴八角帽的战士走过，可她却没有看见那个熟悉的身影。黎火根心里生起一丝微微的怨来。

还是一个女战士眼尖，远远看见刘虎领着两个战士正朝莲塘走来，这女战士早就看出黎火根对刘虎有心思，朝黎火根扔过一个莲蓬："火根，你看谁来了。"

黎火根抬头见刘虎，顿时一朵红霞飞上脸庞，低着头，将头埋进荷叶里，装着没看见，心里却"扑通，扑通"像揣了只兔子急跳。

那女战士嘻嘻笑，一甩头，山歌就脱口而出：

"妹的山歌是本情，哪有豆子不缠藤？泼水也有回头浪，哪有情妹不恋人？

新搭竹棚种苦瓜，苦瓜结籽在棚下；妹要恋郎快开口，莫作杨梅暗开花。"

女战士唱完，有意撮合，冲黎火根喊："火根，来一段。"

黎火根有些扭捏，面对越走越近的刘虎，红着脸不好意思开口。

"来一个，来一个。"女战士们起哄。

黎火根拗不过，只好立起身，一甩头发，唱了起来：

"高山顶上种棵梅，怎得梅花开开来？怎得梅花结梅子，怎得阿妹金口开？一树杨梅半树红，你做男人胆要雄；只有男人先开口，女人开口脸会红。"

黎火根天生一副好嗓子，宁化的客家山歌本来就曲调优美，经黎火根唱出来，更加显得悠扬动听。她这是有意唱给刘虎听的，就不知这憨瓜明不明白自己的一片心意。

刘虎这时已走到莲塘口，被黎火根的山歌吸引，住了脚，不禁赞叹："真好听的山歌！"

那女战士看了黎火根一眼，又笑嘻嘻对刘虎说："刘连长，想听山歌就下来帮我们干活呗。"

刘虎听了，哈哈一笑，摘了军帽，脱去外衣和鞋，解了绑腿，朝莲塘蹚来，黑油油的塘泥在刘虎的脚下向两边滑开去，刘虎宽大的脚板像犁又像船。刘虎走到黎火根身边，"叭叭"拗起莲蓬来。很快，汗水就从刘虎坚实的脊梁上一道一道往下淌，小河流水似的。黎火根看着刘虎满身疙疙瘩瘩的肌肉，心里像有只小鼓似的敲个不停。

掰下的莲蓬在田埂上堆得像小山似的，刘虎和两个战士帮妇女们把莲蓬挑回驻地。刘虎迈开大步在前里走着，藕担在宽阔的肩上"吱吱呀呀"欢快地叫着。黎火根跟在刘虎后面，看见刘虎那件洗得发白的灰布军装背后裂开一道口子。黎火根心想，要帮他补起来，刘虎真的需要一个人疼了。

这天正好是当地荷花仙子的祭祀日，巫坊村家家户户都贴荷叶饼，整个村子都弥漫在浓浓的香味里。黎火根和一帮妇女贴好荷叶饼一筐筐往红军驻地送，战士们吃着金黄喷香的荷叶饼，都夸黎火根心灵手巧。

黎火根用一张荷叶包了几张荷叶饼送去给刘虎。进了门，就见刘虎独自坐在油灯下发怔。

刘虎手里捧着一方洁白的手绢，见了黎火根，显得有些手忙脚乱，将那方手绢塞进怀里。

黎火根将手里的荷叶饼递给刘虎，刘虎看到香气四溢的荷叶饼，口水都流出来了，卷起饼狼吞虎咽起来。

黎火根嗔怪道："慢慢吃，别噎着。"

刘虎就有点不好意思。

黎火根拿出针线："你把衣服脱下来吧，我替你补补。"

刘虎正要脱，突然又住了手："不行不行，我怎么能当你的面脱衣服，违反部队纪律的。"

黎火根脸一红："真封建，不脱就算了，我就这样帮你缝吧。"

被黎火根这么一说，刘虎只好乖乖坐在凳子上，让黎火根帮他补肩上的破洞。

灯火摇曳，窗外一钩新月正爬上树梢，秋虫呢喃，蛙声一片。

黎火根一针一线密密地缝着，她觉得缝进的是自己对刘虎绵绵不尽的爱意，刘虎身上发出男人特有的体味让黎火根有点不能自持，她感到自己捏针的手都在微微发抖，她巴望着刘虎能和她说点什么，可刘虎却没有。终于缝好了，黎火根趴在刘虎肩头用牙咬断线头，就在这一瞬间，黎火根不顾一切伏在了刘虎的背上，从后面紧紧抱住了刘虎。

"刘连长，我喜欢你。"黎火根只觉得自己要死了，全身颤抖不已。

毫无思想准备的刘虎吓了一跳，他像被火烫了似的跳了起来，一把推开黎火根："黎部长，你，你别这样。"

黎火根根本没想到刘虎会拒绝她，顿时羞得满面通红，像个做错事的孩子，站在刘虎面前低着头，委屈得掉下泪来。

刘虎看着泪流满面的黎火根，走上前，握住黎火根的手："火根，谢谢你，只是我心里早有人了，不能接受你对我的情，对不起。"

黎火根抬起头，泪眼汪汪看着刘虎："告诉我，她是谁？我不如她吗？"

"火根，她是我的命，我答应过她，革命成功后就要去接她，不管十年二十年，她都在等我，我这辈子除了她不会再有别的女人，请你原谅我。"

"她在哪儿，为什么你不去找她？"

"我是一名红军战士，要遵守部队的纪律，我现在没有办法去找她。为了我她出家做了尼姑，她吃了许多的苦。我发过誓，只要不死，总有一天会去接她。"

黎火根静静地看着刘虎，半晌才说："刘连长，你是个有情有义的人，但愿革命能早日成功，你们早日相见。"说完，双手捂着脸哭着跑出门去。

五

店上民团团长张泰昌自从上次偷袭彭湃县苏维埃政府失败被打伤右腿后，恼羞成怒，总想一报奇耻大辱。当得知红三十四师一○一团和新编独立第七师在宁化城关整训的消息，欣喜若狂，觉得报仇雪耻的时候到了，四处联络，纠集了建宁、泰宁、清流、归化等五县联防的保卫团以及水茜范良能的民团500多人，准备速战速决血洗彭湃县苏维埃政府。临出发前，张泰昌领着各民团头目抬着猪头聚集在双忠庙内祈祷此番出征旗开得胜，一雪前耻。

店上双忠庙祭祀的是张巡、许远两位唐朝忠臣，安史之乱时，二将镇守睢阳城，率六千将士抵抗叛军尹子奇十余万大军的反复进攻，本可弃城逃生，但他们认为睢阳是江淮要塞，遂誓死守城。在内无粮草、外无援兵的情况下，他们依靠人民坚守数月之久。粮尽，食马；马尽，罗雀掘鼠而食；雀鼠尽，食死尸。城破后，张巡、许远被叛军俘虏，宁死不屈而遭杀害。店上百姓为纪念二将忠勇，集资修建起庙宇，供奉二将金身。每年农历七月二十五是许远的诞辰日，这一天四方乡邻齐聚店上，渐渐形成庙会，游神、做醮、唱戏、抬铁杆故事，热闹非凡，前后三天，盛况为宁化乡村庙会之首。朝神赴会的远及外省、外县，途几为塞。此外，店上庙会同时还举办牛交易会，吸引大量周边县乡群众前来交易，众可塞途。由于庙会期间主要进行耕牛交易，各种耕牛的总数不下五六千头，因此又称店上山牛会。据说张巡和许远两个菩萨十分灵验，百姓在祭祀时必带上鸡鸭在庙门口宰杀，只要在此宰杀的牲畜连放三天不变味，百姓平时总是有求必应，因此常年香火鼎盛。

每年庙会，张泰昌便指使团丁向交易的双方征收"牛头税"，稍有不从就大打出手，为此张泰昌聚敛了大量的钱财扩充民团，修筑堡垒，与红军抗衡。

张泰昌领着众头目在双忠庙内焚香点烛，三叩九拜。张泰昌请来巫师为手下作法。只见身穿道袍的巫师右手舞桃木剑，左手摇铜铃，口中嘤嘤嗡嗡念着咒语。咒毕，将鬼符烧化在瓷盆里，让匪徒们饮用。匪徒们饮用完毕，将猪血涂在脸上、身上，挥舞大刀长矛，叫喊着"神灵附体，刀枪不入"。

作法完毕，在炮仗轰鸣声中，张泰昌领着民团浩浩荡荡朝彭湃县苏维埃政府驻地巫坊扑来，张泰昌势在必得，指挥民团将巫访整个村庄围的水泄不通。担任保卫县苏维埃的只有地方武装同县区干部200多人，寡不敌众，匪徒很快攻进了县苏维埃政府，挥舞着大刀见人就杀。黎火根和几个女战士边打边撤进了一座祠堂，关起祠堂大门，坚守待援。几个匪徒想破门而入，都被门内射出的子弹打倒。

"烧，给我烧，烧死他们！"恼羞成怒的张泰昌下令放火烧祠堂。

匪徒们抱来柴禾，堆在祠堂门口，点燃了火，不一会火借风势，烈焰腾空，百年老祠浓烟滚滚。

"出来吧，女赤匪们。"

"再不出来就烧成烤乳猪啦，哈哈哈。"

匪徒们挤在祠堂门口，哈哈大笑。

火势越烧越大，不一会整座祠堂就淹没在熊熊大火之中，被烧断的房梁轰然倒塌下来，祠堂大门两侧的封火墙也烧得通红，裂开。

突然从熊熊烈火中传出黎火根的歌声："不怕包围重打重，红军兄弟有威风；朱毛指挥来打仗，先打游击后反攻。"

接着传出几个女红军战士的合唱："髻子剪掉更年轻，女子出来当红军；杀头不过头落地，换来天地一片新。"

歌声越来越弱，随着祠堂轰然倒塌，歌声戛然停止。

张泰昌骂道："他妈的，还真有不怕死的，杀，见人就杀，一个不留！"

正当匪徒大开杀戒时，探子来报："红军主力即刻就到。"张泰昌等五县联防的保卫团一听，顿时吓破了胆，不等张泰昌下令，五县联防保卫团便各自慌张逃命撤退，顿作鸟兽散。

从宁化城关闻讯赶来的红三十四师一〇一团和新编独立第七师还是迟了一步，同仇敌忾的战士们义愤填膺，对张泰昌三番二次的侵袭恨得咬牙切齿，一鼓作气撵着逃命的民团穷追猛打，在将军岭彻底歼灭了张泰昌的店上民团。张泰昌拐着一条腿逃进双忠庙，跪在两位菩萨神像前恳求菩萨保佑，被追赶而至的刘虎逮个正着，张泰昌狗急跳墙，抬枪欲射，刘虎眼疾手快，挥手一枪，张泰昌口吐鲜血，倒在了二位菩萨面前。

店上百姓得知红军消灭了张泰昌的民团，扬眉吐气，额手称庆，当天就请来河龙祁剧班，在双忠庙门前连演了三天三夜的戏，欢迎红军。

五天后，也就是 1933 年 8 月 16 日，福建省苏维埃政府决定增设泉上县，彭湃苏维埃政府随即迁往宁化北部的安远。随后红三十四师一〇一团奉命撤回连城，宁化苏区的保卫工作交由新编独立第七师负责。

离开那天，刘虎独自来到黎火根的坟前，默默伫立："火根，我要走了，我替你报仇了，你安息吧，你未竟的事业我会替你去完成。"

刘虎默默地给黎火根敬了个军礼，然后掉头走下山去。

六

1933年9月25日,蒋介石调动了50万大军,分四路向苏区中央根据地进行第五次反革命"围剿",其北线部队侵占黎川,形势十分紧张,中央即令在闽北作战的东方军撤回江西。

为了防止敌军反扑,东方军军团长彭德怀命令驻守连城的红三十四师火速赶赴沙县,掩护东方军往江西方向撤退。果然不出彭德怀所料,被打得一败涂地的刘和鼎部欲报一箭之仇,见东方军撤退,旋即命令驻沙县的毛寿年部及将乐、顺昌的国民党军向东方军发动围追堵截。红三十四师在沙县的夏茂和高桥与敌人展开激战,打退了敌军的数次进攻,在掩护东方军撤退后,红三十四师成功突围。

12月24日,东方军指挥机关奉命回师福建建宁,红四师、五师、六师先后到达江西广昌集结。与此同时,中革军委命令七军团指挥机关和红十九师指挥机关在泰宁集结,合并为红七军团,并将红三十四师划归七军团建制,全部归东方军指挥。中革军委公布了红三十四师新领导成员的任命:彭绍辉接替周子昆任师长,程翠林任政委,袁良惠为参谋长,朱良才为政治部主任。一〇〇团团长韩伟,政委张力雄;一〇一团团长陈树湘,政委杨一实;一〇二团团长吕贯英,政委范世英。

刘虎因作战勇敢,被提拔为一〇一团一营营长,王木发为副营长,温金财担任机枪连连长。此时肖牙佬身体已经痊愈,回到了刘虎的一营担任了突击排排长。

1934年1月初,东方军二次整编就绪后,彭德怀司令员和政委杨尚昆发布"向东突击动作的命令",第二次入闽作战,红三军团由头陂一带出发,经宁化的安远、泉上,归化夏阳进抵沙县富口做好攻打沙县县城的准备，红三十四师随即从泰宁南下配合行动。

沙县位于福建省中部偏北，闽江支流沙溪下游，自古是商贾云集之地，素有"金沙县"之称。

驻守沙县的是国民党军新编五十二师卢兴邦部两个团，敌人凭借墙厚炮利，武器精良，有恃无恐，据险死守。由于有了攻打泉上土堡的经验，彭德怀下令爆破攻城，在兄弟部队的配合下，刘虎带领战士们昼伏夜出，潜伏在城墙底下挖坑道，经过十多天的艰苦奋战，终于挖通坑道，战士们将土硝硫磺配置好的炸药运进坑道。1月25日佛晓，随着彭德怀一声令下，刘虎点燃了炸药。

"轰——"的一声巨响，西门城墙炸垮一角。

"冲啊，杀啊——"弥漫的硝烟中无数红军战士像洪水般朝城内冲去。

守敌溃不成军，不到两个小时，卢兴邦新编五十二师的两个团和师直属队，除被击毙外，被俘1300余人。

刘虎领着战士们一鼓作气攻进敌团部，击毙了负隅顽抗的敌团长。

刘虎见四处一片狼藉，下令："有用的都带走，没用的全部砸掉！"顺手将墙上的作战地图取下卷起。

肖牙佬提着一部电台跑来，朝刘虎扮了个鬼脸："报告营长，缴获一部电台。"

刘虎擂了肖牙佬一拳："你得了吧，不过这电台倒是稀罕东西，带走。"

刘虎下令将一帮俘虏押到师部去，正走在街上，看师长彭绍辉和团长陈树湘陪着彭德怀一行走来。

刘虎"啪"地立正敬礼。

彭德怀看了看肖牙佬手中提的发报机，又看看被战士们押着的垂头丧气的俘虏，突然叫住刘虎："把这群俘虏直接押到军团指挥部去。"

待彭德怀一行过去后，肖牙佬不解地问："二哥，司令员要这帮俘虏干啥？"

刘虎搔了搔脑袋："你问我，我问谁去！"

彭德怀要刘虎将俘虏押到指挥部去自有他的计谋。随即彭德怀让被俘虏的发报员利用缴获来的发报机和密码以卢兴邦的名义向蒋军指挥部发报要求空投弹药增援。果然，第二天上午，蒋军指挥部连续派出两架飞机飞抵沙县上空，投下了大量的弹药和钞票。

刘虎一边指挥战士们搬弹药，一边朝肖牙佬笑道："还是司令员厉害啊，命令蒋介石乖乖给我们送枪炮！"

沙县战斗胜利后，红三十四师与红十九师奉命驻守沙县县城，发动群众建立地方红色政权，为第五次反"围剿"筹款筹粮，建立巩固的后方。

4月初，中央苏区的局势越来越严峻，国民党军队集中了近11个师的兵力向广昌推进。

广昌位于江西省抚州市南部，武夷山西麓，东邻福建省宁化、建宁县，南接石城县，西连宁都县，北毗南丰县，居赣、闽、粤之交通要冲，是中央苏区的北大门，战略位置至关重要。广昌如果失守，中央苏区将门洞大开，无险可守。敌我双方皆把它视为"围剿"与反"围剿"胜负的关键。红军在"左"倾军事教条主义者指挥下，提出"不丧失苏区寸土，誓死保卫广昌"的口号，倾整个中央苏区红军主力于广昌，在广昌阵地上遍筑堡垒，设立三道封锁线，要"御敌于国门之外"。在广昌战役中，敌我双方共投入20个师的兵力，打了17天，双方死伤惨重，尤其是红军遭到巨大的消耗。4月27日，国民党军队集中10个师的兵力，在飞机大炮的掩护下，向广昌发动疯狂进攻。在敌人炮火狂轰滥炸下，红军的防御工事被毁坏殆尽，伤亡惨重，形势危急，迫不得已，博古、李德只好命令红军退出广昌。整个广昌战役，红军伤亡5000余人，这是红军有史以来在一次战役中遭受到的最大损失。广昌战役后，蒋介石叫嚷："门户既开，堂奥难保。"进一步加紧对中央苏区的"围剿"。

广昌失守后，红三十四师奉命坚守闽赣省泰宁县城。战前中革军委任命一〇一团团长陈树湘为师长、王光道为参谋长、张凯为政治部主任。下辖3个团：一〇〇团团长韩伟，政委侯中辉；一〇一团团长苏达清，政委彭竹峰；一〇二团团长吕贯英，政委蔡中。全师4000多人。

位于福建省西北部的泰宁，北靠邵武，东连将乐，南邻明溪，西接建宁，西北紧贴江西黎川。地形多属山地和丘陵，以丹霞地貌著称。红三十四师移防泰宁后，在新桥至上青、城关外围和南部梅口构筑三道防线，战士们日夜不停在防御阵地上筑碉堡、挖战壕、修工事，做战斗准备。

新桥一线一〇一团一营青云岭防御阵地上，温金财和肖牙佬正在指导战士们在阵地前埋设密密麻麻的尖利的竹钉。

大旺一边在埋好的竹钉上撒上树叶掩盖，一边问肖牙佬："牙佬哥，这管用啵？"

肖牙佬哈哈大笑："绝对管用，只要踩上，保证给他来个穿脚透，比炸弹都管用！"看大旺狐疑，肖牙佬又说，"到时你看好了，敌人会钉在那里老老实实挨枪子。"

就在红三十四师在泰宁北部紧锣密鼓修筑防御工事时，蒋介石的嫡系主力汤恩伯纵队八十八师和八十九师三万多人气势汹汹向泰宁逼近。这两个师一色德式装备，战斗力极强。走在前面的八十八师根本不把红三十四师放在眼里，两军一交接，敌八十八师就在新桥、朱口、龙湖、上青一带向红三十四师一线阵地发起全面进攻。一顿狂轰滥炸后，不可一世的敌八十八师向阻击的红军发动成建制的集团冲锋，一场阻击与反阻击的血战瞬时打响。顿时整个一线防线硝烟弥漫，烈焰腾空，枪声、炮声震耳欲聋。特别是防御阵地最前端的青云岭高地战斗尤为惨烈，方圆不到两平方公里的山头浓烟滚滚，一片焦土，原本郁郁葱葱的马尾松几乎全部被炸弹削断，腾起股股冲天火焰。刘虎率领的一营坚守的青云岭扼制着敌军进逼二线防御阵地的要道，地势极为险恶，是整个一线防御战的重心，牵一发而动全身。敌八十八师为了拿下青云岭，在这个只有两平方公里的高地上投入了整整一个团的兵力。

山坡上，密密麻麻全是向山头运动的敌军，宛如一股席卷而来的黄色的浊浪。

高地上掩体内，刘虎举着望远镜朝敌人观察了一阵，回头对通信员说："传令下去，节约子弹，等敌人靠近了打，争取一粒子弹消灭一个敌人！"

敌人越来越近，就连钢盔上的青天白日徽章都看得一清二楚。

肖牙佬捅了身边的大旺一下："看好了，我叫他们立定他们就得立定，你等他们站住了再打，保证一枪一个。"

阵地上突然一片寂静，原本猫着腰前进的敌人一个个直起了腰，端着枪一步步朝阵前挺进。

肖牙佬一脸诡笑地数着数："一、二、三，定！"

肖牙佬话音未落，只见走在前面的敌军个个东倒西歪，发出一片撕心裂肺的惨叫声，但很快就像被施展了魔法一般，不能动弹。他们全踩中了埋在地上的竹钉，那些尖利的竹钉穿过他们的皮靴，竟从脚背上穿透了出来，将他们死死钉在原地。

刘虎一声怒喝："给我打！"

早已严阵以待的红军战士枪口喷出了一条条火舌，那些敌兵就像割稻子般倒下一大片。

神枪手肖牙佬从从容容地一枪一个，一连干掉了几个毫无招架之力的敌人。

大旺从来没见过像这样没有还手之力的敌人，乐了，一扣扳机，"砰"的一枪干掉一个钉在原地的敌人。

这时阵地前的敌人也顾不得被竹钉穿透的剧痛了，拔腿要逃，可哪里拔得起脚来，一动就痛彻心腑，个个鬼哭狼嚎，全成了活靶子，被红军点名似的一枪一个撂倒一大片。

大旺又干掉一个敌人，高兴地冲肖牙佬说："牙佬哥，你真神，这些敌人只有挨打的份儿，真是痛快死了！"

敌团长怎么也没想到红军在阵前布置了竹钉阵，害得他损兵折将，看到手下被尖利的竹钉穿透脚掌鲜血淋漓，他惊出一身冷汗，连忙下令撤退。

敌八十八师其他进攻部队也和在青云岭一样，遭到苏达清一〇一团和韩伟指挥的一〇〇团两个营的顽强阻击，被阻挡在了距泰宁城北部50多里地外不能前进，攻击了三天也没突破红军的防御阵地。汤恩伯恼羞成怒，命令随后赶来的敌八十九师换下损兵折将的八十八师。敌八十九师师长在红军一线防御阵地部署进攻部队，缠住红军后，向青云岭高地进行重点突击，力图撕开一道缺口。先是调来炮兵营向青云岭高地进行了长达半个多小时的狂轰滥炸，红一营的防御工事在敌人铺天盖地的炮火下毁夷殆尽。扫清障碍后，敌人以一个团的兵力向红一营发动大规模的冲锋。

时值傍晚，刘虎率领的红一营已经打退敌人五次进攻，山坡上横七竖八躺满敌人的尸体。红一营也伤亡惨重,伤亡近百人,而且弹尽粮绝。

身负重伤的副营长王木发要刘虎带着弟兄趁敌人还没进攻时赶快撤出阵地。可杀红眼的战士们早将生死置之度外,全部提着大刀准备和敌人做最后搏杀。王木发死死抓住刘虎的手,哀求道:"只有保存自己,才能更多地消灭敌人,你好歹给我们大刀营留点种,这可全都是你从宁化训练出来的战士。"见刘虎还在犹豫,王木发抓起一个手榴弹,恶狠狠地说:"你要不走,我就炸死在你面前!走,快走!"

额头上淌着血的刘虎抱住王木发:"没有命令我是不会撤离阵地的,要死我们都死在一块!"

"对,要死都死在一块,我们绝不做逃兵!"肖牙佬提着刀喊道。

正在这时,团部通信班长官小水急匆匆从后山上赶到,向刘虎传达了上级的命令,鉴于敌军凶猛的进攻,为保存实力,避敌锋芒,师部决定防守一线阵地的部队撤往二线阵地与吕贯英的一〇二团会合,在二线阵地实施防御。

敌人又开始进攻了,山坡上全是敌军,如蝗虫般向阵地涌来。

刘虎要背王木发一起走,此时的王木发大口大口地呕着血,他死命推开刘虎:"你们快走,再不走就来不及了,不要管我。"

看刘虎还在坚持,王木发握着仅剩的一颗手榴弹吼道:"快走,要不我就炸死在你们面前!"

刘虎领着战士们刚撤下阵地,敌人就如潮水般涌上青云岭高地。阵地上响起一声山摇地动的爆炸声,就一片死寂了。

"王大哥——"刘虎含泪叫了声,缓缓朝高地跪了下去。身后,两百多名伤痕累累的战士也跟着跪了下去。

敌八十九师占领红三十四师的一线防御阵地后,马不停蹄向泰宁城推进，但在泰宁古城北门外遭到红军的顽强阻击。这里是红三十四师的二线防御阵地，群峰绵延，峭壁林立，陡立的丹霞赤石岩群地势险要，岩洞密布，红军利用这一有利地形在此修筑了牢固的防御工事。汤恩伯调来炮兵团，在敌机的配合下，向红军阵地进行了长达两个小时的轰炸，势在必得的汤恩伯力图一战定乾坤，拿下泰宁城。

敌人在山脚下排起数十门大炮朝着红军阵地进行地毯式的轰炸，炸弹落在红色的赤壁上，将绝壁炸得四分五裂，轰然倒塌。七八架敌机贴着山头不断向阵地扫射，一串串子弹打在岩石上火光四溅，腾起一阵阵赤色烟尘。

汤恩伯原以为在飞机大炮的狂轰滥炸下，红军的防御阵地定是土崩瓦解，可他没想到的是泰宁的山多洞穴，在此之前，负责防守二线阵地的一〇二团在阵地上挖出了连接岩洞四通八达的交通壕。敌人的轰炸一开始，红军全都躲进岩洞内。等轰炸一停，红军马上又从藏身的洞穴沿着交通壕进入各自阵地，打退敌军一次又一次进攻，硬是把敌八十九师死死阻挡在了泰宁城外，无法推进半步。

就在敌我双方形成对峙局势时，国民党军周浑元纵队按照蒋介石的命令奔袭泰宁县城以南40里的梅口。梅口西与建宁县交界，是通往中央苏区宁都与瑞金重要要道，也是红三十四师在泰宁的最后一道防线，一旦失守，红三十四师将腹背受敌，因此陈树湘不得不下令一二线防御阵地的各团撤退到梅口三线防御阵地，据险死守。

泰宁金溪，它在梅口以上汇合了潍溪和杉溪，两溪汇合流经梅口最宽处也就二三十米。但水流湍急，曲水回环，险滩重重，两岸岩壑纵横，丛林密布。为了阻滞敌军过河，红军已将溪上三座木桥炸毁。

国民党三十六军军长兼第五师师长的周浑元，毕业于河北保定军校第八期步兵科，是蒋介石的一名虎将，心高气傲，五次"围剿"中央苏区，他就参加了三次，是红军的"老冤家"。他率领三个师浩浩荡荡由东向西向梅口进逼，可惜水深流急，部队无法过河。周浑元只好让各师在溪岸边较宽平地带就地宿营，埋锅做饭，等待工兵营搭好浮桥，准备一战荡平梅口，全歼红三十四师。

夜幕降临，梅口溪东岸十多里长沿河岸篝火点点，搭起无数帐篷，一群群巡逻兵来回走动。虽然已是五月，但河水氤氲，夜露深重，竟还有些许寒意。几个敌哨兵围着一堆篝火，嘻嘻哈哈说笑。

一个敌军官走了过来，那几个烤火的哨兵连忙站起来敬礼。

"有什么动静没有？"敌军官问。

"报告邱营长，一切正常！"哨兵中的班长连忙回答。

"要注意河对岸，红军历来就是神出鬼没让人防不胜防，千万别大意。"

"红三十四师不是被汤恩伯的八十八师和八十九师消灭了嘛，我们还担心什么？"一个哨兵问。

"你听谁说的？"敌军官白了那哨兵一眼。

"部队里大家这么传嘛。"

"别高兴太早，都给我打起精神来，出了差错我拿你们是问！"敌军官说完掉头走了。

几个敌哨兵伸了伸舌头，起身巡逻去了。

这个敌营长就是邱怀远！

邱怀远逃到连城投靠区寿年后，凭着自己的精明当上了特务连连长。他原想在区部大显身手干出一番事业来，可不料十九路军的蒋光鼐、蔡廷锴在共产党抗日反蒋方针的感召下，于1933年11月20日发动福州事变，宣告成立抗日反蒋的"中华共和国人民革命政府"。这无疑是给了邱怀远当头一棒，觉得自己是明珠暗投，找错了主子，心里就有了反叛之心。随即蒋介石调集八个师的兵力进攻十九路军，十九路军土崩瓦解，很快就失败。精明的邱怀远拉走了特务连一百多人投靠了国民党中央军周浑元，善于投机钻营的邱怀远不久就当上了营长。

随着国民党第五次"围剿"的步步紧逼，红军根据地越来越小，邱怀远感到这次红军是在劫难逃了。他随周浑元纵队攻下红军在东北前线桥头堡黎川后，又参加了攻打红军北大门广昌的战斗，一路撵着红军的屁股从江西打到福建，一直追到了泰宁城下。邱怀远一直对刘虎这个死对头耿耿于怀，四处打听刘虎的下落，可自从连城撤退在战场上交过一回手，就再也没有刘虎的音信。邱怀远十分懊悔那一次没让刘虎死在自己的机枪下，真是错失良机。后来邱怀远知道那次追击他们的是红三十四师，就猜想刘虎很有可能就在那部队上。当得知防守泰宁的红军部队就是红三十四师时，邱怀远喜出望外，真是踏破铁鞋无觅处，得来全不费工夫，刘虎啊刘虎，这回你可真是撞到我枪口上来了，就凭着你红三十四师那区区几千人，怎么能抵挡得住我国军三万人，这次让我碰到，定会让你死无葬身之地！邱怀远坚信他会在战场上再遇到刘虎，一定会真枪实弹再干上一场。

就在邱怀远一直对刘虎耿耿于怀的时候，刘虎带领一营两百多名战士悄悄运动到了梅口溪西岸的丛林中，准备对敌军进行袭扰。

东岸，篝火点点，除了站岗巡逻的哨兵，帐篷里的敌军大多都进入了梦乡。

邱怀远在自己的防区内走了一圈，没发现什么异常，觉得一泡尿憋得急，便走到河岸掏出家伙朝河里拉尿。

脚下的河水汹涌咆哮，在迷蒙的夜色中泛着白光，如一条银蛇从山涧中疯狂乱窜。

邱怀远不经意地朝对岸瞟了一眼，顿时惊得长大了嘴巴，拉了一半的尿硬生生憋了回去。他看见对岸的树林中突然冲出无数黑影，还没等他看清是怎么回事，无数的黑色物体"嘶嘶"冒着烟火铺天盖地飞过只有二三十米宽的河面，从天而降！

"手榴弹——"邱怀远惊叫一声，就地一滚，滚到河岸一块大石头下。

"轰轰轰——"随着接二连三的爆炸声，河岸上十数顶帐篷呼地冒起火来，被风一吹，宛如火烧联营，顿时火光冲天。正在酣睡的敌军有的还没醒来就被炸弹掀上了天，有的赤身裸体在河岸上乱窜，有的浑身着火惨叫着在地上乱滚。敌宿营地一片鬼哭狼嚎。

还没等敌人回过神，对岸又是一阵排枪打来，晕头转向的敌军又倒下一大片。

邱怀远拔出枪，朝对岸射出一梭子，回头朝乱作一团的士兵喊道："大家不要慌，赤匪在对岸过不了河，操家伙还击！"

被邱怀远这么一喊，惊慌失措的敌兵也顾不得穿不穿衣服了，操起枪伏在岸边，朝对岸噼噼啪啪放起枪来。枪声如炒豆一般，子弹拖拽着万千条红光将河面映得通红。很快，组织起来的敌军机枪大炮一股脑地朝对岸轰。而此时，速战速决的刘虎带着战士们早就撤到了安全地带。

周浑元半夜被红军一顿袭扰，大光其火，骂道："他妈的汤恩伯谎报军情，说红军三十四师已在泰宁县城北面被他全部歼灭，难道这些红军是从天上掉下来的？"随即下令："明天务必搭好浮桥，各师迅速过溪追歼红军三十四师，不得有误！"

第二天下午，敌工兵营搭好两座浮桥，但桥面狭窄，过河部队挤在桥上，行动十分缓慢。这正中陈树湘下怀，他早已将红三十四师战士们隐蔽埋伏在了溪岸严阵以待。

两个营的敌兵总算过了桥，突然红军一下冒出来。

"嗒嗒嗒嗒——"先是机枪一阵扫射，紧接着是密集的手榴弹如冰雹般砸下来，刚过河的敌军顷刻间倒下一大片，活着的鬼哭狼嚎转身往回跑，

随先遣队过了河的敌营长挥着手枪气急败坏高叫："给我顶住，给我顶住！"可兵败如山倒，那些士兵恨不得爹妈多给他生两条腿，谁还听他的。敌营长连毙了两个逃兵也无济于事。

刘虎指了指那个敌营长，对正在射击的肖牙佬说："牙佬，干掉他！"

肖牙佬偏头看了看刘虎："二哥，你说打他左眼还是右眼？"

刘虎乐了："左眼。"

肖牙佬举枪瞄准，只听"砰"的一声枪响，那个正在上窜下跳的敌营长一把捂住左眼，随后就倒。

刘虎甩出一颗手榴弹，正好落在浮桥上，"轰——"的一声巨响将浮桥炸成两截。挤在浮桥上的敌军如塌方似的落入水中被激流冲走。

嘹亮的冲锋号声骤然响起。

刘虎手提大刀，高呼一声："冲啊——"领头朝敌人冲去。

红军战士跃出战壕，提着寒光闪闪的大刀潮水般向河岸猛冲。刘虎的一营个个刀法精湛，打起仗来刀不离手，擅长肉搏战，敌人哪是他们的对手，被红军战士冲入阵中砍得血肉横飞，哭爹叫娘。

对岸的敌军被断桥阻在东岸，无法过桥增援，又不敢开枪怕伤着自己人，眼睁睁看着过了河的两个营士兵被红军围杀只能干着急。

恼羞成怒的周浑元也不管东岸自己的残兵败将了，命令炮兵向对岸开炮，企图将红军用大炮消灭。在山头指挥所里陈树湘在望远镜里看得真切，迅速下令战士们撤出战斗。红军边打边撤，撤到了西边山麓及猫儿山脚下。顷刻间铺天盖地的炮弹落在河岸上，浅滩上，掀起冲天水柱

和泥浪，西岸阵地一片火海，一些负伤的敌兵也被炸得粉身碎骨，灰飞烟灭。

在大炮和机枪的掩护下，周浑元纵队三个师的工兵营用了两天时间建好了三座浮桥，敌军如过江之鲫涌过河去。

第三天傍晚，暮色苍茫之际，周浑元踏上西岸时，眼下却是一片寂静。红三十四师在陈树湘的指挥下全部撤离梅口，避其锋芒向江西广昌方向运动，投入到惨烈的高虎脑阻击战中。

七

广昌失守后，国民党军兵分四路继续向广昌以南的中央苏区驿前、石城、头陂、宁都等地推进，企图进占中华苏维埃共和国首都瑞金，消灭主力红军，摧毁中央革命根据地，形势十分危急。为阻止国民党军南进驿前、石城及瑞金，保证红军主力和中央机关顺利进行战略转移，红三军团长彭德怀决定在高虎脑战略地带，依托有利地形构筑第一线阻击阵地。

高虎脑位于广昌县南部，范围包括赤水镇以南驿前镇以北100多平方公里。大寨脑位于赤水、贯桥交汇处，向南延伸，连接高虎脑山脉，是通往驿前、石城的必经之路，地势险要。

7月中旬，红三十四师根据彭德怀的作战部署和少共国际师（红一军团第十五师）在赤水西南十余里的季风寨及大寨脑一带高地布防。少共国际师师长是陈树湘接任前的原红三十四师师长彭绍辉，他率领少共国际师一万多年轻战士负责坚守大寨脑正面高地，而陈树湘率领的红三十四师负责侧翼季风寨高地的防守。

经过血与火的洗礼，刘虎成为了一名出色的红军基层指挥员。他心里也非常明白，这第五次反"围剿"和前几次反"围剿"有了很大区别，前几次都是红军以少胜多打败敌军，而这次，在敌军的步步紧逼下，红军处处被动挨打，以堡垒对堡垒，阵地对阵地和敌人拼消耗，结果敌人越打越多，苏区根据地越来越小，在国民党军重兵压境下不断后撤。其实刘虎也清楚这样和敌人硬拼吃亏的还是红军，我们是小米加步枪，敌人是飞机加大炮，阵地战肯定要吃亏。前几次之所以红军能以少胜多，粉碎敌人的"围剿"，是因为采取毛委员运动战术，在运动中寻找机会消灭敌人的有生力量，可中革军委最高三人团现在却处处和敌人拼消耗，打阵地战，也不知道他们为什么要这样做，难道这就是那个洋顾问李德从国外引进来的新鲜战术？

虽然刘虎对中革军委的这种战术产生怀疑，但他也知道再退下去红军将无险可守，后面就是红军的大本营瑞金，不管怎么样，都必须用血肉之躯保卫红军主力和中央机关转移，自己在这里能多坚持一天，就能为大部队多争取一天的时间。所以刘虎要求战士们把工事修得十分牢固。因为有前几次作战的经验和教训，刘虎让战士们在战壕内的两侧挖出可藏身的老鼠洞，这样在敌机和大炮轰炸时可藏身，避免不必要的伤亡。

阵地西北角，机枪连长温金财正在架设机枪，看见刘虎走过来，起身立正敬礼。虽然几个结拜兄弟私下里依旧以兄弟相称，但在公众场合都很注意上下级身份，毕竟是红军战士，要讲组织纪律。

"营长，我在这安排两挺机枪和东北角的机枪火力点构成交叉火力，前面这一片山坡全部在我的火力控制下，没有死角。"温金财向刘虎介绍。

刘虎拉着温金财坐在战壕里，掏出一包纸烟塞给温金财："这是前天到团部开会时团长给我的。大哥，明天肯定会有一场恶战，你的位置很重要，机枪一响，敌人肯定会把你当靶子，你千万要注意隐蔽好自己。”

“我知道，二弟，你也要小心，一打起仗来你就跟拼命三郎似的，千万不能出事。别忘了，娇子还在等着你。”

刘虎心里猛地“咯噔”一下，自己有多长时间没去想娇子了，仗打完一仗又一仗，根本就没有喘息的机会，在这枪林弹雨中出生入死，有时自己连性命都置之度外了，天天脑袋都绷着一根弦，连思念娇子都成了一件十分奢侈的事。现在听大哥一提，刘虎眼里就浮现娇子青灯孤影凄凉的身影来，心里顿时一阵阵发痛起来。

娇子，娇子啊，你是否还好？刘虎在心里呼唤着娇子，全身不能自已微微发起抖来。

但很快刘虎就回过神来，大敌当前，自己作为一个指挥员，怎么能如此儿女情长？他深深吸了口气，扭头看了看正在修工事的战士们，幸好没人注意到他。

温金财点了一根烟给刘虎，又给自己点了一根，“二弟，我理解你，娇子那么善良，菩萨会保佑她的。”顿了顿，又说，“其实，我也想桂枝啊，一停下来就想。一晃又一年多了，也不知道她现在过得怎么样？”温金财的脸掩在浓浓的烟雾里，让刘虎看不清他的表情。

“大哥，宁化是我们的中央苏区，我想桂枝嫂子会有当地苏维埃政府的照顾，应该会没事的。”刘虎停了停，伸手揽住温金财的肩，“大哥，记住，我们一定要活着回去。”

“对，二弟，我们一定要活着回去，还有三弟四弟，我们是发过誓的，都要好好地活着。”

刘虎抬头看了看阵地上忙着修工事的战士们：“这些都是从我们家乡出来的子弟啊，希望大家都能活着回去。”

两人正聊着，突然见官小水气喘吁吁地跑了过来。刘虎以为官小水是来送信的，可不料官小水一屁股坐下后竟哭了起来。

　　这可把两个当大哥的吓了一跳，刘虎拉起官小水问："小水，你怎么啦？"

　　官小水只顾哀哀地哭。

　　温金财急了："出了什么事？你倒是说啊！"

　　到这时，官小水才抽抽搭搭说："张团长死了。"

　　"谁，谁死啦？"刘虎有点丈二和尚摸不着头脑。

　　"张瑞标团长牺牲了。"

　　"你听谁说的，啊，你到底是从哪得来的消息？"刘虎有点不相信自己的耳朵，抓着官小水的手吼道。

　　"我听少共国际师里一个营长说的，他也是我们宁化人，去年七月份带领五百多宁化少先队员加入少共国际师，他遇到新独七师的老乡，是老乡告诉他的。"

　　原来，就在红三十四师在泰宁梅口阻击国民党军周浑元部的同时，在宁化的新编独立第七师根据中革军委命令，西越武夷山，向推进到中央苏区龙岩武平参加"围剿"红军的地方军阀钟绍奎部发动出击，以减轻正面红军的压力。

　　钟绍奎的"老巢"驻扎在距武平县城80里的中堡，他在这一带修筑了坚固的碉堡，占据着有利地形，易守难攻。新编独立第七师副师长张瑞标挑选了30多个精干的战士，组成敢死队，乘夜偷袭钟绍奎的旅部。

　　是夜，夜黑风高，天刚下过雨，没有一颗星星，伸手不见五指。张瑞标率领敢死队在夜色的掩护下，接连摸掉敌人五个岗哨后，悄悄向敌旅指挥部逼进。

突然，"哗啦"一声，一位战士因天黑路滑，踩塌了稀松的田埂，一个跟跄跌到水田里，响声惊动了设在敌旅指挥部外碉堡上的敌哨兵，顿时一道雪亮的探照灯射了过来。

"嗒嗒嗒——"，碉堡内敌人的机枪疯狂扫射过来，暴露在探照灯下的张瑞标当即身中数弹倒在水田里，突击队员一边向敌碉堡还击，一边背起张瑞标边打边撤，全身是血的张瑞标喘了一口气说："我不行了，不要管我，你们要继续向前，坚决消灭敌人。"说完就闭上了眼睛。

这真如晴天霹雳，顿时让刘虎跌坐在地。张瑞标是自己的好领导，好兄长，可以毫不夸张地说，自己和几个结拜兄弟走上革命道路的引路人就是张瑞标，他对自己的关心爱护历历在目，这么一个兄长般的领导竟然就这么永远离开了，怎能不叫刘虎心伤？

山风激荡，残阳如血，远处传来隆隆炮声。

刘虎面对莽莽群山，心里暗暗发誓一定要为张瑞标报仇，向敌人讨还血债！

八

由赤水通往石城的公路上，烟尘滚滚，人喊马嘶，汤恩伯的第十纵队三万多人组成四路纵队向大寨脑及季风寨红军的防御阵地快速逼近。

因为前几次力图速战速决吃过快速冒进的亏，所以当主力推进到大寨脑西北高地后，汤恩伯采取"稳扎稳打步步为营"的作战计划，将四通八达的战壕和密密麻麻的碉堡修筑到与红军的防御阵地相距不到两百米的山前，三步一岗五步一哨与红军形成对峙。汤恩伯的作战计划是由八十九师攻击大寨脑高地，一战击溃彭绍辉的少共国际师，拿下高地。

为确保计划万无一失，防备红三十四师从季风寨高地支援大寨脑，汤恩伯命令所部第四师对季风寨高地发动佯攻，咬住红三十四师，掩护八十九师攻下大寨脑高地。待八十九师消灭红军少共国际师后，迅速与第四师合围季风寨高地，歼灭红三十四师。

敌八十九师在泰宁和红三十四师交过手，敌师长知道红三十四师是块难啃的硬骨头，一听说由他的八十九师攻打大寨脑的红军少共国际师，喜出望外，转忧为喜，心想和红三十四师交手自己没胜算，但对付少共国际师那帮娃娃兵根本不在话下。所以他拍着胸膛向汤恩伯保证："请司令放心，明日八十九师若攻打不下大寨脑，我提头来见！"

第二天天刚亮，为配合敌八十九师攻击大寨脑高地，敌四师三个旅共15000多人率先向红三十四师守卫的季风寨高地发起进攻，遭到严阵以待的红三十四师的迎头痛击。一开始陈树湘没有意识到敌人只是佯攻，当发现敌机掠过季风寨高地向大寨脑高地轮番轰炸时，陈树湘马上意识到敌人主攻方向是少共国际师守卫的大寨脑高地。果然，炮火过后，敌八十九师成多路纵队同时向大寨脑高地正面发起猛烈冲锋。陈树湘在望远镜里看到敌军如蝗虫般朝大寨脑高地涌去时，心里一下揪了起来。彭绍辉的少共国际师虽然有一万多人，但大多是十七八岁的小战士，有的是刚刚参加红军不久的孩子，有的还是初次上战场，战斗力很弱，很有可能抵挡不住敌人疯狂的进攻。

战斗开始前，守卫大寨脑主阵地的少共国际师的战士们在师长彭绍辉和政委萧华的布置下就做了充分的战斗准备，战士们日夜抢修工事、深挖战壕、构筑地堡，战壕一般都有四五尺深，支撑点由土、石、木构成，筑了7层，并在阵地前布满了竹钉、鹿砦和地雷。第一波发起攻击的敌军刚进入红军前沿阵地，就陷入了红军布置的竹钉阵中，这种被称为"地黄蜂"的竹钉隐埋在地上，削得锋利的竹尖可以轻而易举扎穿皮鞋底。冲在前面的敌人还没明白怎么回事，就被竹钉穿透了脚掌，顿时一片鬼哭狼嚎，早已埋伏在右侧山头的萧华率领的两个营战士，向敌军发起了猛烈的反冲锋，杀得敌人丢盔弃甲，纷纷逃命。

为了拿下大寨脑高地，在飞机大炮的支援下，敌八十九师发动一波又一波的冲锋。整个高地浓烟蔽日，火光冲天，枪炮声震耳欲聋。

年轻的少共国际师战士们连续打退了敌人八次进攻，子弹、手榴弹打光了，就用石头砸，石头砸光了，英勇的战士们跳出战壕冲向敌群，与敌人混战成一团，展开了殊死的肉搏战。大寨脑高地上敌我双方尸首枕藉，鲜血染红了每一寸土地。顽强的少共国际师战士们在给敌人极大的杀伤外，自己也伤亡惨重，但依旧像一枚钉子牢牢钉在大寨脑高地上。

战斗持续到半下午，汤恩伯见八十九师还没拿下大寨脑高地，在电话里连骂八十九师师长饭桶，限令在日落前拿不下高地提头来见！敌八十九师师长到这时才发现自己小觑了少共国际师的娃娃兵，何况自己还在汤恩伯面前夸下海口立了军令状，要真拿不下高地，恐怕真会性命难保。敌八十九师师长想到这里，出了身冷汗，给督战队下令，战场上凡畏缩不前者一律军法从事！

敌军在督战队的督促下，向大寨脑高地发起成建制的冲锋，终于在半下午时突破少共国际师四十四团二营防守的左翼阵地，在大寨脑高地主峰撕开一个口子，敌人攻上高地后，对弹尽粮绝的少共国际师痛下杀手，情况万分危急。

大寨脑高地惨烈的搏杀，让陈树湘心急如焚，他试图分兵解救少共国际师，连续带领一〇一团向敌军冲击了两次都没突出重围，红三十四师被敌四师层层围困在季风寨高地，并且还要不断阻击进攻的敌军。正在这时，陈树湘接到彭德怀的紧急命令，撤离季风寨高地，配合红三军团援兵左右夹击突破大寨脑主峰的敌人，然后掩护少共国际师一同撤回高虎脑。

由于不要再防守季风寨，没有了后顾之忧。顿时，红三十四师4000多名战士，一齐跃出战壕狂奔杀向进攻大寨脑高地的敌兵侧翼。

刘虎带领的一营战士个个手挥大刀，杀声震天，如猛虎下山朝敌人扑去！

敌第四师右翼两个旅很快抵挡不住红三十四师钢铁战士们的突然勇猛冲锋，顿时阵脚大乱，红三十四师如狂飙般冲破敌第四师的围堵，一鼓作气攻上了大寨脑高地。攻破大寨脑左翼阵地的敌八十九师原以为大寨脑高地唾手可得，不料顷刻之间红三十四师4000多人由山下漫山遍野冲杀上来，煮熟的鸭子又飞了。危急之中的彭邵辉一看红三十四师前来增援，豪气顿生，指挥少共国际师从山上冲杀下来，别看少共国际师大多是十七八岁的小战士，但个个初生牛犊不怕虎，呐喊着跃出战壕，朝敌人扑去。敌八十九师攻山的三个旅被红三十四师和少共国际师两面夹击，打得丢盔弃甲，丢下几百具尸体退守回山前垒筑的碉堡和堑壕里。战局急转而下，原以为一仗定乾坤的汤恩伯气得暴跳如雷，撤换了第八十九师师长，下令各师集中炮火对大寨脑高地进行地毯式的轰炸。顿时整个大寨脑高地烈焰熊熊，一片火海。

随后，汤恩伯亲自督阵，敌第四师和八十九师以团为单位朝大寨脑高地发起总攻。可这时红三十四师和少共国际师已奉命及时撤出阵地向南面的驿前转移，留给汤恩伯的只是一片浓烟滚滚的焦土。

大寨脑高地失守后，为了延缓敌军的进攻，红三军军团长彭德怀布置红军在贯桥地区设防。在贯桥村东北面有座后龙山叫高虎脑，因形似昂首蹲坐的猛虎，因此世世代代居住在山下的贯桥百姓，就称它为"高虎脑"。高虎脑位于大寨脑之南，虽然主峰海拔只有400米，但处在赤水（白水）、驿前之间，相距两地各20里，扼控着广昌到石城的大道，地理位置十分重要。驻守高虎脑主阵地的是红五师的十三团，红三十四师因刚从大寨脑高地恶战撤下不久，被彭德怀配置在高脚岭、赖禾嵊一带警戒地带。

8月5日拂晓，尾随而至的敌八十九师推进到高虎脑红军防守主阵地前。

天刚蒙蒙亮，国民党军出动七八架飞机和数十门大炮向红军阵地猛烈轰炸。红十三团沉着应战，多次将敌击退。上午9时，国民党军再次狂轰滥炸，发起进攻。红五师、红四师和红三十四师密切配合，六次击退敌六个师的轮番冲锋，守住了阵地。

翌日6时许，国民党军的两个纵队向高虎脑两侧运动。9时，国民党军六个师的主力在飞机大炮掩护下，以密集方队发起冲锋。红五师三个团与敌鏖战终日，奋起肉搏，击溃敌军八次冲锋。8月7日，敌军以三个团的兵力发起冲锋，又被红军四次反冲锋击溃。经过三天激战，红军以牺牲1400多人的代价打死打伤敌军4000多人，国民党军疲惫不振，被迫停止进攻。使得国民党军前线总指挥陈诚被撤职。这是红军在第五次反"围剿"中唯一取得全面胜利的战役，为红军主力和中央苏区领导机关的战略转移赢得了宝贵时间。

高虎脑阻击战胜利后第三天，为阻止国民党军南进，彭德怀指挥红四师、红五师、红三十四师依万年亭一带地形布防。

根据指挥部部署，红三十四师守备司令排南端至香炉寨、源头北端高地。高虎脑一役，让陈树湘更加认识到要守住阵地，光靠死守是不行的，必须以攻为守，将主动权掌握在自己手中，他在全师团以上干部会上阐明自己以攻代守的作战思路，众人听后非常赞同。陈树湘一边下令全师迅速构筑防御工事，一边派出师部侦察连侦查敌人的动向，寻找有利战机。

一〇一团防守的阵地香炉峰是敌军进攻的重点，团长苏达清回到团部后，召开营以上干部会议，研究作战方案。会上一营长刘虎提出汤恩伯纵队第四师和第八十八师已经向万年亭推进，高虎脑山下新筑的堡垒阵地只留下敌八十九师防守。不如主动出击，打敌八十九师一个措手不及。刘虎的这个提议正中苏达清下怀，决定夜袭敌八十九师。

苏达清的作战方案得到陈树湘的肯定，他迅速做出部署，由吕贯英的一〇二团负责防守阵地，韩伟的一〇〇团和苏达清的一〇一团一起行动夜袭敌八十九师，彻底打乱汤恩伯向万年亭的进攻步伐。

时值午夜，一弯新月挂在天边，在迷蒙的夜色中万年亭四周群山黑影憧憧。通往万年亭的大道上，燃着一堆堆篝火，亮着如长龙似的火把，人喊马嘶，汽车马达声轰鸣不息，汤恩伯第八纵队两个师和樊松甫第三纵队三个师，正马不停蹄向万年亭红军布防阵地前进逼。而此时陈树湘率领红三十四师一〇〇团和一〇二团正悄无声息沿着崎岖的山路向高虎脑山下的敌八十九师奔袭。

根据陈树湘的部署，刘虎带领一营战士全部换上了红三军团原先缴获来的敌军服装，离开大部队，朝设在山下小镇上的敌八十九师师部直奔而去。他们的任务是突袭敌师部，打乱敌军的指挥系统，配合夜袭部队反击敌军。

刘虎他们进入小镇，沿着窄窄的街道向前走。突然迎面过来一队敌军巡逻兵，刘虎朝身边的肖牙佬使了个手势，肖牙佬会意地点了点头，把手中的枪背在背上。

敌巡逻队与战士们擦肩而过，就在最后一名敌巡逻兵经过肖牙佬身边时，说时迟那时快，肖牙佬闪电般的一出手，将敌巡逻兵拖进队伍里，还没等那巡逻兵叫出声来，肖牙佬就一手捂住他的嘴巴，一手锁住他的咽喉，两个战士一左一右扭住敌巡逻兵的手，敌巡逻兵根本就没回过神来，动动不了，叫叫不出，只能乖乖地被挟持着往前走。

这一切来得十分突然，而且快得电光火石般的悄无声息，走过去的敌巡逻队根本就没有发现有一个巡逻兵失踪掉队。

拐过一个墙角，肖牙佬才松开敌巡逻兵。那巡逻兵憋得两眼发白，双腿发软，扑通一声就瘫在地上。

刘虎伸手把他拎起来："你们师部在哪里？"

吓得胆战心惊的敌巡逻兵朝西一指："过，过两条街，镇西关，关帝庙就，就是。"

"带路！"肖牙佬推了他一把。

"是，是，我带路，我带路。"

在敌巡逻兵的带领下，一营战士直扑敌八十九师部指挥所。

果然，拐过两条街，乡场上的关帝庙灯火通明，不时传出"嘀嘀"的发报声。大门外垒着沙包掩体，架着机枪，布满岗哨。几个敌哨兵突然看见从小巷里钻出一队人马，厉声喝问："站住，哪一部分的，口令？！"

刘虎也不答话，抬手就是两枪。

肖牙佬一甩手，手榴弹不偏不倚落进敌掩体内。"轰"的一声巨响，几个敌哨兵飞上了天。

一营战士挥着大刀呐喊着往敌师部冲，和闻讯赶来的敌警卫营撞个正着，双方展开了白刃战。虽然敌警卫营武器装备精良，但和惯使大刀近战的红一营来说，就马上落了下风。顿时关帝庙外的乡场上刀光剑影，杀声连天。

敌警卫营营长一看情况不妙，带领手下边战边退进了关帝庙。温金财端着机枪第一个冲进大门，"哒哒哒哒"朝里扫射。

战士们冲进敌师部指挥所，敌警卫营在丢下 50 多具尸体后，拼死掩护敌师长和参谋长冲出重围，而敌师部指挥所里 20 多名军官全部当了俘虏。

刘虎下令将敌指挥所的电台全部炸毁。只听"轰轰"几声，关帝庙腾起冲天火光。

刘虎突袭得手后，陈树湘指挥韩伟的一〇〇团和苏达清一〇一团以迅雷不及掩耳之势攻破敌八十九师堡垒阵地，高虎脑山脚下枪声大作，火光冲天，许多敌军还在睡梦中就随着堡垒被炸上了天。和红三十四师交过几回手都没占到便宜的敌八十九师，原以为红军都被赶向了万年亭，高虎脑高地万事大吉，可以高枕无忧好好睡上一觉。怎么也没想到红军会半夜杀个回马枪，而且还端了他们的师部，顿时被打得鬼哭狼嚎，弃堡往大寨脑方向溃退。

陈树湘的这一招以攻为守的战术让汤恩伯措手不及，担心到手的高虎脑高地再落入红军手中，只好命令进攻万年亭的第四师和第八十八师回头解救。

此时天已亮，红军战士们正打扫战场，刘虎指挥战士们从一个弹药库里往外搬枪支弹药，肖牙佬扛起一把崭新的花机关枪，哈哈大笑："蒋介石真是运输大队长啊，又给我们送来这么多武器。"

"快搬，一颗子弹也别给敌人留下。"刘虎看着弹药库里堆积如山的枪支弹药，笑得嘴巴都要咧到耳朵边。

这时一〇一团长苏达清匆匆走来："刘虎，敌人已经回援，师长命令，武器能搬的搬走，搬不走的全部炸掉，不能留给敌人。"

刘虎急了："团长，炸掉多可惜啊。"

"时间来不及了，敌人马上就到，十分钟撤出阵地。"

刘虎回头叫肖牙佬："牙佬，牙佬。"

肖牙佬扛着机枪跑来，刘虎让他将搬不走的弹药炸毁。就在这时，肖牙佬见张水生扛着一把狙击步枪走来，便高声叫道："张水生，好久不见，我以为你死了呢。"

张水生看到刘虎，跑过来："嘿，是你们啊，我也好久没见你们了啊，我在一〇〇团，你们呢？"

"我们在一〇一团啊。"

"哈哈，都在红三十四师。"张水生笑起来。

肖牙佬看到张水生扛的狙击步枪很特别："水生，你这枪哪来的？"

"刚缴获的啊。"

肖牙佬把机枪往张水生怀里一推："我们换了。"

张水生用一把步枪换了一把机枪，觉得捡了大便宜，顺手就把狙击步枪给了肖牙佬。这是一把带瞄准镜的德式狙击步枪，让肖牙佬爱不释手。张水生还不知道，肖牙佬现在是师里有名的狙击手。

等汤恩伯的第四师和第八十八师赶到高虎脑山脚下时，红三十四师的一〇〇团和一〇一团扛着战利品已经撤往万年亭防御阵地。

陈树湘这一招反攻为守，迫使进攻万年亭汤恩伯分兵回防，不仅减轻红五师的压力，又消灭了敌人的有生力量，可谓一石二鸟。让彭德怀大加赞赏。

而此时敌樊松市第二纵队第七十九师两个旅，正轮番向红三十四师一〇二团防守的香炉寨、源头北部阵地猛烈进攻，一〇二团全体将士和数倍于己的敌军展开惨烈的阵地争夺战，阵地几次易手。就在这时陈树湘率领 ·〇〇团和一〇一团赶到，向敌七十九师背后杀来，敌七十九师阵脚大乱，措手不及，担心被歼，只好仓促离阵向樊松甫部的第十一师和第六十七师靠拢。

经过两天的战斗，红三军团在万年亭防御战中歼敌 1000 多人，迫使敌军在万年亭一带滞留了十多天。随后红三军团接到中革军委命令向驿前转移布防阻击敌军，而红三十四师投入保卫兴国的战斗。

九

兴国位于江西省中南部，东倚宁都县，东南邻于都县，南连赣县，西邻万安县，是中央苏区极为重要的根据地，只有 23 万人口的兴国县，先后有八万多人参军参战，从第三次反"围剿"开始，兴国就一直是主战场。

此时的兴国，黑云压城城欲摧，各路国民党军正快马加鞭朝兴国推进，局势异常紧张，根据中革军委的命令，集结在兴国周围的红五军团以及红一军团一师、二师，红八军团二十一师、二十三师，红三军团六师等红军部队奉中革军委的命令，在地方游击队和群众的帮助下，构筑工事，深挖战壕，准备阻击步步紧逼的国民党军队。

9 月中旬，陈树湘率领红三十四师到达赣南兴国县城以北的高兴圩地区，经过短暂的修整和补充兵员，部队人数达 6000 余人。红三十四师之前 4000 多名战士，基本是闽西子弟兵，其中从宁化独立第七师编入和后面陆续加入的宁化子弟兵将近 3000 人，这些战士个个都经历多次战斗，在枪林弹雨中出生入死，有极为丰富的战斗经验，他们多数编在了一〇一和一〇二团，成为红三十四师的骨干主力。

随后，红三十四师遵照中革军委指示，随五军团接替一军团任务在兴国县城以南 20 里处设防，阻击南进之敌，至 10 月初，奉中革军委的命令，原先集结在兴国周围的红军部队陆续撤往于都集结。只留下红五军团的十三师、三十四师坚守兴国阵地，抵御从吉安蜂拥而来的敌人，任务压力十分巨大。

这天傍晚，师长陈树湘和政委程翠林视察防御阵地，当来到一〇一团一营时，刘虎正在指挥战士们加紧构筑工事。刘虎见师长来了，连忙跑了过来立正敬礼。

"刘虎，你知道这回和我们要交手的对手是谁吗？"

"师长，我管他是谁，来了就打，打谁都是打。"刘虎搔着脑袋"嘿嘿"笑起来。

"这次我们要阻击的是国民党军周浑元纵队，这是我们的老对手了，他们在泰宁梅口吃了亏，要报一箭之仇呢。"陈树湘停了停，接着说，"刘虎，我知道你的一营善打恶战，个个都练得一身好刀法，全师都知道你们这个大刀营，这次把你们营放在最前面的防御位置，担子不轻啊。"陈树湘看着刘虎说道。

"师长，打仗我们不怕，但是我有一事想不明白。"刘虎欲言又止。

"但说无妨。"

"师长，我们每次都是这样层层阻击，可到了最后，我们都丢了阵地，被敌人追着跑，我觉得这种被动的战法不行。"刘虎憋足气说。

"刘虎，注意你的身份！"一〇一团团长苏达清喝住刘虎。

"没事，都是自己人，接着说。"政委程翠林朝苏达清摆了摆手。

"我认为要保卫兴国，不能只在村庄或城镇周围筑碉堡防守，要在敌军必经的险要之处防守。即使防守，也不能死守，要活守。不能只靠挖战壕打阻击，等着敌人来攻，更重要的是要转守为攻。"看陈树湘饶有兴致看着自己，刘虎接着说，"反正，说一千道一万，红军作战，主要应以消灭敌人为主要目的，而不应以夺占或死守某地为主要目的。"

陈树湘听完，沉默了片刻，拍了拍刘虎的肩："刘虎，你是一个成熟的红军指挥员了，但有些事无法按我们的意愿去做，就算是对的，你做不到，我也做不到啊。"

此时山上升起层层暮霭，山风袭来，顿增些许寒意，刘虎看着陈树湘他们走远的背影心里有了不祥的预感。

而此时，国民党军周浑元第八纵队已经从吉安南进，抵近了兴国，并完成了作战部署。

邱怀远已经了解到这次要攻打的就是董振堂和刘伯承领导的红五军团的红十三师和红三十四师两个师，刘虎啊刘虎，和你决战的时候到了，我要新账老账一起算，现在你们红军在国军重重围剿下早已是强弩之末，这回你是在劫难逃了。

邱怀远知道刘虎在红三十四师，可刘虎却不知道邱怀远在周浑元纵队也混到了营长，而且一直在寻找他。

国民党军周浑元第八纵队集中三个精锐师三万多人，向高兴圩以南、兴国城北的石富、文溪红五军团的防御阵地发起了猛烈攻击。周浑元力图一战解决问题，先是由七八架飞机飞到红军阵地一顿狂轰滥炸，紧接着是数十门大炮进行地毯式的连续炮击。红军阵地的碉堡被掀翻，掩体被夷平，不少红军战士还没见到敌人就牺牲。

在阵地最前沿的红一营上一片火海，原先精心修筑的防御工事在敌人强大的炮火面前不堪一击。不时有战士在爆炸声中被掀上天空，鲜血染红了阵地。

炮击一停，敌人就成建制向红军阵地冲锋，刘虎指挥战士们利用残存的工事做掩体，朝敌军扫射，硬是用血肉之躯抵挡着敌人一次又一次疯狂的进攻，山坡上，到处都是横七竖八的敌军尸体。

当敌人退下去时，刘虎就让战士们赶快修筑工事，在战壕内挖立窖式掩体防空洞，当敌人用大炮飞机轰炸时，战士们纷纷钻洞隐匿。炮声一停，又马上从掩体内冲出来向敌人射击，打退敌人一次次进攻。

红五军团各部与周浑元所部整整激战了三天，硬是将敌人阻滞不前，为各路红军安全转移、撤退，集结雩都河，赢得了极为宝贵的三天时间。

10月14日，恼羞成怒的周浑元改变战术，让部队停止进攻，他调来十多架飞机对红军阵地及兴国城区和红军控制的周边村庄进行了疯狂的轰炸，兴国城内大火冲天，周边村庄被摧毁殆尽，周浑元企图利用飞机的狂轰滥炸荡平红色区域。飞机的轰炸一波接一波，从上午一直持续到中午。

邱怀远带领的突击营接连向刘虎的红一营攻击了三次，最终都败下阵来。当时他还不知道面对的就是自己的死对头刘虎。这天中午，他命令部队一边进行修整一面埋锅造饭，他非常清楚，等到飞机的轰炸停止后，部队势必会向红军发动更为猛烈的攻击，这个时候红军肯定是强弩之末了。

公路边，山坡上，小河边坐着端着饭碗吃饭的士兵，邱怀远也抓了两个馒头坐在一棵树下。两架飞机呼啸着从头上掠过，巨大的轰鸣声震耳欲聋，飞机飞得极低，机身上的青天白日标志都看得一清二楚。有些士兵跳起来朝飞机叫喊挥手。

飞机飞到红军阵地上空，一个俯冲投下炸弹，随着巨大的爆炸声，整个山头火光冲天而起。

肖牙佬抹了一把额头上被弹片划出的血，高声叫道："大旺，大旺。"

大旺全身是土从炸塌的老鼠洞里爬出来："牙佬哥，我在这。"

肖牙佬把大旺拉到身边问："你没事吧？"

大旺拍着身上的土："没事。"

"没事就好，他妈的，老子恨不得一枪把飞机给打下来！"

大旺拖过一棵被拦腰炸断的松树，横在战壕上："牙佬哥，你枪法准，我听说只要瞄准飞机的油箱打，它就会爆炸。"

肖牙佬说："我难道不想把它打下来，只是那飞机飞得太快了，油箱在哪儿都看不清楚。"

两人正说着，只听"轰"的一声，天空中两架敌机在拉起机头时撞在了一起，拖着滚滚浓烟像折了翅膀的大鸟翻滚着栽进山下稻田里，发出冲天巨响，顿时烈焰腾空而起。

阵地上响起战士们的欢呼声。肖牙佬哈哈大笑："他妈的，还没等我收拾它们，它们就自杀啦！"

大旺也咧着嘴嘿嘿笑了起来。

肖牙佬在大旺拖来的松树上堆了几个沙包，对大旺说："大旺，打起仗来要注意隐蔽自己，子弹不长眼，你可是营长特地交代过要我保护你的，要有个三长两短营长饶不了我。"

"我才不要你保护呢，你都不怕死，我也不怕。"大旺拍了拍手中的步枪。

"我没有说你要怕死，但只有活着才能打敌人不是？再说我们现在弹药越来越紧张，一定要瞄准来打。"

"牙佬哥，你的枪法怎么那么准？一枪一个，指哪儿打哪儿。"

肖牙佬听了哈哈大笑起来。

两人正说着，枪声骤起，肖牙佬探头一看，乖乖，漫山遍野都是敌军，他们一边冲一边开枪，朝着红军阵地蜂拥而来。

大旺伏在松树后面，举枪瞄准。

"不急，等敌人靠近了打。"肖牙佬悄悄对大旺说。

敌人越来越近，距离不到 30 米了。

"嗒嗒嗒嗒——"温金财的机枪首先响了起来。紧接着，枪声大作，从战士们手中飞出的手榴弹也在敌群中炸开了花。

肖牙佬举着他的德式狙击步枪，一阵点射，冲在最前面的几个敌军纷纷倒下。

邱怀远没想到红军还有这么强的火力，他叫来机枪和迫击炮向红军阵地猛烈扫射和开炮，掩护部队向红军阵地进攻。

大旺打倒一个敌兵，但枪却卡了壳，这让大旺十分着急。就在这时，一发炮弹飞了过来。只听"轰"的一声巨响，掀翻的泥土铺天盖地砸了下来。

肖牙佬从泥土中钻出身来，有那么一刻，他觉得阵地上一片寂静，他看到到处都在爆炸，到处都在燃烧，到处的枪口都在喷着火舌，但他就是听不到一点声响。他回头一看，不见了大旺。

"大旺，大旺！"肖牙佬大声呼唤着。慢慢地他听到自己叫大旺的声音，紧接着就是震耳欲聋排山倒海般的枪炮声。

大旺的枪被炸成两截，掀起的泥土里有一只黑乎乎的手掌伸出来。肖牙佬扑过去拽那只手，不料一用劲，竟将那只手拽了起来，肖牙佬一个四仰八叉滚进战壕里。肖牙佬一看手上拽着的是一只血淋淋的断臂！脑袋"嗡"的一声就响了，他大叫一声"大旺——"，双手拼命刨着泥土。子弹"嗖嗖"地尖叫着，打得肖牙佬身边的泥土四溅，可肖牙佬根本就不顾一切了，他的双手让粗粝的砂土刮得鲜血淋漓，指甲都翻了起来。但肖牙佬根本就没感到疼痛，终于他将大旺从土里刨了出来，此时大旺全身就像泉眼般"咕噜噜"朝外冒着血泡。

"大旺，大旺。"肖牙佬抱住大旺，发疯似的叫着。

大旺睁开眼看了一眼肖牙佬，将一个握着的手掌伸到他面前，咧嘴笑了一下，头一歪就闭上了眼睛。

肖牙佬掰开大旺的手掌，掌心里是四颗黄澄澄的子弹！

"大旺——"肖牙佬抱着大旺仰天发出野兽般的嚎叫！

战斗依旧在进行，周浑元指挥的三个精锐师向红五军团的防御阵地发起了总攻，方圆几十公里的战场上到处都是枪声炮声爆炸声，随处可见红军和敌军的血肉模糊缺胳膊断腿的尸体。红五军团12000多名将士，硬是用自己的血肉之躯阻挡了周浑元三个精锐师三万多人的进攻，战斗处在胶着状态。

红一营战士被邱怀远指挥的机枪和迫击炮压得抬不起头，这让刘虎十分恼火，他让通信员把肖牙佬叫来，不一会儿，肖牙佬就提着枪跑来。

"看到敌人的机枪和迫击炮吗？把它给我干掉！"刘虎朝山下指了指。

肖牙佬趴在战壕上观察，只见百米开外一块大石头后一挺重机枪正疯狂地朝阵地上扫射，而大石头右侧有三门迫击炮，几个敌兵不断在向这边开炮。

肖牙佬将大旺交给他的四颗子弹压入枪膛，举枪瞄准。只听"砰"的一声枪响，一个正在给迫击炮装填炮弹的敌炮兵应声而倒。更凑巧的是，这个倒霉蛋压翻了一门迫击炮，迫击炮口掉了个头，炮弹从炮口射出，正好落在旁边的一箱炮弹上。

"轰轰——"几声巨响，那几个敌炮兵和三门迫击炮被炸飞掀上了天！

正在指挥机枪朝红军阵地扫射的邱怀远没想到对方一发子弹就莫名其妙将自己几门迫击炮掀上了天，气急败坏，让机枪更加疯狂地扫射。

子弹打在掩体上压得红军战士们抬不起头来，肖牙佬提着枪换了个方位，悄悄瞄准，"砰"的一声，敌机枪手一头就歪在了机枪边。紧接着，肖牙佬又开出一枪，但这一枪没打中邱怀远，只将他的帽子打飞了。邱怀远倒吸了一口气，就地一滚滚到了大石头后面，惊出一声冷汗。

肖牙佬打掉敌人的机枪和迫击炮后，刘虎马上组织了一次反冲锋。就在刘虎提着大刀率领战士们跃出战壕那一瞬间，邱怀远看到了刘虎，没错，就是他，烧成灰我也认识。仇人相见分外眼红，邱怀远扬手就是一梭子，但刘虎命大，只撂倒了他身边几个红军。此时的红一营战士个个挥舞着大刀似猛虎下山，敌军哪里还抵挡得住，纷纷后撤。邱怀远一看，识时务者为俊杰，撒腿就往山下跑。

月明星稀，激战后的阵地一片寂静，山头上还有一些树杈冒着火星，空气中充斥着浓重的硝烟和血腥味。刘虎坐在大旺的坟前，他想到小时候李金根和钟婶对他的照料，想起钟婶临终前让大旺来找他，就是要让自己照顾好大旺。当时他就特别交代肖牙佬要顾着大旺一点，可是战争是如此残酷，大旺就这么没了，连和自己说一句话都来不及。一想到这刘虎忍不住热泪盈眶，对着苍茫大山："叔，婶，我对不起你，没有照顾好大旺。"

肖牙佬自责地捶了自己脑袋一拳："都怪我，都怪我！"

温金财安慰两个结拜兄弟："你们也不要过分自责，要打仗就会有牺牲，每天看着战友们一个个从身边倒下、离开，有哪个我们不心疼啊？"

刘虎站起来："大哥说得对，要战斗就会有牺牲，血债血还，这些仇让敌人加倍偿还！"

周浑元指挥的三个精锐师和红五军团在兴国战区对峙了六天，依然没取得进展，虽然用大炮飞机将兴国轰炸成一片废墟，但在红五军团的顽强阻击下还是没有攻入兴国县城。

10月17日，根据中革军委的电报命令，红五军团向江西独立三团、十三团移交了防务，在红三十四师负责断后的情况下部队星夜南撤，跳出国民党军周浑元第八纵队的包围，往于都方向集结。

第五章

一

藕肥的日子，荷塘就瘦了，原本的碧绿和粉红已被浓浓的秋色逼开去。水排干了，膏腴般的黑泥里卧着无数洁白粉嫩的莲藕，几只秋鸭摆着笨笨的身子，伸着长颈在余下几汪浅浅的泥水中寻找着什么，间或叼起一枚亮亮的小鱼来，得意得"嘎嘎"直叫，惊得停在残荷上的长嘴鸟扑棱棱飞远。

桂枝背着孩子，一边挖着藕，一边不时抬起头掠掠额前的头发，朝村口打量。天很高，云却很低，村口那棵高大的枫树像喝醉了酒，不经意间叶子就红了，在飘飞的落叶中不时有头戴八角帽的红军战士来去匆匆。

背上的孩子哇哇哭起来，桂枝在塘梗上坐下，解下孩子，掀起衣裳给孩子喂奶。去年7月，红军打回来，在刘虎的主持下，桂枝和温金财成了亲，可部队在湖村驻扎了一个来月，金财就又随部队出发了，后来就再也没有回来过，一走都一年多了，孩子都生下来五个多月了，还没见过他的爹。前些日子，听人说，红军在江西被白军撵着跑，仗打得很辛苦。从江西石城方向不断有红军往宁化西南方向撤，听说淮土、曹坊和禾口都驻防了上万的红军，也不知道金财回宁化了没有。桂枝想，金财要回到宁化肯定会回家的。儿子"吧唧吧唧"吸着奶，一双粉嘟嘟的小手抱着桂枝的大奶子，煞是可爱。桂枝想，金财要回来，看到有了儿子不知会有多高兴呢。想到这，桂枝脸上飞起两朵红霞。

前一段听区里苏维埃政府的干部说，宁化很多子弟都加入了红三十四师，可现在他们究竟打到了哪里却没人知道。几天前离镇上几里外的田螺寨红军的兵工厂被白军飞机扔下的炸弹炸毁了，爆炸声震得地皮都发抖，据说还死了好多红军。石下八角楼的红军医院也住满了伤员。看着来去匆匆的红军战士，桂枝心里不免担心起自己的丈夫来，每天都在神龛上的观音像前点香祈祷，保佑金财平平安安。

昨天桂枝给部队送藕，顺便打听了一下红三十四师的动向。听一个营长说，红三十四师还在江西兴国和国民党军打仗，又听说红三十四师很厉害，打了许多胜仗，桂枝心里才渐渐安心下来。这几天，桂枝发现红军从四面八方开来，连锣鼓坪的山脚下都驻扎上了红军，气氛似乎一下紧张起来。桂枝每天夜晚搂着儿子睡觉，总能听到不时有"嘚嘚"的马蹄声飞快地从屋后的山岭上驰过，好些个夜晚桂枝都拥被而起，竖着耳朵倾听外面的动静，双眼溜溜转到天明。看来又要打仗了，不知怎么桂枝心里就有了不祥的感觉。

桂枝根本就不会知道，由于中央"左"倾机会主义领导推行错误的军事战略方针，导致第五次反"围剿"失败，中央苏区日益缩小。此时的中央红军被压缩在江西的瑞金、兴国、宁都、雩都、石城、会昌，福建的宁化、长汀等县及其周边的狭小地域。此时从江西撤退到宁化境内的中央主力红军有14000多人，其中红三军团第四师及军团医院驻守淮土凤凰山，少共国际师一个团驻守淮阳隘门，中革军委直属炮兵营驻守淮阳，红九军团后方机关驻守宁化曹坊上曹、下曹及滑石一带。10月6日，中革军委向驻守宁化的中央主力红军部队发出三封密电，命令将防务立即移交地方红军和游击队，火速向江西雩都方向集结。

这天清晨，桂枝是被嘹亮的军号声唤醒的，她的心一紧，抱起儿子匆匆就出了门。天上阴沉沉的，下起了淅淅沥沥的秋雨。桂枝赶到村口，就见人喊马嘶，红旗猎猎，部队蜿蜒正朝西开去，村头站满了送行的乡亲。那前不见头后不见尾的红军队伍在凄历的秋风中越行越远，其实他们大多数人根本就不知道踏上的漫漫征途叫长征！宁化境内的红军根据中革军委的命令开赴淮土凤凰山和曹坊集结后，向江西雩都开拔。

10月18日，跳出国民党周浑元第八纵队包围圈的红三十四师在陈树湘的率领下马不停蹄赶到雩都集结。就在这时中革军委电令红三十四师在鲤鱼坝设防，掩护中央军委纵队和主力军团渡过于都河。

雩都河河宽600多米，水流深湍，除少数渡口插上河标可以涉水渡河外，大部分只有架设浮桥渡河。红军共征集了800多条大小船只，有的用作架设浮桥，有的用作摆渡，在当地群众的大力支持下仅用四天时间，就在雩都60里长的河面上架设了五座浮桥，布设众多摆渡和涉河点。

两天前，参加战略转移的各部队在雩都河北集结完毕，从17日开始，中央、军委机关和直属部队、红一、三、五、八、九军团八万多人分别从雩都梓山的山峰坝、花桥，县城的东门、南门、西门，罗坳孟口、鲤鱼、中埠和靖石渔翁埠等渡口渡过雩都河，向西突围实行战略大转移。为防敌机侦察，部队采取了昼伏夜行过河。打着火把站在河岸上的无数乡亲含着眼泪默默望着过河的战士们，他们不知道红军这是要去哪里，什么时候才会回来。

星光惨淡，秋风萧瑟。

鲤鱼坝防守阵地上，肖牙佬看着波光粼粼雩都河狭窄的浮桥上人喊马嘶，火把如长龙，带着骡马、辎重和挑夫的中央主力红军正源源不断过河，不解地问刘虎："二哥，我们到底要去哪里啊？看这架势，啥都带上了，好像大搬家呢。"

刘虎看了一眼雩都河上缓慢行进的大部队，默不作声。说实话，他也不知道红军要去哪里，对于红三十四师大部分官兵来说，他们也不知道中革军委做出的主力红军撤出中央苏区重大决定，他们都以为这只是部队的调防行动，对于不断和敌军作战的战士们来说，行军打仗已是家常便饭。他们也根本不会知道，在黑暗中打着火把默默行进的队伍中，身患疟疾的中华苏维埃政府主席毛泽东在这个晚上也随中央主力红军渡过雩都河，踏上了前途艰险的万里征途。

而此时的陈树湘心里却非常清楚，这一次是要真正离开中央苏区了，心里就像天空密布的乌云沉甸甸的。

是夜，当中央军委两支纵队和五个主力红军军团全部渡过雩都河后，红三十四师向围追上来的敌军发起一次反冲锋，然后三个团交替掩护迅速渡过雩都河，并炸毁浮桥，追上红五军团主力，成为殿后的红军后卫师开始西征。

10月21日，红军主力部队突破了国民党设置在安远、信丰的第一道封锁线，经江西崇义迅速向湖南汝城、广东城口方向挺进。蒋介石为了歼灭红军主力，在桂东、汝城至粤北城口之间，布下重兵数十万人，设置了第二道防线，力阻红军西进。10月30日，战斗首先在汝城大水山打响。随后，中央红军历经濠头圩、新铺前、东岗岭、苏仙岭、杨家山等七个战役，成功突破敌人第二道防线，于11月13日成功从汝城撤离。

红军突破国民党的第二道防线，令蒋介石大光其火，下令国民党粤军陈济棠部独立第二师和第三师分别从广东城口和江西大余出发，衔尾追击红军，驻汝城的湘军陶柳部与胡凤璋保安团也一路狂追不舍。而此时，刚通过延寿的红军主力部队大批骡马、大量挑担及辎重却拥塞在山间小道上如蜗牛般爬行，行进十分迟缓。为掩护主力红军转移，担任殿后任务的红三十四师不得不在延寿简家桥、中洞、九如、桑坪一带以血肉之躯挡着敌军猛烈进攻。

正当红三十四师不惜一切代价阻击陈济棠的粤军时，湘军陶柳部一个营与胡凤璋保安团突袭并占领了延寿江边制高点青石寨，封锁住了红军后勤大队人马下山后的必经之路。缓慢的红军后勤部队遭到敌军的疯狂截击，青石寨下一片空旷的山坡上成了血腥的屠宰场，从崎岖山道上下山的红军后勤部队在敌军机枪密集的扫射和迫击炮的轰炸中，根本没有还手之力，成了敌人的活靶子。青石寨下一时火光冲天，血肉横飞，散落的辎重和被炸飞的文件漫天飞舞。

陈树湘非常清楚，青石寨一丢，不仅红军后勤部队的下山之路被堵死，而且形成湘军与粤军南北夹击红三十四师的局势，情况万分危急，他立即下令最接近青石寨的苏达清一〇一团不惜一切代价夺回青石寨。苏达清接到命令后，亲率刘虎的一营300多名战士冒着敌人密集的炮火不顾一切朝青石寨山头猛打猛冲。

刘虎的一营绝大多数是原宁化独立第七师的战士，参加过多次的恶战，个个刀法精湛，具有十分丰富的战斗经验。

温金财带领他的机枪连五挺机枪成交叉火力猛烈朝敌阵地扫射，压制敌人的火力，掩护部队冲锋。刚刚占领高地的敌军此时还来不及修筑工事，只能凭借天然屏障向不顾一切冲上来的红军开枪射击。冲在前面的红军纷纷中弹倒下，但这些不要命的红军根本就将生死抛到了九霄云外，前面倒下了，后面的马上跟上来，他们一边疯狂地叫喊着，一边朝山头开枪射击，甩手榴弹。守在山头的敌军从来没见过这种不按章法的打法，反被这些不要命的红军吓着了，只那么一眨眼工夫，就让红军冲到跟前。这时的红军手上不是拿着枪而是挥着大刀，个个犹如饿虎扑食冲进敌阵，只见刀锋过处，鲜血飞溅，劈得敌军哭爹叫娘，抱头鼠窜。贴身肉搏本来就是战士们的强项，敌军连招架之力都没有，枪拿在手上成了烧火棍。一番殊死血战，刘虎的一营夺回了青石寨，但也牺牲了50多名战士。红三十四师终于掩护红军后勤部队通过延寿离开汝城。

第二天，红八军团二十一师、红九军团二十二师、红五军团十三师在岭秀八里坳、钩刀坳、百丈岭一带阻击蜂拥而至的湘军，激战至黄昏先后撤退西进宜章赶上了红军主力部队。但留下断后的红三十四师在打退敌军赶到预定地点集结时，部队损失1000多人，减员至5000余人。

几场恶战下来，部队伤亡人数让陈树湘感到十分痛惜。但他非常明白，作为断后的殿军，红三十四师每次坚守阵地都必须至最后，只有等其他红军部队都撤离了，自己的部队才能后撤，而且随时都会陷入敌军的围困和攻击中，部队伤亡肯定大得多。

中央红军突破敌人的第三道封锁线后，进入湘南的嘉禾、兰山、临武地区。这时，蒋介石才真正搞清了红军战略转移的目的地，他任命湘军头目何健为"追剿军"总司令，调动湘军和桂军，在零陵至兴安之间近三百里的湘江两岸配置重兵，构筑碉堡，设置了第四道封锁线，企图将中央红军消灭于湘江以东。蒋介石则亲率中央军周浑元的第三纵队、湘军李云杰的第四纵队、湘军李韫珩的第五纵队从东面一路进逼，将中央红军压向他们预设的湘江防线。

而此时的红三十四师一路阻击，步步紧逼的数路敌军，与向湘江行进的主力红军距离越拉越远。

二

11月21日，红九军团攻占江华县城，随后，红五军团、红八军团和红九军团部队都先后进入江华、永明，威胁广西富川、贺县、恭城。白崇禧同粤军和湘军一样，不愿同红军硬打而消耗实力，以防红军进入本省或被蒋介石吞掉，就借口兵力不够及防止红军南进广西，忽然从兴安、全州、灌阳撤兵，使湘桂军阀联合防守的湘江防线出现了一个缺口。何键为求自保，也不尽快派兵南移接防，致使这140多里长的防线无兵防守达七天之久，顺利通过第四道封锁线的机会到来了。可惜，红军未能抓住这一良机，直到11月25日，中革军委才下达抢渡湘江的命令，十万火急的命令一道接一道。遗憾的是，中央军委纵队就是加快不了行军的速度，最高三人团是想将中央苏区整个地搬到湘西去。临突围前，雇了几千名挑夫，绑了三千多副挑子，兵工厂拆迁一空，工厂都卸走机器，凡是能够搬走的值钱的东西都装在骡子和驴子的背上带走，组成了庞大的后方运输队。需要七八个人抬的石印机，需要十几个人抬的大炮底盘，也舍不得丢下。行走速度如蜗牛般缓慢。

作为行走在主力红军最后的红五军团为了掩护主力红军突围不断对尾追国民党军七万余人进行殊死阻击。而作为红五军团殿后的红三十四师的处境更为艰险，他们不断走走停停，边打边撤。

此时国民党中央军周浑元纵队的三个师三万多人死死咬住红三十四师不放。周浑元自泰宁与红三十四师交手吃亏以来，连续在红三十四师身上栽过跟头，发誓要报一箭之仇。作为先遣营营长的邱怀远更是指挥部队穷追猛赶，誓要和刘虎决一死战！

11月26日，断后的红三十四师接到命令，坚决阻击尾追之敌，掩护红八军团通过苏江、沱江。师长陈树湘立即将红三十四师阻击阵地转移到灌阳灌江北岸的文市、水车一带，等待因故未到的红八、红九军团。

第二天，红一军团先头部队赶到界首，占领了渡口，很快控制了界首以北 60 里的湘江两岸。这时军委纵队也到达了离渡口不到 160 里的灌阳以北的桂岩地区。敌军发现红军要强渡湘江意图，不惜一切代价向湘江岸口扑来，企图夺回被红一军团抢占的渡口，湘江战役正式打响。

为了防止灌阳县城方向的桂军北上切断红军西进通道，中革军委命令红三军团五师从新圩南下，占领马渡桥，将桂军阻挡在新圩以南，掩护主力红军渡江。

红三军团第五师师长李天佑、政委钟赤兵率十四、十五团和军委炮兵营近 4000 人于下午四时赶到新圩，占领了新圩至灌阳公路两边的山头，并派出部队沿公路向南面的马渡桥推进，因马渡桥已经被桂军占领，便在枫树脚周围的山头构筑工事，这段防线距灌阳县城 14 里，距红军向湘江前进的通道最近点大桥村 10 里。桂军与红军的前沿阵地相距不到 1000 米。

28 日拂晓，桂军四十四师在机枪、重炮、迫击炮掩护下，向红五师前沿阵地发起进攻。红五师沉着应战，以密集火力封锁公路，大量杀伤敌人，"红星"炮兵营也开炮支援。桂军正面进攻受阻，遂于下午四时，派出一部兵力沿红军左侧的瘦马岐等几个山头迂回红军前沿阵地钟山、水口山一带。红五师腹背受敌，被迫退守第二道防线。29 日，桂军第二十四师及四十五师一三四团投入战斗，先是以空军一队六架飞机低空轰炸、扫射，继而大炮轰击，接着以步兵轮番冲击。到中午时分，桂军正面与侧后迂回相结合的进攻，已经把坚守山头的红五师逼到了绝境。红五师与桂军展开了白刃战，反复争夺山头，但终因力量悬殊，伤亡惨重，十五团团长白志文、政委罗元发和十四团政委负伤，师参谋长胡震、红十四团团长黄冕昌相继牺牲。红十四团防守的尖背岭和红十五军团防守的平头岭相继失守，红五师只好交替掩护，退至板桥铺附近的虎形山构筑数层工事，集中兵力死守。

30日凌晨，红五师接到紧急驰援红四师光华埔阵地的命令，新圩阵地交红六师十八团接防。而此时接到接防枫树脚的红六师十八团两千多人在赶往枫树脚途中被敌人发现，两架敌机追着十八团狂轰滥炸，许多战士因此牺牲在路上，为了减少伤亡，红十八团的战士只能走走停停，极大地延滞了前往新圩接防的时间。由于红十八团未能及时赶到，红五师无法撤出，被迫继续与桂军苦战。红五师血战至中午，桂军见拿不下虎形山，便以重兵迂回左侧高山，向红军压过来，同时出动多架飞机对虎形山狂轰滥炸。红五师拼死抵挡一阵后，被迫撤出阵地，退守新圩附近的楠木山和炮楼山一线。

直到下午三时红十八团才赶到新圩，红五师随即向红十八团移交防务，迅速赶到界首东南的渠口与红十三团会合后渡过湘江。红五师通过新圩血战，师参谋长、十四团团长、副团长及团参谋长、政治部主任牺牲，十五团团长、十五团政委和十四团政委负重伤，营以下干部大部牺牲，近4000人的部队锐减至1000来人。渡过湘江后因减员严重缩编为一个团。

红十八团接替红五师于防务后，仓促在新圩南面楠木山村附近的炮楼山一带进行布防。12月1日拂晓，桂军对红十八团楠木山阵地发起猛攻，红十八团伤亡惨重，边打边撤，向湘江边转移，最后被桂军分割包围于全州古岭头一带，全团约2000名将士大部分壮烈牺牲。

由于信息滞后，这一切中革军委不知道，陈树湘更不知道！

11月29日下午三时，红五军团接到中革军委的电报："五军团之另一个师廿九日夜应在文市河西岸之五（伍）家湾地域宿营，卅日晨应接替六师在红（枫）树脚、沱江以北的部队，主力应控制于红（枫）树脚，顽强保持上述地域，以抗击灌阳之敌。"接到中革军委的命令后，红五军团军团长董振堂、政治委员李卓然、参谋长刘伯承经过商议，决定把这一任务交给红三十四师。

时至午夜，陈树湘终于等到了红八军团到达水车，他的原计划是接应到红八军团后合二为一迅速过江，但现在红三十四师必须赶往枫树脚接替红十八团防务，根据中革军委的命令，红三十四师从现在开始直接归中革军委指挥，一小时报告一次情况。

11月30日天刚亮，红五军团在掩护红九军团、红八军团离开水车后，分为两部分行动：军团部和红十三师跟在红八军团后面向西转移，从凤凰嘴过江；红三十四师转向西南方向，赶往枫树脚接替红六师十八团的防御任务。

灌江上晨雾弥漫，河水氤氲，江面上架设着几座简易浮桥，红三十四师5000多人在迷蒙晨雾中急速渡江。

温金财扛着机枪边走边问刘虎："二弟，我们为什么不跟红八军团一起过江，却要南辕北辙，这不离大部队越走越远？"

"对啊，我们现在是向西南方向走，那是桂军最集中的地方啊。"肖牙佬接过话说。

"这是上级的命令，我们必须坚决执行。别再嘀咕了，赶快过江。"刘虎沉默了半天回答道。

正说话间，突然天空传来飞机的轰鸣声，四架敌军一下从云层里钻了出来，朝着正在渡河的红军呼啸着俯冲下来。

"嗒嗒嗒嗒——"敌军上的机关炮朝着浮桥上密集的红军疯狂扫射，顿时江面上血肉横飞，几十个战士跌入江中被激流卷走。

刘虎冲过桥，一把将温金财手里的机枪夺过来，架在肖牙佬肩上，朝着敌机扫射。

敌机拉起，在空中盘旋一圈，又朝江面扑来，投下了炸弹。

"轰轰轰——"几声巨响，一座浮桥被掀翻，浮桥上的战士纷纷落入水中。

瘦小的官小水被冲天水柱掀到空中，又掉落下来，他一把抓住断桥上的绳索，整个人就在激流中翻滚。

正在朝敌机扫射的刘虎一见，大叫不妙，将机枪一扔，冲到岸边，一头扎进湍急的水流中。此时的官小水被激流冲得团团转，但他死死拽着绳索不放，两只手被勒得鲜血淋漓。突然绳索断了，眼看官小水就要被激流卷走，说时迟那时快，一个猛子扎到了官小水身边的刘虎一把将他拉住，返身朝岸边游去。

赶过来的温金财和肖牙佬把两人拉上岸，官小水吐了两口水，冲远去的敌机骂道："他妈的，想炸死我，没门！"

肖牙佬捣了官小水一拳："你就吹吧你，要不是二哥，你这旱鸭子早喂王八了。"

敌机的轰炸让红三十四师牺牲200余人。由于不熟悉当地地形，又没有向导，红三十四师取道大塘、苗源、洪水箐前往枫树脚，这是一条羊肠小道，途中多峡谷峭壁，还要翻越海拔1000多米的观音山。红三十四师数千官兵携带辎重骡马，在崎岖山道中艰难跋涉，而此时枫树脚阵地已落入敌手。

12月1日上午，当陈树湘率领的红三十四师登上观音山顶时，山下阵地上的树木依旧在燃烧，空气中弥漫着浓浓的血腥味，到处都是红十八团将士的尸体。

而此时，在围杀红十八团后，桂军四十四师正在向湘江推进追击红军，桂军二十四师已经前出至文市拦截，周浑元中央军继续西进追击。

到了这个时候，陈树湘才明白自己已经不可能接替红六师十八团阻击桂军，而且自身也陷入了孤军奋战的险恶境地。

三

1934 年 12 月 1 日。

这一天，湘江是一条血洗的江。

这一天，是红军长征突破湘江的最后一天。

这一天，界首一带的湘江渡口敌我双方鏖战达到了白热化程度。

敌人对红军发动了全线进攻，企图夺回渡口，将红军歼灭在半渡中。这是生死存亡的一战，红军将士用刺刀、手榴弹打垮了敌军整连、整营的一次次冲锋。红军的阻击阵地上，炮弹和重磅炸弹的爆炸声震耳欲聋，掀起的尘土遮天蔽日，许多来不及构筑工事的红军战士被震得七窍流血，深埋进泥土中，装备单一的红军将士硬是用血肉之躯抵挡着敌机和重炮的狂轰滥炸。

宽阔的江面上，浓烈的硝烟中，红军踩着早已磨穿的草鞋，行走在浮桥上。头顶上，几十架敌机轰炸着、扫射着，江面上腾起冲天水柱。行进的队伍中不断有人中弹倒下，落入江水，和那些死亡的骡马、散乱的文件、零落的钞票、圆圆的斗笠随着血红的江水满江漂浮。

至下午五时，中央机关和红军大部队终于拼死渡过了湘江，86000名红军将士只剩下 30000 多人！

这一天，湘江已经被敌人完全封锁，江东只剩下断后的红三十四师！

就在红三十四师翻越观音山之际，中革军委电令三十四师："力求在枫树脚、新圩之间乘敌不备突破敌围，以急行军西进至大塘圩。"到了下午两点，中革军委又电令三十四师："由板桥铺向白露源前进，或由杨柳井经大源转向白露源前进，然后由白露源再经全州向大塘圩前进，以后则由界首之南的适当地域渡过湘水。"到这时中革军委还是希望红三十四师能赶上大部队渡过湘江，可这一线希望成为泡影。因为此时湘江已被如蝗虫般蜂拥而至的国民党军封锁得水泄不通！

在与桂军围杀红十八团后，踌躇满志的周浑元指挥他的中央军三个师死死咬住了红三十四师。

虽然与红军数次交锋，但新圩血战的惨烈让从枪林弹雨里滚打出来的邱怀远也为之咋舌。那些红军个个都不要命似的，子弹打没了，就拼刺刀；刺刀折了，就用石头砸，反反复复与他们展开阵地争夺战。当邱怀远率领部队攻上山头时，满山遍野都是残肢断臂的红军尸体，整座山头都被鲜血染红了。

对于邱怀远来说，这是一场力量悬殊的绞杀。脚下的泥土早已被无数的炮弹炸成了粉末，一脚踩下去，陷进去半个脚掌，而那被鲜血浸透的泥土竟从脚底下渗出血泡沫来。

山风呼啸，但空气中那浓重的血腥味竟让邱怀远有点喘不过气来。邱怀远掏出一根烟，从身边一棵燃烧的树茬上折下树枝点着火，深深地吸了一口。当时匆匆忙忙逃往连城，连老娘和老婆都顾不上，后来随区寿年的七十八师撤到永安后，他才托人送信回家，当得知红军攻下土堡并没有把他母亲和老婆怎么样，他的心才放了下来。他在逃出来时，老婆就怀有身孕，屈指算来自己也应该当爹了，可是男是女自己都还不知道。有时候，邱怀远也想回家去看看，可这一年多来，自己随着部队马不停蹄东征西战，出生入死，一路撵着红军的屁股从福建打到江西，现在追到了广西，根本就身不由己，哪抽得出时间回家。不过，邱怀远想，要想过太平日子，只有把赤匪彻底消灭掉才行。这一次蒋委员长势在必得，国军步步紧逼，把赤匪打得落花流水，四处逃窜，这场战争应该很快就可以结束了。等消灭了赤匪，到那时自己衣锦还乡重振邱家大业将指日可待。

士兵们正在清理战场，不时响起零星的枪声，那是士兵对负伤尚未死的红军在补枪。

突然不远传来惨叫声，邱怀远转头望去，只见一个全身是血的红军抱住了一个国军士兵，死死咬住了那士兵的耳朵，两个人在山坡上翻滚。毕竟那红军身负重伤，那个被咬掉一只耳朵的士兵满头是血，号叫着从地上跳起，抱起一块石头将那个红军脑袋砸得稀烂。脑血和白花花的脑浆溅了那士兵一头一脸。

部队很快清理完战场，这时上峰传令下来，火速追击正在往湘江边逃窜的红三十四师！邱怀远顿时心里一振，刘虎啊刘虎，和你决一死战的时候到了，这一回你就是有孙猴子的本事也逃不出如来佛的掌心！

天空黑沉沉的，间或有一丝月影从乌云里漏出点光亮，远近的群山黑影憧憧，如万千张牙舞爪的巨兽。凛冽的寒风一阵紧似一阵，将山梁上的树木刮得"呜呜"乱叫。

此时的红三十四师突破了湘军夏威部的围击，冲出重围，一路朝预定目的地湘江边的大塘圩前进。饥寒交迫的红三十四师在崇山峻岭的崎岖小路上艰难行进，不时有战士倒地掉队。

"饭铲头"李招弟的草鞋早已跑丢了，两只冻得发紫的脚掌鲜血淋漓，他只觉得自己连咽口水的力气都没有了，全身冻得直发抖，眼皮直打架。

"连长，我想睡觉。"李招弟迷迷糊糊地对走在身边的温金财说。

扛着机枪的温金财又何尝不想睡觉，走在这路上的几千将士哪个不想睡觉，他们已经三天三夜没有合过眼了，许多战士是闭着眼边走边睡的。就在刚才，前面有两个战士因为实在困得不行，失足掉下了山涧！

"招弟，不能睡，一睡我们就有可能走不了了。"温金财将李招弟的枪拿过来背在自己身上，拉住他走。

"连长，我实在走不动了啊。"李招弟闭着眼睛任由温金财拉着深一脚浅一脚地行走着。

其实温金财比李招弟更想睡觉，从昨天开始他就打摆子，一会热一会冷，再加上一天粒米未进，全身一点力气没有，两只脚就像灌了铅似的，每走一步都要花上吃奶的劲，肩上几十斤重的机枪压得他像扛了一根木头般沉。可作为机枪连连长，他一句不敢吭，咬紧牙关死命撑着。好几回他的眼睛一下就闭了过去，要不是旁边一个眼疾手快的战士拉住了他，他在过悬崖时就栽了下去。为了让自己不能睡觉，温金财狠狠咬破了自己的舌头，剧烈的疼痛让他全身抽搐，暂时将瞌睡赶跑了。

部队翻过一座山梁，下到一道山坳。李招弟脚一软一头栽倒在路边，呼呼就睡了过去。筋疲力尽的战士们一看到有人躺倒在路边，以为部队就地休息，许多人顿时就像被抽了筋一般，一屁股就坐在地上，倒头就睡。只一会工夫，路两边就黑压压躺倒一大片。

温金财一看急了："不能睡，不能睡！起来，快起来！"他一个个去摇那些睡着的战士，可是扶起这个那个又倒了下去，让他根本就无计可施。

从后面赶上来的刘虎一看这情形急了，他知道战士们太困了，可这一睡，很有可能就会冻死，再不能起来。敌军正从后面紧紧追来，好不容易甩开他们，必须迅速赶路！

他一咬牙，从温金财手里接过机枪，"嗒嗒嗒"朝天空射了一梭子。

那些睡着的战士条件反射似的从地上跳了起来，第一时间就是抓起了身边的枪。对于他们来说，现在只有枪声才能让他们做出反应，因为枪声就是命令，枪声就要战斗。

枪声惊动了师长陈树湘，他和政委程翠林及一〇一团团长苏达清赶到，听了刘虎的汇报，陈树湘没有责怪刘虎。其实对于陈树湘来说，他何尝不想让战士们睡个好觉，但现在危机四伏，只有走，不停地走，才能摆脱敌人的追击，冲出重围追上主力，或许才有一线生机。也许在这个时候，陈树湘和身边这些筋疲力尽的战士们一样不会知道主力红军和中革军委已经过了湘江，现在被敌军重重围困在湘江东岸的只剩下他们。

尽管红三十四师星夜兼程，但是由于地形不熟，部队在第二天才在当地一个村民的带路下翻越近两千米的宝界山，至半夜到达一个叫箭杆箐的村子宿营。随即，陈树湘命令无线发报员架起发报机和总部联系。此时，红三十四师已经和中革军委失联了近两天！

也是此时，拼死渡过了湘江的中共中央机关和红军主力向西进入了桂北越城岭山区，周恩来、朱德、彭德怀等因没有红三十四师的消息心急如焚。红三十四师到底还有没有在？他们现在究竟在什么地方？是不是已经拼光啦？这一连串的疑问揪着总部领导的心。

12月3日凌晨三点，总参三局的无线电收发报机终于收到三十四师的电台信号，当朱德拿到译电时，身经百战的总司令竟激动地潸然泪下："了不起呀！陈树湘他们还在！三十四师还在！他们仍在战斗！"朱德立即与周恩来等人商议，给三十四师发出了一份敌情通报："桂敌一部由光华铺占界首。夏威一师追击我八军团至凤凰嘴，拟2日撤兴安，另以一师驻龙胜。""如于今日夜经大塘圩从凤凰嘴渡河，由咸水、界首之间赶到洛江圩，有可能归还主力。如时间上已不可能，应依你们自己决心，即改向兴安以南前进。但你们须注意桂敌正向西移，兴安之南西进之路较少，桂林河不能徒涉。你们必须准备在不能与主力会合时，要有一时期发展游击战争的决心和部署。"

直到这时，陈树湘才知道红军主力和中革军委渡过了湘江，正在向西挺进。但是陈树湘不会知道，八万多的主力红军渡过湘江后只剩下三万多人！

红军主力渡过湘江，让陈树湘长长地舒了一口气，但是马上他又被排山倒海般的巨大担忧压得喘不过气来，心情变得十分沉重。红三十四师经过几天的拼杀，部队减员十分严重，五千多人的队伍只剩下三千多人，而且孤立无援，陷入了敌军重重包围之中。陈树湘感到身上的责任十分重大，他要为这只部队负责，他要为数千将士的生命负责，他在思考着怎样才能把战士们带出去。目前红三十四师后面有周浑元的中央军死追不舍，四周包围过来的是穷凶极恶的桂军，当时在红军部队中有这样一首歌谣形容各系军阀的战斗力："滇军黔军两只羊，湘军就是一头狼；广西猴子是桂军，猛如老虎凶如狼。"现在陈树湘面对最大的问题就是如何摆脱敌人，渡过湘江，追上主力红军。

东方露出了鱼肚白，蜿蜒的群山掩映在浓浓的晨雾之中，凛冽的山风将饱经战火的红三十四师的军旗吹得猎猎作响。彻夜未眠的陈树湘站在山头的一棵大树下，从树叶上滑落的露珠一滴一滴掉在了陈树湘的脸上，有一股透骨的寒意。天边传来隆隆的炮声，陈树湘知道，一场鏖战就在眼前。

陈树湘闭上双眼，仰面朝天，心里默默祈祷："苍天佑我红三十四师。"

四

天亮后，陈树湘召开了红三十四师团以上干部会议，根据红军野战军司令部的敌情通报，桂军夏威部一师已经撤出兴安，一师驻扎龙胜，凤凰嘴附近没有敌军。陈树湘决定部队火速赶到凤凰嘴渡口，力争在下午过江，追上主力红军。接着陈树湘作了战斗部署，由吕贯英的一〇二团为前锋，韩伟的一〇〇团为后卫，师部与苏达清的一〇一团居中火速向湘江边的凤凰嘴渡口前进。

随即，部队拔营出发，而尾随而来的敌军发现红三十四师的行踪，如饿狼般撵着红三十四师身后追赶，部队且战且退，朝着凤凰嘴渡口一路狂奔！

当日下午，前锋一〇二团赶到全州县安和乡的文塘村，可出乎吕贯英意料，遭到桂军夏威部四十四师、四十三师的阻击。为了打通前进路线，吕贯英指挥部队向敌军发起猛攻，但在以逸待劳武器精良的桂军机枪和大炮的扫射下和轰击下，一〇二团连续三次冲锋都无法突破桂军阵地，激战两个多小时，牺牲近百名战士，依旧没有突破敌军阵地。

就在这时，陈树湘率领的师部和一〇一团、一〇〇团赶到。陈树湘非常知道，留给红三十四师的时间不多了，如果不能迅速突破桂军的防线，一旦追击的周浑元纵队赶到，红三十四师就会被前后夹击，后果不堪设想。

回撤，没有退路，必死无疑。

只有前进，只有进攻，置之死地而后生，或许还有一线希望。

马上，陈树湘作出一个破釜沉舟的决定，由他亲自指挥一〇一团，师政委程翠林指挥一〇二团迅速向敌阵地发起攻击。

漫山遍野衣衫褴褛、伤痕累累的红三十四师将士高声呐喊着向着敌人的炮火发起了勇猛的冲锋。

"嗒嗒嗒嗒——"敌人的机枪响了。

"轰轰轰——"无数的炮弹和手榴弹从敌阵地上飞出，落进了冲锋的红军中。

在敌人密集的火力和炸弹爆炸声中，一片片红军战士倒在血泊之中。但是，红军这种置生命于度外自杀式的冲锋并没有停止，成群结队的红军战士仍然高喊着口号不要命地向前冲，一个倒下了，另一个马上就跟上去。整个战场成了一部巨大的绞肉机，无数的红军战士被绞得血肉横飞，山坡上层层叠叠堆满了血肉模糊的尸体，燃烧的树枝上挂着红军战士残缺的肢体和血糊糊的肠子。红军战士的鲜血染红了山坡上的灌木、青草和土地。

急红了眼的一〇二团团长吕贯英额头上流着血，他一把甩去外套，手提大刀高喊："同志们，冲啊——"奋不顾身朝着敌人扑去。

"哒哒哒——"敌人阵地上一阵排枪扫射过来，吕贯英的胸前炸开几朵血花，他向前一倾，扶着大刀单腿跪在地上，鲜血从他的胸前喷涌而出。吕贯英一手扶刀，一手指着敌阵地，目眦尽裂，竭尽全力喊出一声："同志们，冲啊——"

在弹片横飞的阵地上，死不瞑目的吕贯英定格在了那里！

"为团长报仇，冲啊——"一〇二团政委蔡中悲痛欲绝，挥枪冲战士们高喊。

"为团长报仇，冲啊——"

"杀啊——"

阵地上杀声震天，打红了眼的红军将士根本没顾及枪林弹雨，呐喊着向敌人阵地猛冲。

"饭铲头"李招弟端着机枪一边冲锋一边朝敌阵地扫射，机枪喷着愤怒的火舌将两个敌兵打得栽出掩体。

"嗖——"一发炮弹从天而降，"轰"的一声巨响，李招弟只觉眼前一片血红，整个人就飞向了空中。

也不知过了多久，李招弟睁开眼，身边横七竖八都是战友们的尸体，他想站起来，可是根本不能动弹，他的右腿被炮弹炸断。

枪声依旧激烈，炮声依旧轰鸣，红军将士的冲锋依旧在继续！

身上压着一个人，李招弟死命将他推开，定睛一看，是蔡中政委！全身被打成了筛子，早已牺牲！

胸口如压着一座大山，李招弟越来越感到喘不过气来，他觉得像掉进了冰窟窿里一样的冷，他睁开眼，天空浓烟蔽日，一丝惨淡的日光从浓烟中射出，打在了李招弟的脸上。身上越来越冷，越来越冷，身边无数战友们跨过他的身体向前，向前！

李招弟一咬牙，将自己翻过身来，他用最后的力气抬起头，面向东方，那是家乡的方向。

而此时一〇一团向敌人的攻击更加惨烈，在师长陈树湘的亲自指挥下，前赴后继地不顾一切向着敌阵地冲锋。

对于打阻击的桂军来说，他们看过不要命的，但没有看过如此不要命的，漫山遍野的红军硬是用血肉之躯和他们的枪林弹雨较量。阵地前的红军倒下一批，后面的马上就冲了过来，被打死的红军尸体层层叠叠如割倒的禾茬，密密麻麻。

一颗子弹飞来，打飞了刘虎的军帽，擦破了头皮，鲜血顿时顺着额头流进了眼睛里，刘虎抹了一把，冲锋的脚步并没有停下。

温金财紧跟在刘虎身后，端着机枪边冲边朝着敌人扫射。

人高马大的肖牙佬领着几个战士冲在最前面，他在敌人密集的火力中左右穿插，竟然冲到了敌阵地前，只见他身体一纵跳进战壕，刀光一闪，一个敌兵的脑袋就飞向天空！

紧接着五六个战士相继跳进战壕，扑进敌群中，挥舞大刀一阵猛剁，顿时十几个敌兵就惨叫着倒地。但敌军马上就组织了反击，几十个敌人端着刺刀将肖牙佬几个团团围住，双方立即绞杀在了一团。

而此时随后冲锋而来的红军被敌人阵地上的五六挺机枪扫倒一大片，一下就被压制在了半山坡上。

眼看肖牙佬和几个战士被几十个敌人围杀，刘虎心急如焚，不顾一切带领战士们向敌阵地猛冲。

"轰"的一声，一颗炮弹在刘虎身边爆炸，热浪将刘虎掀翻，浓烟散去，刘虎从地上起来，一股剧痛从腹部传来，刘虎伸手一摸，一块弹片插在肚皮上。刘虎一咬牙，将弹片拔了出来，鲜血顿时滢了出来。

身边都是横七竖八牺牲的战友，刘虎捂着腹部，在死人堆里寻找："大哥，大哥，你在哪儿？"

"二弟，我在这儿。"一个血肉模糊的战士被推开，温金财血淋淋地爬了出来。他的右手掌整个被炸飞了，露出白森森的骨头。

硝烟弥漫的敌阵地上肖牙佬他们正在被敌军围杀，刘虎提着刀朝前冲了两步，一个趔趄栽倒在温金财身边。

敌阵地上，几个红军战士很快就倒在了血泊之中。肖牙佬全身是血，挥着大刀，冲围上来的敌人吼道："来啊，上来啊！"

一个敌兵挺枪朝肖牙佬刺去，肖牙佬挥刀"当"地隔开，横扫一刀，削掉了敌兵的一只手臂。

另两个敌兵一见，双双挺枪前后夹击扑了上来。肖牙佬也不躲闪，一刀劈下，前面的敌兵脑袋一分两半，白花花的脑浆迸了出来。还没等他转身，身后敌兵的刺刀穿透了他的后背，从前胸穿了出来。肖牙佬"嗷"的一声大吼，反手一刀劈在了那敌兵的面门，敌兵惨叫一声，仰面就倒。

鲜血从肖牙佬的前胸和后背汹涌而出，那穿透他身体的刺刀依旧还留在他的身上。此时的肖牙佬提着刀铁塔般立在那，一动不动。

围上来的敌人被眼前这个勇猛无比的汉子震惊了，他们将肖牙佬团团围住，但谁也无胆贸然上前。

殷红的鲜血顺着胸前的刀尖一滴滴流到了被战火灼热的地上，"吱吱"冒着烟，肖牙佬提刀与敌人对峙着。

肖牙佬身体摇晃了两下，有些站立不稳了。

几个敌兵对视了一下，一声呐喊，如饿狼般扑上前，五六把刺刀同时捅进了肖牙佬的胸膛。肖牙佬仰天喷出一口热血，倒了下去。

"牙佬——"目眦尽裂的刘虎大叫一声，跪倒在地上。

"三弟，三弟——"温金财热泪纵横，忍不住号啕大哭起来。

韩伟指挥的一〇〇团在向敌阵地发起冲锋中也损失惨重，虽然一时有少量红军冲过桂军阵地，但也因兵力太少很快就被桂军围杀。

最让陈树湘悲痛的是指挥一〇二团的师政委程翠林在电台边与中革军委发报联络时，突遭敌炮弹轰击，英勇牺牲。

激战一下午，陈树湘试图向北打通前往大塘、麻市、凤凰嘴渡口的通道在桂军凶猛的阻击下均遭到失败。在连续的冲锋中，红三十四师伤亡惨重，大批将士血洒疆场。

五

向北的进攻受挫后，师长陈树湘率部南撤，试图从兴安以南寻路西进。但桂军利用地形熟悉的优势，一面从正面阻击红军，一面派出部队绕过红军背后，切断了红三十四师向南前往兴安的道路。红三十四师在向南进军时，再度遭桂军层层阻击，无法打开前进通道，陈树湘被迫率部向东退入雾源山区。

此时的红三十四师将士已经精疲力竭，伤痕累累，不少战士早已弹尽粮绝。有多少战士负伤挂彩已经没办法统计了，部队根本没有药可救治伤员。

刘虎的一营剩下不到 50 人，而且几乎都挂了彩。腹部受伤的刘虎只能用绑腿将伤口死死缠住，减少流血。温金财的右臂血肉模糊，用绑腿吊在颈上。战友们互相搀扶，踉踉跄跄行走在崎岖的山道上。

鲜血还在从腹部渗出来，每走一步伤口就像刀割般剧痛，但刘虎死命强忍着，一步一挪，还要去搀扶流血过多的温金财。

"二弟，实在走不动了，真想不走了啊。"尽管寒风刺骨，但脸色惨白的温金财额头上黄豆大的汗滚滚而落。

"大哥，不能停下来，一停下来我们就真走不了了。"刘虎心里非常清楚，敌人欲将红三十四师赶尽杀绝，正从四面八方围堵过来，有桂军、中央军，还有穷凶极恶的民团，这些都是杀人不眨眼的刽子手。只要一掉队，就会成为敌人的刀下鬼。

为了躲避敌人的追击，红三十四师在山里拖来拖去，饥寒交迫，尤其是伤病员行走更为艰难，掉队人员越来越多，路上不时可见倒毙的尸体。桂军为了彻底消灭红军，在老百姓中采取"空室清野"政策，大山里原本住民就少，战士们几天来疲于奔命，根本没有办法从百姓家中找到什么吃的，几天来没吃上一口热饭，喝上一口热水，睡上一个囫囵觉。一路上只能摘野菜，挖树皮，在百姓收完的庄稼地里捡红薯根、玉米杆充饥。

这天夜晚，部队到达狗爪山下的岭脚底村，这是一个只有几十户人家的小村子，村民在红军到来之前都躲进了山中。此时的战士们也没有办法再讲什么纪律了，进入村民家中翻箱倒柜寻找食物，可是桂军的"空室清野"基本没留下什么可以吃的东西。

刘虎和温金财坐在屋檐下，他们根本没力气去寻找吃的，伤口开始发炎。温金财发起了高烧，神志变得迷迷糊糊。

一个拄着木棍的战士一瘸一拐地走过来，看见门口有一个泔水桶，顿时眼睛一亮，扑上前伸手到桶里捞出潲水渣就往嘴里塞。

几个战士在一家村民家的地窖找到一筐山芋，就在那家生火煮了。刘虎和温金财吃了两个热乎乎的毛芋，顿时感觉身上有了些许力气。

这天晚上，疲惫不堪的战士们在村子里宿营，许多战士一躺下就呼呼大睡过去了。

温金财昏睡过去了，刘虎虽然几天未合眼却怎么也无法入眠，连日来的拼杀，看多了死亡，看多了流血，看多了残肢断臂，让刘虎对生死变得麻木了。

一轮弯月慢慢爬上了山梁，清冷的月光从窗棂上洒了进来。刘虎突然就想起了娇子，心里顿时如刀割般难受。对刘虎来说，他不知道部队将何去何从，前路艰险无比，随时都会与敌军相遇，或许，自己这辈子真的见不到娇子了。牙佬死了，那么多的战友都死了，大哥和自己都负了伤，能不能熬过这一劫自己都不知道。

这个晚上对红三十四师来说是个噩梦，半夜时分，誓将红三十四师赶尽杀绝的桂军包围了岭脚底村，向睡梦中的红军发起了猛烈的攻击，一时激烈的枪声如狂风骤雨，整个村子火光冲天。不少战士刚冲出宿营的房屋就被密集的子弹打倒，还有的战士被活活烧死在了屋子里。

刘虎"砰砰"两枪打倒两个冲进屋的敌兵，一脚踢开窗棂，跳出窗，转身接应温金财。

一时到处都是桂军的喊杀声，子弹拽着火光在夜空中飞蹿，措手不及的红三十四师将士拼死搏杀，仓皇向黑漆漆的大山里撤退。可是由于地形不熟，突围部队被敌人切成数股围歼，师部失去了指挥能力，各团各自为战。混战中一〇〇团政委侯中辉，一〇一团团长苏达清、政委彭竹峰先后牺牲。红三十四师沿白路河而上，经大白路、小白路转移到瑶寨茶皮浸，此时全师只剩下1000多人。

茶皮浸海拔1200米，其南面为板瑶山，北面仅有一条羊肠小道通往灌阳。这时桂军夏威部第四十四师已经赶到板瑶山，这个师一年前曾在此镇压瑶民起义，地形相当熟悉，发现红军正从村南的小道向灌阳前进，迅速切断了红三十四师通往灌阳的山路，在新圩附近的罗塘、板桥铺向红三十四师发动凶猛进攻。红三十四师寡不敌众，为摆脱敌人，被迫再次翻过观音山，于当晚在地处半山腰的洪水箐村宿营，陈树湘清点突围出来的全师将士，只剩下400多人，一个师的建制至此只剩下一个营的兵力了，而且包括伤员在内。

对于陈树湘来说，这又是一个不眠之夜，敌人步步紧逼，部队面临全军覆没的危险。从江西兴国出发时红三十四师6000来人，一路拼杀下来至此只剩下400多人，如何给红三十四师留下一丝火种是陈树湘一直思考的问题。

午夜，陈树湘和参谋长王光道、一〇〇团长韩伟等几个仅剩的团以上干部围坐在村头一农户家的火塘边，商量对策。

炉火熊熊，映照着几个人憔悴而疲惫的脸。经过讨论，大家一致认为部队向西过湘江已绝无可能，随即陈树湘做出两项决定：

一、寻找敌人兵力薄弱的地方突围出去，到湘南发展游击战争。

二、万一突围不成，誓为苏维埃新中国流尽最后一滴血。

大家都知道师长做出的这两个决定意味着什么，默默地望着陈树湘，每个人心里都明白，决一死战的时刻到来了。

陈树湘将大家送出门外，他和大家一一握手、拥抱，目送他们离去的背影，陈树湘心里泛起一股酸楚，也许等到天亮，自此一别就会永无相见的可能。

白霜遍地，寒风呼啸，漆黑的夜空传来几声野狗的狂吠。

凌晨时分，突围开始了。韩伟率一〇〇团100余人以迅雷不及掩耳之势向敌人发起冲锋，活生生为红三十四师余部撕开一道突围的口子。陈树湘率领余部刚刚通过猫儿园附近，正准备过先公坝渡灌江时，又遭到等在那里的敌军阻击。101团和102团300多名战士不顾一切强行渡江，不少战士刚冲到江边就被密集的子弹打倒，黑暗中到处都是枪声，爆炸声和惨叫声。陈树湘只好率部从原路退回转至八工田渡过灌江，然后向东沿泡江翻都庞岭向湘南突围。

韩伟的一〇〇团经过拼死苦战，完成了掩护红三十四师余部转移任务后，全团仅剩下30多人，并且和师部失去了联系。为了保存革命的种子，韩伟命令剩下的人分散突围，他自己带领五名战士掩护，最后弹尽粮绝，唯剩韩伟一人逃脱，从此踏上了坎坷的寻找部队之路。韩伟后来历尽艰辛几经磨难终成共和国功名赫赫的开国元勋。

12月5日上午，在都庞岭上，陈树湘通过电台向中革军委报告红三十四师的境况。随后，中革军委副主席周恩来在塘洞地域给三十四师回电说："现在你们无法渡湘江了，只好返回湘南打游击，发展壮大自己。"这是红三十四师与中央的最后联络，自此之后，红三十四师便与中革军委彻底失去了联系。

六

刘虎的一营也打散了，他带着温金财和十几个战士死命突出重围，但却和部队南辕北辙，越走越远了。

天亮时分，满山都是搜山的民团，这些民团背着枪，提着大刀像饿狼似的寻找着负伤、掉队、被打散的红三十四师战士，此起彼伏的枪声在崇山峻岭间回荡。这些穷凶极恶的桂军和民团，常常只是为了几块光洋，甚至仅仅是为了得到一根牛皮腰带或一个搪瓷茶缸就对红军痛下杀手。

崎岖的山道上，随处可见身首异处被敌人砍杀的红军战士。刘虎他们在大山里东躲西藏，不时要躲避搜山的民团。中午时分，他们爬上一座山岭，山顶有座摇摇欲坠的凉亭，十几个人走进凉亭，只见木柱上绑着一个被民团剖腹的红军战士，肠子血淋淋地挂在腰上，正被两只皮毛灰黄的土狼啃噬。两只土狼见了刘虎他们，"嗷"地长嗥一声，夹紧尾巴窜出凉亭钻进丛林里去了。

"是小水，是小水！"温金财大叫起来，伸出左手一把抱住官小水，号啕大哭起来。

刘虎一看，整个人就呆了，手上的大刀"咣当"落地，叫了一声"四弟"，扑上去紧紧搂住官小水，全身颤抖失声痛哭。

山下传来几声枪响，半山腰上两个红军正死命朝山顶奔来，后面几个团丁高声喊叫着一边放枪一边穷追不舍。

刘虎猛地提起刀，咬牙切齿吼道："来吧，来吧，我要为小水报仇！"

十几个战士也提着刀严阵以待。

那两个被民团追捕的红军战士是张木生和张水生两兄弟，部队被打散后，两兄弟躲在草丛中让搜山的民团发现，被民团一路追赶朝山顶奔来。

张木生和张水生奔进凉亭一见有自己人就虚脱一般一屁股坐在地

上。后面几个民团追进凉亭，突然发现凉亭里站着十几个手提大刀虎视眈眈的红军，一下就傻了眼。还没等他们反应过来，十几把寒光闪闪的大刀迎面劈来，一眨眼功夫就将他们剁成了肉酱！

山腰上响起密集的枪声，民团还在搜山。

不时有人在虚张声势喊叫："出来吧，看到你们啦——"

"再不出来，就开枪啦——"

此地不能久留，刘虎含着眼泪将官小水从柱子上解下来，轻轻放在地上，脱下外衣盖住官小水的脸，深深朝官小水鞠了一躬，然后带着十几个人相互搀扶着朝大山深处走。刘虎看了看身边这十几个战士，全部都是从宁化老乡，个个都挂了彩，伤痕累累，有的连军帽也没了，有的鞋也跑丢了，脚掌鲜血淋漓。尽管这样，每个人的枪没丢，大刀没丢。

"营长，我们现在怎么办？"头上裹着绷带的张木生问刘虎。

刘虎没有回答，说实话，他也不知该往哪里去，部队打没了，去了哪里他根本就不知道。

"我们现在必须躲过敌人的搜捕，保存自己，然后找到部队。"

这天夜里刘虎他们藏在一个悬崖边的山洞里，靠山泉和茅根充饥，躲过了民团的搜捕。直到第二天下午，他们终于赶到了湘江边。

此时的湘江依旧是满江浓稠的血红，沿江的阵地上、河岸边、炸断的浮桥上到处都是牺牲的红军战士，江面上漂浮着层层叠叠的红军尸体。

刘虎惊呆了；

温金财惊呆了；

张木生和张水生两兄弟惊呆了；

十几个战士全都惊呆了！

他们只知道自己所在的红三十四师用血肉之躯顽强阻击为大部队抢

渡湘江赢得了宝贵的时间，他们只知道中革军委和主力红军渡过了湘江，但他们怎么也没想到湘江一战竟然死了这么多战友！

面对成千上万红军将士的尸体，刘虎缓缓跪了下去，温金财跪了下去，张木生和张水生两兄弟跪了下去，十几个红军战士也齐刷刷跪了下去。

寒风怒号，黑云翻滚。

江水呜咽，苍天同悲。

当刘虎到达湘江边时，邱怀远带领他的先遣营也追了上来。

刘虎带领十几个战士占领了江边的一个小高地。到了这个时候，邱怀远发现了高地上那个红军指挥员正是他死死寻觅的刘虎，刘虎也认出了指挥敌人进攻的就是邱怀远！

邱怀远一心要抓活的，指挥部队朝山头猛冲。刘虎知道这应该是他和邱怀远最后的决战了，就是死也要和他拼个鱼死网破。

敌军越冲越近，距阵地只有20来米了，刘虎一声大吼："给我打！"

顿时战士们手里的枪喷出一条条火舌，手榴弹接二连三在敌群中爆炸，冲在前面的敌人惨叫着倒了下去。

敌人的机枪朝高地疯狂扫射，正在射击的张木生头一勾就栽倒在地。弟弟张水生一见扑过去抱起张水生："哥，哥，你不能死！"

鲜血从张木生额头上一个拇指大的洞中如泉水般涌出来。

"哥啊——"张水生长号一声，抱起机枪跳出战壕朝敌人狂扫。

刘虎一看，挥枪射倒两个敌兵，冲张水生高喊："水生，快回来！"

话音未落，一排子弹扫来，瘦小的张水生整个人朝后腾空飞起，重重地摔倒在刘虎身边，他的全身被子弹打成了筛子状，手中依旧死死抱住那挺机枪。

刘虎拾起机枪，将最后的子弹全部朝敌人扫射过去，手臂负伤的温金财接连向敌人扔出了三颗手榴弹，敌人溃退下去了。原本枪炮轰鸣弹片横飞的阵地一下变得死一般的寂静。空气中弥漫着呛鼻的硝烟和浓烈的血腥味，不远处被拦腰炸断的一棵冒着火苗的松树上挂着残碎的尸体，滴滴答答流着血水。

温金财半倚在战壕上，他的嘴里不断地呕出鲜血来，他冲刘虎摆了摆头："二弟，帮我点锅烟吧。"

刘虎拖着血淋淋的右腿，爬到温金财身边，从他口袋里掏出烟袋装了一锅烟，捡起地上一根燃烧的树枝点燃，然后将烟杆塞到温金财嘴里。

温金财贪婪地"吧唧"着烟，一股烟草香味弥散开来。这让刘虎猛然想到当年父亲抽烟的情景来，他看着温金财怔怔地不说话。

温金财问："二弟，你在想什么？"

刘虎抬头看着不远处的飘满尸体的湘江："师长和部队不知现在在哪里了，也不知他们过江了没有？"

刘虎不会知道，陈树湘率领红三十四师余部突围出来后只剩下100多人，在大批广西民团穷追不舍下，根本没办法渡过湘江，只好辗转进入湘桂交界处都庞岭的湖南道县。12月11日，陈树湘率余部抢渡牯子江时遭到江华县保安团伏击，腹部中弹负伤，被道县保安团抓获。在被匪兵抬去道县伪政府请赏的路上，陈树湘毅然伸手插进腹部伤口将自己的肠子掏出绞断，自杀身亡，实现了他"为苏维埃新中国流尽最后一滴血"的誓言，时年29岁。

温金财："二弟，我看我是回不去了，要是你能活着出去，就替我回去看看桂枝。我不知道我走时她是不是留了我的种，要是怀上了，现在我也该当爹了。桂枝要能给我留个种，我也死都瞑目了，再怎么说我温家的香火也有人传下去了。"

"大哥，你千万别这么想，我们一定能活着回去的。我们发过誓的，你不能死。"

"牙佬死了，小水也死了，就剩下我们两个了。我是回不去了，你不能死，娇子还在等着你，你不能说话不算数，一定要活着回去找娇子。"温金财声音越来越细。

宛如一声巨雷，刘虎只觉得脑袋"嗡"的一声就响了，娇子，我的娇子，也许这辈子我再也见不到你了，今生不能做夫妻，下辈子我一定还会去找你。刘虎心如刀绞，铁骨铮铮的汉子眼眶一下湿了。

"二弟，答应我，你一定要活着回去，一定要去我家看看，见了我儿子，告诉他，他爹是个汉子！"温金财死死抓住刘虎的手，大口大口呕着血，声音越来越弱，越来越弱。

刘虎看着温金财点了点头。突然他感到温金财拽住他的手一松，就无力地垂了下去。

"大哥，大哥——"刘虎抱住温金财，仰天长号。

"刘虎，投降吧，看在老乡的份上，我保证不杀你！"邱怀远握着话筒高声喊叫。

"邱怀远，你这个王八蛋，想让我投降，瞎了你的狗眼！"刘虎跳将起来，抬手就是一枪。子弹擦着邱怀远的耳边飞过，吓得邱怀远连忙卧倒。

"刘虎，共产党给你什么好处？红军给你什么好处？吃不饱穿不暖，整天被国军撵着四处逃命，让你这么死心塌地跟着他们？！"

"邱怀远，放你娘的狗屁，有种你就上来！"刘虎一扣扳机，"咔嚓"一声，子弹打完了。

"哈哈，刘虎，没子弹了吧，缴械投降吧。"邱怀远拍了拍手从地上爬起来，指挥手下朝刘虎包围上来。

刘虎站起来，将枪在石头上摔得粉碎，然后一瘸一拐转身朝湘江走去。

眼前就是奔腾咆哮的湘江，被红军将士鲜血染红的湘江，漂浮着无数红军将士尸体的湘江！

刘虎走下山坡，走过河岸，一步一步走进刺骨的江水里。他的身后，硝烟滚滚的天空是一抹如血的残阳。

邱怀远领着部下追到湘江边，只见刘虎已经走入江中，江水先是淹上刘虎的膝盖，然后淹到刘虎的腰间。

邱怀远惊呆了，一时怔怔地站在那眼睁睁看着刘虎向江心走去。

"刘虎，你回来——"突然，邱怀远发疯似的朝刘虎喊叫。

刘虎没有回头，依旧向前走。江水渐渐淹上了刘虎的胸前，但他没有停下来。

几个士兵举枪向江心的刘虎瞄准，被邱怀远制止。

邱怀远目送着刘虎的身躯渐渐被江水淹没，他闭上了眼睛，缓缓地朝天举起枪。

"呼呼呼——"邱怀远向天空打完所有的子弹。

惊涛拍岸，湘江北去。

一行大雁哀鸣着向南飞，滚滚的硝烟中，一轮如血的残阳缓缓跌落。

（完）